KB271524

솔가람
新무협 판타지 소설

허허실실

FANTASTIC ORIENTAL HEROES

허허실실 5

솔가람 新무협 판타지 소설

초판 1쇄 찍은 날 § 2008년 9월 19일
초판 1쇄 펴낸 날 § 2008년 9월 29일

지은이 § 솔가람
펴낸이 § 서경석

편집장 § 문혜영
편집책임 § 문정흠
편집 § 이재권

펴낸곳 § 도서출판 청어람
등록번호 § 제1081-1-89호
등록일자 § 1999. 5. 31
어람번호 § 제2-1579호

주소 § 경기도 부천시 원미구 심곡동 163-2 서경B/D 3F (우) 420-010
전화 § 032-656-4452 팩스 § 032-656-4453
http://www.chungeoram.com
E-mail § eoram99@chollian.net

ⓒ 솔가람, 2008

ISBN 978-89-251-1480-4 04810
ISBN 978-89-251-1329-6 (세트)

삼류무적(三流無敵)　5

부제 : 졸라(拙懶)
게으르고 나태하다.

허허
실실

솔가람 新무협 판타지 소설
FANTASTIC ORIENTAL HEROES

도서출판 청어람

目次

第一章

금정자객(金頂刺客)

허허실실 虛虛實實

"서연아아아아아아!"

화산파 장문 여식을 백서연으로 착각한 삼룡이 달려오자 주가장(朱家莊)의 일공자 주원덕과 그의 호위무사 정패, 덕창 출신 무사 두천이 각각 장검과 창을 뽑아 들고는 일제히 다가오지 말라 소리쳤다.

"멈춰!"

"멈추란 말이야!"

삼룡을 삼류무사로 알고 있는 이들이 화들찍 놀라고 당황한 모습으로 보아 모두 그를 알아보지 못한 모양이었다.

그가 어두컴컴한 대나무 숲에서 봉두난발 광인(狂人) 형상으로 갑자기 소리를 지르고 나타났으니, 누굴 알아보려는 마음보다는 경계하려는 마음이 앞선 것이다. 삼룡 또한 이전보다 더 흉괴한 몰골이어서 눈썰미가 엔간해서는 알아보기 힘들기도 했다.

다만 점창파의 능운비만이 미간을 찡그리고 아무 말 안 하고 있는 것으로 보건대, 그는 이미 삼룡을 알아본 모양이었다.

이때 삼룡을 처음 보는 화산파 장문 여식 백몽연이 능운비에게 질문했다.

"능 공자, 날보고 서연이라 소리 지르는 저 개방 형제는 대체 누구죠?"

주위에 건장한 무사 넷이 있어서인지 그녀는 전혀 겁내는 모습이 아니었다. 그녀 또한 점창파의 능운비를 대단히 신뢰하는 눈빛이었다.

"사천 지방에서 유명한 삼풍대협(三風大俠)이라는 분입니다."

"삼풍대협이라면… 혹, 뇌음사 태청검보를 익힌 절세고수라고 허풍을 쳤다던?"

백몽연의 반문에 능운비는 씁쓸하게 고개를 끄덕였다.

혈교의 존주인 그의 입장에서 삼룡이란 인물을 생각하면 기분이 좋을 리가 없었다. 옛 천마신교의 세력이었다고는 하지만, 지금 혈교에게 복속한 살수 세력 상당수가 그에게 의해

괴멸되거나 무력화되어 지금까지도 천리마군 독고천이 애를 먹고 있지 않은가.

능운비의 말에 비로소 삼룡의 정체를 알게 된 주가장 호위 무사 정패가 치를 떨며 앞으로 나섰다.

"삼류라는 말도 아까운 놈입니다, 백 낭자. 저 허풍선 정도는 이 정패가 혼자서 처리해도 충분합니다."

일행 앞으로 나선 정패는 검을 고쳐 잡으며 호랑이 눈을 치켜떴다.

정패는 삼룡의 농간에 의해 뇌음사 대뢰승들에게 팔다리가 부러져 한동안 거동을 못한 일이 있었다. 비록 아미파에서 대접을 받긴 했지만 병상에서 복수의 순간만을 꿈꿔온 그였다.

한데 오늘 삼룡이 갑자기 나타나 공격할 명분까지 주고 있으니, 당장에 요절내고 싶은 마음이 거친 황하처럼 휘몰아쳤다.

"삼룡이 네 이 녀석, 멈추지 못하겠느냐!"

마치 병영에서 장수가 일개 병사를 호통 치듯 정패가 무게를 잡고 소리쳤다. 하지만 삼룡은 들은 척도 하지 않았다.

그의 눈과 귀는 오직 화산파 여식에게만 쏠려 있을 뿐이었으니까.

정패 역시 삼룡이 그대로 멈추길 바라지 않았다.

삼룡이 오 장 안으로 접근하자 정패는 주저하지 않고 검 초식을 전개했다. 아직 거리가 남아 있음에도 움직인 것은 어쩔 수 없이 미리 경고했다 말하기 위함이었다.

"막막통천(寞寞痛天)!"

정패가 전개한 검 초식은 아미파 방파 제자들이 익히는 통천검결(痛天劍訣)의 마지막 초식이었다.

이 통천검결은 백 년 전 아미파 해월(海月) 사태가 창안한 검법으로, 강호혈겁에 수많은 방파 제자들이 맥없이 희생되는 것을 애통하게 생각하여 아미파 검법의 정수만 모아 직접 전수해 준 검법이었다.

통천검결이 비록 방파 제자들이 익히는 검법이라고는 하나, 이 검법을 극성으로 익히면 아미파 본문 제자들도 쉽게 상대할 수 없을 정도의 수준 높은 검법이었다. 특히 마지막 초식 '막막통천'은 한번 전개하면 꼭 피를 부르고야 만다는 살초 중의 살초였다.

오죽하면 이 검법을 창안한 해월 사태가 막막통천 초식은 같은 방파 제자들은 물론이고 아미파 본문 제자와의 비무에도 절대 사용치 말라 했겠는가.

막막통천을 전개하는 정패의 장검(長劍)이 섬뜩한 칼바람을 일으키며 삼룡의 심장부로 향했다. 마치 먹잇감을 거미줄에 옭아맨 거미가 주둥이를 정확하게 꽂는 것처럼 보법과 동작 하나하나에 빈틈이 없었다.

'이대로 초식을 펼치면 저 녀석의 달려오는 힘에 심장이

꿰게 된다. 화산파 장문 여식을 호위하다 그런 것이라 하면 누구도 뭐라 하지 않을 것이야.'

정패는 자신이 곧 삼룡의 심장에 검을 꽂을 것이라 믿어 의심치 않았다. 하지만 정작 삼룡이 다가서자 그의 시야에서 삼룡의 신형이 흔들렸다. 그는 분명 똑바로 달려오고 있는데도 말이다.

"어, 어?!"

정패의 낭패한 목소리와 함께 잘 전개되던 통천검결 마지막 초식 막막통천이 어이없게 삼룡의 곁을 한참 비껴나 버렸다. 그사이 삼룡이 정패를 지나쳤음은 말할 것도 없었다.

게다가,

퍽!

삼룡이 고의로 그랬는지 정패를 지나치며 그의 몸뚱이 한쪽을 들이받아 버렸다. 그러자 허망하게 검끝을 쳐다보던 정패가 채질한 팽이처럼 회전하며 나자빠지고 말았다.

그것도 그의 뒤를 받치고 있던 주가장 일공자 주원덕의 앞으로 말이다.

"어이쿠!"

주원덕이 넘어지는 정패의 몸뚱이를 받아내느라 뒷걸음질을 쳤다.

그 역시 검을 뽑아 들고 있어서 손이 자유로울 수가 없었다. 때문에 갑자기 중심을 잃고 넘어지는 정패가 버겁기만

했다.

속수무책 뒷걸음질치는 주원덕을 보고 두천이 창을 거두고 도왔으나 뒤로 밀리기는 매한가지였다. 전해지는 힘은 그리 큰 것이 아니었으나 정패가 주원덕의 중심마저 흔들어놓아 그 둘을 떠받치기가 힘들었다.

오히려 그가 들고 있던 장창에 주원덕의 다리가 걸려 셋이 한꺼번에 넘어질 뻔한 위기에 처했다.

이들 셋이 뒤로 물러난 사이 삼룡이 백몽연의 앞에 우두커니 멈춰 서 있었다.

"서연아!"

삼룡이 눈물을 글썽이며 양손을 내밀자 백몽연이 코를 틀어막으며 한 걸음 물러섰다.

"아휴, 냄새! 능 공자, 방금 이 거지가 나보고 뭐라 한 겁니까?"

"나야, 서연아. 삼룡 오라버니라구!"

"서연이건 뭐건, 대체 왜 이 행패죠? 난 서연이도 아니고 또 그녀가 누군지도 몰라요. 당신이 아무리 개방 형제라 할지라도 계속 무례를 범한다면 더는 용서치 않겠습니다."

질색하는 백몽연은 여차하면 검까지 뽑아 들 기세였다. 그 순간 능운비가 포권하며 삼룡에게 인사를 건넸다.

"여기서 또 뵙는군요, 삼룡 선배님!"

능운비의 인사에도 삼룡은 이렇다 할 대꾸를 하지 않았다.

그는 오직 백서연과 꼭 닮은 화산파 장문 여식 백몽연의 얼굴
만 뚫어지게 쳐다볼 뿐이었다.

　삼룡이 무례를 범하고 있음에도 능운비는 불편한 심사를
드러내지 않고 정중하게 물러설 것을 종용했다.

　"몽연 낭자가 선배를 모른다고 하니 이만 물러서시지요."

　능운비의 경고에도 삼룡은 여전히 말뚝처럼 서 있었다. 오
직 백몽연이 그 자신을 한 번만 바라봐 주기를 원하는 눈빛이
었다. 하지만 그녀는 삼룡을 거들떠보지도 않았다.

　이때 간신히 중심을 회복한 정패가 다시 검을 고쳐 쥐며 삼
룡에게 달려들었다. 하지만 삼룡이 또 한 번 신형(身形)을 흔
들자 정패는 또 맥없이 튕겨졌다.

　삼룡의 범상치 않은 몸동작을 두 번이나 견식한 능운비는
심사가 복잡해졌다.

　'의식하지 않는 상대를 이화접목(移花接木)의 수법으로 되
돌려 보내다니, 어쩌면 천리마군이 보고한 것보다 더 대단한
놈일지도 모르겠어.'

　그때였다. 백몽연이 느닷없이 검을 뽑아서 삼룡에게 겨누
며 소리치는 것이었다.

　"방금 능 공자님의 말을 못 알아들었나요? 어서 가라잖아
요!"

　백몽연은 삼룡이 자신에게 무례했던 일보다 능운비의 말
을 무시하는 것이 더 화난 것처럼 행동했다.

이 때문인지 삼룡의 눈동자가 흔들렸다. 하지만 이 흔들림은 백몽연의 냉대 때문만은 아니었다.

'적발이 아니야. 몸에서 풍기는 향도 서연이와 달라.'

한순간 든 의심에 삼룡의 눈물이 어느새 마르고 있었다. 조금 전까지 감정을 주체하지 못해 어쩔 줄 모르던 그의 눈동자도 차분하게 가라앉아 있었다.

이때 백몽연의 뒤쪽으로 황급한 목소리가 들렸다.

"오라버니, 그 사람 서연 언니가… 아니… 에요. 헉, 헉!"

삼룡에게 소리친 이는 다름 아닌 담초홍이었다. 거친 호흡과 이마에 흐르는 굵은 땀방울을 보건대, 삼룡이 걱정되어 뒤늦게 쫓아온 모양이었다. 그리고 그녀의 옆에는 축귀가 호위무사처럼 따라붙어 있었다.

백몽연은 담초홍과 또다시 마주치자 자연스레 미간을 찌푸렸다.

'또 저 백발 아이잖아. 나와 왜 자꾸 부딪치는 거지?'

"이런, 내가 사람을 잘못 봤네."

방금 말과 달리 삼룡은 별 미안한 기색도 없이 물러섰다.

오히려 그가 한순간에 마음을 다잡는 것이 신기할 정도였다. 하지만 담초홍은 그런 그의 모습에서 불안한 느낌을 지우지 못했다.

'서연 언니와 똑같이 생긴 사람을 두고서도 한순간에 감정을 잘라냈어. 오라버니 검의(劍義)에 점점 감정이 없어지는

것 같아.'

이때 화산파 백몽연이 나서며 담초홍과 삼룡을 싸잡아 비난했다.

"머리만 허연 어린 계집이 아미파 무공을 훔쳐보고도 큰소리치는 버르장머리가 어디서 나왔나 했더니, 바로 봉두난발 거지 오라버니에게서 배운 거로군."

이 소리에 삼룡이 담초홍에게 고갯짓을 했다. 그녀의 뺨을 때린 장본인이 눈앞에 있는 화산파 제자 백몽연이 맞느냐는 의미였다. 그런 삼룡의 상태가 불안했던지 담초홍이 일부러 고개를 가로저었다. 하지만 삼룡은 이를 믿지 않았다.

"낭자가 내 동생 초홍이의 뺨을 때렸소?"

"그래요. 그게 뭐가 문제죠? 저 아이가 아미파 무공을 알든 모르든 몰래 훔쳐보고 있던 것은 사실이에요. 누구든 그 상황에서는 뺨이 아니라 더한 일도 했을 겁니다. 설마 그 이유로 나에게 복수라도 할 작정인가요? 자신의 무공을 꽤나 믿는 모양인데… 그렇담 좋아요. 나도 죽기 살기로 싸울 테니!"

아무 뉘우침 없는 백몽연은 능운비가 자신의 편을 들어줄 것이라 여기며 도도하게 굴었다. 능운비의 행동 또한 그녀의 바람과 다르지 않았다.

"그냥 가세요, 선배! 백 낭자의 말내로 무공을 훔쳐 배웠다면 그보다 더한 경우도 죄가 되지 않습니다. 만일 선배가 손을 쓴다면 저도 가만히 지켜볼 수는 없습니다."

능운비의 첨언에도 삼룡은 아무 대답하지 않고 차갑게 응시할 뿐이었다. 그러자 능운비도 주저하지 않고 눈을 마주쳤다.

백몽연은 두 남자가 자신 때문에 싸우려 하자 묘한 감정이 들었다.

명문 화산파의 제자인 그녀가 보기에 삼룡이 정패를 처리하는 수법이 보통이 넘었다. 이는 일평생 무공에 정진하는 무인으로서의 동경심을 느끼게 하기에 충분했다.

반면 점창파의 능운비는 그녀가 연모하는 감정을 가지고 있는 인물이었다. 아직 그의 신위는 직접 견식하지 못했지만, 삼룡보다 강할 것이라는 믿음이 있었다. 또 정통한 소식에 의하면, 그가 절정을 가뿐히 넘긴 고수라고 하지 않던가.

이런 생각에 백몽연은 은근히 이들 둘이 싸우는 모습을 기대하고 있었다. 물론 종국에는 능운비가 삼룡을 이기는 것을 바라면서 말이다. 하지만 상황은 그녀의 생각대로 되지 않았다.

"뺨 한 대에 계집 목숨 하나라! 너무 비싸군. 가자, 초홍아. 아까 내가 제안한 내기는 이 오라버니가 진 걸로 하자."

이렇게 말한 삼룡은 손을 탁탁 털며 초조하게 바라보고 있는 초홍에게로 향했다.

삼룡이 허망하게 물러서자 백몽연의 심사가 불편해졌다. 분명 조금 전까지 자신을 쫓아와서 한 번만 봐주길 간절히 원한 상대가 한순간에 돌아서니, 뭔가 농락당한 느낌이 들었다. 하지만 그렇다고 삼룡을 잡을 수 없는 노릇이었다.

정패 또한 두 번이나 삼룡에게 혼난 탓에 감히 덤벼들 생각을 하지 못했다. 생각해 보니 그의 검을 두 번이나 피할 수 있는 상대가 삼류일 리가 없지 않은가.

이렇게 일촉즉발의 사태가 유야무야 넘어가자 초조한 표정 일색이었던 담초홍이 비로소 안도의 한숨을 내쉬었다. 그녀는 무엇보다도 백서연과 꼭 닮은 백몽연을 보고서도 삼룡이 금세 안정을 찾는 것이 다행이라 여겼다. 하지만,

"벙어리, 네 이름이 초홍이었나? 아미신녀 그 늙은 년이 제법 머리를 굴렸어. 날 감쪽같이 속이다니 말이야."

담초홍의 심장을 멎게 하는 사내의 전음, 그는 분명 아미신녀와 담초홍의 관계를 아는 사람이었다. 담초홍이 놀란 기색으로 주위를 두리번거리자 능운비가 그녀를 천천히 응시하고 있었다.

담초홍을 바라보는 능운비의 표정은 삼룡에게 깍듯이 대하는 예의 바른 이전의 표정과 조금도 다르지 않았다.

"널 어떻게 죽여야 저승에 간 아미신녀가 통곡을 할까? 삼룡이란 놈을 끔찍이 위하는 걸 보니, 저놈부터 죽여줄까? 아님, 네 옆을 지키고 있는 아귀궁 살수 축귀란 놈의 목부터 따줄까?"

능운비의 전음에 담초홍은 얼굴이 점점 굳어져 갔다. 그러

자 삼룡이 이상함을 느꼈는지 고개를 갸웃거리며 물었다.

"초홍아, 약속 못 지켜서 화났니?"

"아, 아니에요."

담초홍이 대답하는 기색이 뭔가 이상하자 삼룡이 뒤를 힐 끗 쳐다봤다. 하지만 화산파의 백몽연과 주가장 호위무사 정 패가 기분 나쁘게 쳐다보는 것 이외에는 별다를 것이 없었다.

"그만 가자!"

삼룡이 담초홍의 팔목을 잡고 말하는 순간 또다시 능운비 의 전음이 들렸다.

"조만간 찾아가겠다, 아미신녀 제자 담초홍."

담초홍이 창백해진 표정으로 삼룡의 팔에 이끌려 가는 동 안 능운비는 변함없는 표정으로 이들을 쳐다보고 있었다.

"능 공자, 가시죠."

능운비가 고개를 돌리자 백몽연이 수줍게 고갯짓을 하고 있었다. 하지만 다음 순간 능운비가 우두커니 멈춰 섰다. 그 것도 무엇에 충격을 받은 듯이 말이다. 이어 그는 서둘러 뒤 돌아서서 삼룡의 뒷모습을 쳐다봤다.

'저 자식이 내 전음을 들었어?!'

*　　　*　　　*

그날 저녁 혈교의 강시가 화산파 처소를 습격한 일로 무림

맹주 소림사 정명 방장을 비롯한 무림맹 수뇌부들 모두가 제
갈세가 가주 전각에 소집되었다.

처음에는 모두 제갈세가 안에서 벌어진 일이라는 것을 믿
으려 하지 않았으나, 직접 현장을 보고 온 수뇌부 몇몇의 증
언이 이어지자 모두 무릎을 치며 있을 수 없는 일이 벌어졌다
고 성토했다.

수뇌부들의 성토가 이어지는 가운데 회의 시작 때부터 불
만이 가득한 기색이었던 종남파 장로 벽산 진인(碧山眞人) 가
유성이 도리질 치며 말했다.

"제갈 부맹주, 우리가 지금 한가롭게 무림대회를 열 때가
아닙니다. 아무리 혈교가 천마신교를 집어삼켰다고 하지만
벌써 이곳까지 강시를 풀어놓을 정도라면 사태가 매우 심각
합니다. 어서 이 사태를 공표하고 무림대회를 취소하십시
오."

벽산 진인 가유성의 발언에 부맹주 제갈서천이 난처한 표
정으로 대답했다.

"가 장로님, 무조건 무림대회를 취소해서는 안 됩니다. 혈
교가 무슨 의도로 공격했는지도 모르는 상황에서 이 사안을
공표하는 것은 그들의 전략에 말려드는 일일 수도 있습니
다."

"그럼 부맹주는 이 판국에 한가하게 제자들 비무연이나 보
자는 겁니까?"

벽산 진인 가유성이 언성을 높이자 제갈서천은 입을 다물었다. 부맹주의 권위가 구대문파의 장로만 못한 것은 아니었지만, 이번 사태가 제갈세가 안에서 벌어진 일이니만큼 그의 책임도 없지 않아 있기 때문이었다.

더구나 벽산 진인 가유성은 제갈세가가 평소 소림사나 화산파와의 교류가 잦고 그들에게 재정적인 지원을 하는 것에 불만이 많은 인물이었다.

자칫 그의 심기를 잘못 건드리면 본 맹 설치 문제까지 반대할 공산이 크니 어쩌겠는가.

물론 소림사와 화산파의 경우는 제갈세가에 물밑 양면으로 지원을 해왔기 때문에 제갈서천이 그만큼 성의를 표한 것이었다. 종남파의 경우 주지는 않고 바라는 것만 많으니, 사리 판단이 정확한 제갈가가 교류를 꺼렸던 것이다.

회의를 주관해야 할 부맹주가 난처한 입장이 되자 어쩔 수 없이 무림맹주 소림사 정명 방장이 나섰다.

"아미타불! 가 장로, 빈승의 생각도 제갈 부맹주와 다르지 않습니다. 더구나 이번 무림대회는 차기 무림맹주를 추대해야 하는 일도 있으니 서둘러 취소하는 것보다는 이번 사태를 일으킨 혈교의 의도를 파악하는 것이 좋을 듯합니다."

"맹주, 어찌 하나만 알고 둘은 모르십니까? 무림맹 수뇌부가 이 같은 사실을 알고도 쉬쉬하고 있다는 사실이 알려지면 다른 문파 사람들이 가만있겠습니까?"

무림맹주가 나섰음에도 벽산 진인이 계속 삐딱하게 나오자 잠자코 있던 아미파 집법장로 원지 사태가 보다 못해 끼어들었다.

"흥, 염치도 모르는 도사 영감탱이 같으니라고! 사태를 수습할 생각은 안 하고 무림대회 취소만 외치는 걸 보니 또 돈이 궁한 게야!"

"뭐, 뭐요?!"

갑자기 아미파 원지 사태가 힐난을 하자 종남파 장로 가유성은 인상을 붉히면서도 어쩔 줄을 몰라 했다. 하지만 원지 사태의 말이 아주 틀린 말은 아니었다.

원래 종남파는 재물 모으기를 좋아하는 도사들이라 이득이 있는 일이 아니면 절대 나서지 않았다.

일반 백성들에게도 부적을 강제로 떠넘기고 돈을 요구하는 도사들을 보면 열에 일고여덟은 종남파 출신 도사들이었다.

그런 이들이 무림대회를 무조건 취소하자고 하는 건 다른 이유가 있는 것이 분명했다. 게다가 종남파 도사들은 부적을 파는 것 말고도 여색을 탐하기로 유명했다. 그러니 아미파 집법장로가 가만히 두고 보겠는가.

"내 말이 틀렸습니까, 여러분? 어디 무림대회가 후기지수 비무연이나 즐기는 대회랍니까? 종남파 가 장로의 말대로 무림대회를 취소한다고 칩시다. 그렇다면 무림 형제들이 모두 수긍하고 돌아가겠습니까? 저들은 강호에 이름을 알리고자 자그마치 이십사 년을 기다려 온 사람들입니다. 그런 이들이 혈교의 수작질이 있다고 해서 바로 수긍하겠냐, 이 말이외다."

"그, 그것은 공표를 해보지 않고서는……."

"그럼 무림맹을 대표해서 종남파 가 장로가 직접 공표하겠습니까? 그렇게 한다면 내가 어떻게 해서든 모든 권한을 밀어드리리다!"

아미파 원지 사태의 폭풍 같은 몰아침에 벽산 진인 가유성은 물 밖에 나온 붕어 새끼처럼 입만 뻐끔거렸다.

사실 그녀의 말은 백번 양보해도 옳은 말이었다. 이 같은 일로 무림대회를 취소한다면 혈교가 무림맹을 얕볼 것은 물론이고, 향후 무림맹의 입지도 약해질 것이니까.

다만 수뇌부들이 모인 이 상황에서 그를 다소 격하게 몰아친 것이 문제였으나, 소림이나 화산파에 버금가는 대문파 집법장로의 발언인지라 벽산 진인 가유성은 망신을 당하면서도 반박하지 못했다.

아미파 집법장로의 도움으로 일단 무림대회 취소 국면을 면한 제갈서천은 재빨리 상황을 수습했다.

"종남파 가 장로님의 염려가 무엇인지 잘 알고 있으니 너무 걱정하지 마십시오. 벌써 경계를 두세 배 강화하고 있고, 개방의 협조로 수상한 자들의 동태를 파악하고 있습니다. 안 그렇습니까, 만취개(滿醉丐) 조 장로님!"

　제갈서천은 말을 끝맺으며 아무런 탁자나 걸상도 없는 전각 한쪽 구석을 가리켰다. 그곳에는 다리 한쪽을 번듯이 꼬고 팔베개를 하고 누워 있는 한 늙은 거지가 있었는데, 그는 회의가 진행되는 내내 같은 자세로 계속 졸고 있었다. 부맹주가 그에게 질문한 지금까지도 말이다.

　게다가 그의 얼굴에 홍조가 잔뜩 끼어 있는 것으로 봐서는 분명히 얼큰할 정도로 술에 취한 모습이었다.

　이 몰골을 보고 아미파 원지 사태가 인상을 구기며 무림맹주 정명 방장에게 따지듯 말했다.

　"맹주, 저 만취개 늙은이는 무림맹 회의에서 빼자고 제가 몇 번을 말했습니까! 저 늙은이는 술이나 처먹을 줄 알지, 맹에는 하등 도움이 안 됩니다. 개방 방주에게 얘기를 하든 맹주의 권위로 잘라 버리든 제발 저 늙은이가 이 전각에 얼씬거리지 못하게 하십시오."

　원지 사태의 말에 졸고 있는 것 같던 만취개 조량이 벌떡 일어서며 타구봉으로 삿대질을 하며 소리쳤다.

　"뭐라구, 이 할망구야?! 얌전히 있는 내가 뭘 어쨌다고 심술이야, 심술이! 괴롭히려면 돈만 밝히는 종남파 도사나 괴롭히란 말이야. 이래 봬도 나는 맹주님 지시로 산동 경내에 천라지망(天羅地網)을 펼치고 오는 길이라구!"

　만취개의 말에 아미파 원지 사태가 아니라 종남파 장로 가

유성의 얼굴이 더 붉게 달아올랐다. 하지만 이번에도 방도 숫자 십만에 달한다는 대문파의 장로에게 따질 수 없어 눈만 멀뚱이기만 있었다.

이때 공동파 장로 철관도인이 만취개에게 물었다.

"지금 천라지망을 펼치고 오는 길이 했나, 만취개?"

"그래. 맹주님이 혈교의 동태가 심상치 않다고 미리 부탁을 하셔서 이 몸이 고생을 하고 오는 길이지. 하지만 말이 쉽지, 천라지망을 펼치기가 어디 쉬운 줄 알아? 내가 산동 경내 이곳저곳을 돌아다니느라 얼마나 피곤했는데 그래?"

만취개의 열변에도 원지 사태는 콧방귀를 뀌며 고개를 내저었다.

"흥, 개방의 천라지망이 강호제일이라는 말은 순 허명인 게야. 그런데도 개방 장로란 늙은이는 속 편하게 술이나 처먹고 자빠져 자고 있으니, 쯧쯧!"

"뭐라구? 이 할망구가 대체 무슨 근거로 천라지망이 허명이라는 게야?"

"만취개, 너야말로 지금까지 듣고도 모르는 거냐? 혈교 강시 수십 구가·나타난 줄도 모르는 천라지망이 무슨 소용이냐, 이 말이야!"

이에 만취개가 한심한 듯 소리쳤다.

"이런 무식한 할망구 같으니라고! 고작 그런 이유로 개방의 천라지망을 무시하다니. 오히려 개방의 천라지망 때문에 혈교의 강시가 그전에 들어왔음을 알아냈는데, 무슨 헛소리를 지껄여?!"

"그전에?!"

"그래. 할망구도 알다시피 강시를 옮기는 방법은 두 가지야. 하나는 직접 강시를 조종해서 데려오는 방법이고, 다른 하나는 관에 넣어 옮기는 방법이지. 하지만 두 가지 방법 모두 천라지망에 걸린 적이 없다, 이 말이야. 그래서 제갈서천 저 친구가 얼마나 고민이 많은데 그런 헛소리야!"

만취개 조량의 말에 아미파 원지 사태도 수긍하는지 아무런 대꾸를 하지 않았다. 하지만 부맹주 제갈서천은 만취개의 가벼운 입을 탓하며 긴 한숨을 내쉬고 있었다.

이를 뒤늦게 눈치 챈 만취개 조량이 머리를 긁적이며 말했다.

"부맹주, 약속을 못 지켜 미안하외다. 내 염라사태 저 할망구가 갈구지만 않았어도 말하지 않는 것이었는데."

"아닙니다, 조 장로님. 어차피 말씀드려야 할 사안이었으니 크게 괘념치 마십시오. 다만 여러분께서는 이 사실이 밖으로 새어나가지 않게 도와주십시오. 그리고 제가 조 장로님께 비밀로 해달라고 부탁드린 것은 이번 일이 제갈세가 내부의 도움이 있었을 것이라 판단해서 비밀로 해달라고 한 것이었습니다. 각파의 장로님과 문주님께서는 오해 없으시길 바랍니다."

제갈서천이 사유를 설명하자 수뇌부 대부분은 고개를 끄덕이며 더 이상 그를 탓하지 않았다.

혈교의 강시 습격 문제가 어느 정도 수습되자 제갈서천은 내일부터 있을 무림대회 일정을 논의하며 회의를 이끌었다. 하지만 본대회가 아닌, 소문파 제자들이 겨루는 대회이다 보니 크게 열의를 보이는 수뇌부들은 없었다.

현무패를 가진 무림대회 출전자가 있다는 제갈서천의 말에도 모두 시큰둥한 반응이었다.

이는 현무패에 도전하는 강호인들의 무공을 낮게 생각해서 그런 것이다.

실제 강호에서 꽤 실력이 있다고 알려진 문파에조차 황동으로 만든 기린패 정도는 가지고 있었으니, 다른 문파 제자들은 거들떠볼 필요도 없다고 생각한 것이다. 물론 그 현무패를 가진 자가 최종 비무연에 올라가는 이변을 연출하자 이들의 입장이 금세 달라졌지만.

원만하게 회의가 마무리되고 무림맹을 실질적으로 이끄는 무림맹주 정명 방장과 화산파 장로 서악노군(西岳老君) 문준, 곤륜파 장로 백미서생(白眉書生) 영허 도장, 아미파의 집법장로 원지 사태, 개방의 만취개 조량이 부맹주 제갈서천의 제의로 따로 자리를 마련했다.

모두 둥그런 원형 탁자에 앉아 있는 데 반해 만취개 조량은 홀로 맨바닥에 드러누워 있었다. 이는 그가 개방 출신이기 때문이었다.

원래 개방 방도는 일반 사람들처럼 걸상에 앉아 차나 술을 마시는 것을 방칙으로써 금했다. 이는 방주나 장로도 예외가 아니었는데, 만취개 또한 그 이유로 걸상에 앉지 않는 것이다. 대신 상대가 누구든 간에 어떤 자세로 있어도 결례가 되지 않았다.

모두 침묵하고 있는 가운데 아미파 원지 사태가 다소 무겁게 입을 열었다.

"빈승이 여러분과 논의할 것이 있어서 부맹주에게 자리를 마련해 달라 요청했습니다."

모두의 시선이 쏠리자 염라사태라 불리는 그녀도 긴장이 되는지 짧은 한숨을 내쉬며 말을 이었다.

"여러분도 아시다시피 지난봄에 아미신녀님께서 자객에 의해 돌아가셨습니다. 하나 여러분은 그 흉수가 누구인지 모르셨을 겁니다."

그 말에 화산파 서악노군이 한 자 길이의 흰 수염을 쓰다듬으며 말했다.

"아미파 금역에 벌어진 일이라 조사하기가 힘들었다고 들었습니다. 한데, 사태께서 지금 그 말씀을 하시는 걸 보니 아미파에서 자객의 정체를 알아낸 모양이로군요. 대체 그 정체가 누구였습니까?"

"아미타불, 혈마존였습니다."

"혈마존이라니요? 그렇다면 천강혈마의 사부 혈마존을 말씀하시는 것인데, 그자는 백여 년도 더 전에 아미신녀님에게 죽은 자가 아닙니까? 무슨 착오가 있는 것은 아닙니까?"

놀란 서악노군의 되물음에 원지 사태를 대신해 정명 방장이 답했다.

"아미파에서도 처음 조사 시에는 마교 자객의 짓으로 생각했다고 합니다. 검을 쓰는 손속과 아미신녀님이 입은 검상을 봐서 범인은 마공을 익힌 자였으니까요. 하지만 그 얼마 후 마교가 바로 무너졌으니 그들의 짓으로만 볼 수 없었다고 합니다. 그리고 얼마 전 이런 첩지가 아미파 장문인 앞으로 전해졌다고 합니다."

여기까지 말한 정명 방장은 붉은 비단으로 감싼 보(褓)를 탁자에 올려놓았다.

이 비단보 안에는 일곱 자가량의 글자가 적힌 종이가 고이 접혀져 있었는데, 정명 방장 옆에 앉아 있던 제갈서천이 그 첩지를 조심스레 펼쳐 화산파 서악노군의 앞으로 건넸다.

놀랍게도 첩지에는 피로 거칠게 휘갈겨 쓴 일곱 글자가 떡하니 써져 있었다.

금정자객(金頂刺客) 혈마존(血魔尊)!

금정(金頂)은 아미산의 정상을 지칭하는 말이었다. 즉, 금정자객이란 아미신녀를 죽인 자객을 뜻하는 말이었다. 하지만 첩지에 쓰인 글씨가 보통 필체였다면 화산파 서악노군과 곤륜파 백미서생이 입을 다물지 못할 정도로 놀라지는 않았을 것이다.

'혈서를 쓴 자의 필체로 보건대, 마공을 익힌 자가 분명해. 실로 대단한 마공이야! 이렇듯 사이하고 패도적인 것이, 마치 일곱 마리 마룡이 꿈틀대는 것 같구나!'

'한 글자, 한 글자가 마치 사나운 맹수가 울부짖는 것 같아. 이 정도 마공을 익힌 자가 있다니, 놀랍군. 놀라워! 이런 자가 혈서를 써서 보냈다면 아미신녀를 죽인 것이 정녕 혈마존이란 말인가?'

혈서의 필체를 보는 화산과 곤륜, 두 장로의 눈빛이 모두 반신반의의 뜻을 비치는 가운데 부맹주 제갈서천이 누워 자고 있는 만취개를 깨웠다.

"조 장로님도 이 첩지를 확인해 보시지요. 그동안 저에게 이것을 보여 달라고 조르지 않으셨습니까?"

"됐네. 그렇게 보여 달라고 할 땐 안 보여주더니, 이제 와서 보여준들 무슨 소용인가? 화산파 문 장로도 알고 곤륜파 영허란 도호를 쓰는 도사도 아는 일을 내가 알아서 뭣 해? 부맹주, 자네가 개방이 하는 일을 모르는 것도 아니고! 섭섭하네, 섭섭해."

원래 개방이란 문파의 인물들이 다들 괴팍하긴 했지만 만취개 조량만큼 괴팍한 인물도 드물었다.

만취개는 한번 심통을 부리면 무림맹주 정명 방장도 머리를 짚을 만큼 고집불통에 안하무인인 인물이었다. 하지만 지금 그의 상대는 무림맹주가 아니라 지략에 있어서 무림지존이라 일컫는 신기제갈 가문의 가주였다.

"글쎄요. 제가 볼 땐 아직 두 분 장로께서는 첩지를 쓴 사람이 누군지 정확히 눈치를 못 채신 것 같은데, 만취개 장로님이 알아봐 주시면 안 되겠습니까?"

제갈서천의 말 몇 마디에 고집불통 만취개가 벌떡 몸을 일으켰다.

원래 만취개는 천라지망을 펼치고 충분히 쉰 터라 일부러라도 심술을 부리려던 참이었다. 하지만 제갈서천이 첩지를 들먹이며 그의 호기심을 자극하자 심술이고 뭐고 일단 확인해 보고 싶은 마음이 앞섰던 것이다. 물론 그도 자신이 민망할 정도로 재빨리 일어섰다는 것을 알고 있었다.

"이런 한심한 사람들 같으니라구! 명색이 무림맹 수뇌부에 대문파 장로란 사람들이 눈을 뒀다 뭐 하는 거야?"

만취개가 괜히 객쩍은 소리를 하며 다가오자 제갈서천이 들고 있던 첩지를 내밀었다. 순간 심상치 않은 필체를 확인한 만취개의 눈이 찻잔처럼 동그랗게 변했다.

"오호! 마공이 하늘에 닿았군, 닿았어! 이런 필체를 쓸 수 있는 사람은 손가락을 꼽을 필요도 없이 딱 한 사람이야. 한 데 이해가 가지 않는 게 있어."

혈서를 본 만취개의 평에 제갈서천이 되물었다.

"조 장로님, 무엇이 이해되지 않습니까?"

"이 글을 쓴 자가 얼마나 급박한 상황이기에 이런 혈서를 썼느냔 말일세. 자기가 아미신녀를 죽인 것이라면 굳이 첩지를 보낼 턱도 없고 말이야."

"그럼 만취개 조 장로님께서는 이자가 누군지 확실히 아시는 겁니까?"

"뭐, 그게 어려운 거라고! 이런 필체를 쓸 수 있는 자는 마(魔)의 경지를 초월한 인마대제(人魔大帝) 딱 한 사람뿐이네."

만취개의 추측에 모두 공감하는지 일제히 고개를 끄덕였다. 하지만 다음 순간 만취개가 의문스런 표정으로 원지 사태에게 물었다.

"염라 할망구, 조금 전 이 첩지가 금정선원 쪽으로 온 것이 아니라 아미파 장문인 앞으로 왔다고 했는가?"

"말하는 버르장머리하고는! 그래, 하오문 녀석들을 시켜 이것을 보냈다. 그놈들이야 입이 무거우니 더 알아낼 것도 없었어. 하지만 그것이 뭐가 이상하다고 하는 게야?"

원지 사태의 물음에 만취개는 무엇을 꿰어맞춰 생각하는지 바로 답하지 않고 탁자 주위를 한참 서성인 후에야 대답했다.

"초마(超魔)의 경지에 오른 인마대제가 수하도 아닌 하오문을 시켜 전달했다면 그만큼 자신이 큰 위기에 봉착했다는 것이겠군."

그의 말에 원지 사태가 미간을 잔뜩 찌푸리며 일갈했다.

"한심한 영감탱이, 그걸 모르는 사람이 누가 이 자리에 있어?"

"글쎄, 난 그것이 좀 다르게 생각되는데. 마교 교주의 정보력이 아무리 뛰어나다고 해도 아미산 정상에 일어난 일을 자기 손금 보듯 알긴 어려워. 게다가 새털처럼 많은 자신의 수하를 시키지 않고 하오문을 시켰다면, 내부에서조차 경계하는 자가 많다는 얘기지. 적어도 이 필체로 보면 인마대제는 죽었을 가능성이 커. 그 얘기는 곧 그가 미리 알면서도 혈교를 막지 못했다는 얘기가 성립하는 거지. 안 그런가, 부맹주?"

"조 장로님 얘기가 맞습니다. 아미신녀님 일이 있은 다음에 마교가 무너졌으니까요. 하지만 마교 교주인 인마대제가 알고서도 막지 못할 정도라면 마교가 무너진 다른 이유가 있지 않을까 싶습니다만."

"아마 마교 내부에 장로 급 이상의 배신자가 여럿 있었을 테지. 그것도 인마대제가 손대지 못할 정도로 감춰진 힘을 가지고 있는 자 말일세. 하지만 천강혈마 정도가 회유했다면 그

들도 배신하지 않았을 거야. 천강혈마가 아무리 고강하다고
해봤자 초마의 경지인 인마대제의 상대는 되지 못했을 테니
말이야."

만취개가 첩지 하나로 미처 생각하지 못했던 부분을 하나
하나 들춰내자 수뇌부 모두가 놀라움을 금치 못했다. 그의 말
대로라면 죽었던 혈마존이 다시 세상에 나온 게 아닌가.

곤륜파의 백미서생 영허 도장이 한탄하며 말했다.

"허허, 혈마존이 다시 세상에 나오다니, 정말 큰일입니다.
게다가 마교가 벌써 복속되었으니 사파들도 곧 그들의 발밑
으로 들어갈 것입니다. 이제는 무림맹과의 전면전만 남은 상
태입니다. 하지만 지금 상황에서 마교를 복속시킨 혈교와 싸
운다는 것은 계란으로 바위 치는 것과 다름없습니다."

영허 도장의 한탄에 아미파 원지 사태도 인상을 쓰며 불쾌
한 감정을 드러냈다.

"어찌 무림맹을 이끄는 수뇌부께서 한탄부터 하시는 겁니
까? 마(魔)를 멸하는 것이야말로 정도를 걷는 정파의 제자로
서 당연한 것입니다. 아미파 제자는 최후의 한 사람이 남더라
도 물러서지 않겠습니다."

그녀의 말에 만취개가 대꾸했다.

"염라 할망구, 영허 도장이 어디 물러나고 싶어서 저러는
겐가? 저들은 피도 눈물도 없는 혈교의 무리들이야. 마교 놈
들은 적어도 사술은 쓰지 않아. 그들은 차라리 실력으로 상대

하는 놈들이지. 하지만 혈교는 달라."

만취개의 말에 서악노군이 거들었다.

"만취개 장로님의 말이 맞습니다. 오늘 화산파 제자들을 습격한 것도 보통 강시가 아니라 눈에 보이지 않는 은형강시(隱形僵屍)였습니다."

"아니, 그걸 왜 지금 말하는 겁니까, 문 장로?"

원지 사태의 물음에 서악노군 문준이 담담한 표정으로 답했다.

"제자들의 말만 듣고 사실로 단정 짓기가 힘들었습니다. 살아 있는 사람도 아닌 죽은 시체가 은형술을 쓴다는 것을 믿을 수가 있어야죠. 하지만 혈마존이 다시 강호에 등장했다면 얘기가 달라집니다. 아미신녀가 그자를 제압할 때도 강호에 해괴한 일들이 많이 벌어졌다고 하지 않습니까?"

그의 말에 제갈서천이 받았다.

"그때도 마교 교주와 아미신녀님이 함께 혈마존을 상대했다고 알고 있습니다. 물론 이 얘긴 저희들만 알고 있어야 하는 얘기죠. 하지만 지금은 마교가 완전히 몰락한 상태이니 마지막 방법밖에 남지 않았습니다."

"마지막 방법이라니?"

만취개 조량의 물음에 제갈서천이 무림맹주 정명 방장을 힐끗 쳐다보며 입을 열었다.

"백만대군(百萬大軍)의 힘을 가진 조정의 도움을 받는 수밖에 없습니다. 현재 무림맹에서는 개봉부(開封府)에 줄을 대놓고 있으니 그들에게 모반(謀反)의 혐의를 씌우는 것은 어렵지 않습니다."

"하지만 혈교 놈들은 난공불락이라 일컫는 귀주(貴州)의 마교 총단을 근거지로 삼았네. 귀주라면 운남 대리국(大理國)의 영향하에 있으니, 조정은 군사를 움직이지 않을 것이야. 물론 과거 중원의 땅이었으니 모반의 죄라면 군사를 움직일 수도 있지만 대리국도 가만있지 않을 것이네. 설사 대리국과 전쟁을 한다고 해도 북방 여진족이 시비를 걸어올 게 분명해. 그들은 수년 전부터 그 힘을 모으고 있었으니까. 그렇기 때문에 조정은 군사를 움직이지 않을 게 분명하네."

"귀주까지 공격할 필요가 없습니다, 조 장로님! 어차피 혈교는 무림일통을 하기 위해 귀주에서 나올 수밖에 없을 겁니다. 그리고 예전처럼 사파의 세력을 흡수할 테죠. 그래서 일단 저는 혈교에 합세할 사파들부터 처리할 생각입니다. 일단 사황성과 봉황성 두 문파만 없애 버리면 다른 사파들은 함부로 혈교에 가세하지 못할 것입니다."

제갈서천의 말에 화산, 곤륜, 아미파의 장로들이 일제히 고개를 끄덕였다. 그만큼 제갈서천의 계획은 치밀하고 설득력이 있었다. 괴팍한 성정의 만취개마저도 전혀 반박하지 못할 정도로 말이다.

　실질적인 무림맹 수뇌부들 모두가 돌아간 상황에도 제갈서천은 홀로 전각에 남아 생각에 잠겨 있었다.

　그는 팔각 창을 열며 은은하게 비치는 달빛을 여유롭게 감상하고 있었다. 그러길 일다경이 지났을까, 누군가가 인기척이 들려왔다.

　"으흠, 점창파 후배 능운비가 부맹주님의 부름을 받고 달려왔습니다."

　"오호, 어서 오시게, 능 소협!"

　능운비의 목소리가 들리자 제갈서천은 조금 넘치다 싶을 정도로 기쁘게 달려가 직접 문을 열어주며 환대했다. 강호를 움직이는 무림맹 부맹주이자 제갈세가의 가주가 몸소 친절하게 맞아주자 능운비 또한 격식을 차렸다.

　"감사합니다, 부맹주님!"

　"부맹주는 무슨, 그냥 선배라 부르시게나. 자, 어서 안으로 들어가세. 내가 아랫사람들에게 일러 요리 몇 가지와 술을 가져오라 했네."

　"술과 요리를요?"

　"내 자네에게 큰 도움을 받았는데 어찌 그냥 지나칠 수 있겠는가? 본 맹 설치가 이렇듯 빠르게 추진되고, 골치 아픈 혈교 문제를 해결해 준 게 자네 아닌가? 그 때문에 눈엣가시 같은 사파의 양대산맥인 사황성과 봉황성이 모두 없어질 것은 이제 시간문제일세."

“본 맹 설치는 제갈세가에서 아주 오래전부터 추진해 오던 것이니 어찌 제 덕이라 하겠습니까? 혈교 문제 또한 누구나 생각할 수 있는 해결책이었습니다. 마교가 무너졌으니 그에 버금가는 힘은 오직 조정에 있지 않겠습니까? 전 단지 사부님께 도움을 받았던 조정 대신과 연결시켜 드린 것뿐입니다.”

겸양하는 능운비의 표정은 진지하면서도 격식이 있었다. 그는 한마디 한마디를 더할 때마다 행여나 건방지게 보이게 하지 않으려는 듯 몸가짐을 조심했다. 그러자 그를 보는 제갈서천의 눈빛엔 점점 더 신뢰가 더해졌다.

‘무림맹에 저렇듯 예의와 격식을 차릴 수 있는 자가 얼마나 되는가? 절정의 무공만 지녀도 고개 하나 숙이려 드는 법이 없는데. 혈교 문제를 단 한순간에 해결하고도 이렇듯 겸양하다니! 저런 인재가 나를 돕는다는 건 하늘이 이 제갈세가를 도우고 있음이야.’

“하하, 감복했네, 감복했어! 일신에 절정을 넘는 무공을 지니고서도 예와 격을 벗어나지 않으니 어찌 내가 탄복하지 않겠나. 자, 이리로 와서 앉게.”

“부맹주께서 이렇듯 과찬해 주시니 모든 것이 부족한 이 후배는 몸 둘 바를 모르겠습니다.”

능운비가 허리를 숙이며 다시 겸양하자 제갈서천은 흡족한 웃음을 감추지 못했다.

*　　　*　　　*

대대강의 처소로 돌아온 삼룡은 축귀를 뺀 아귀궁 살수 동생 넷을 데리고 나왔다. 갑작스런 삼룡의 부름을 받은 아귀궁 살수들은 모두 긴장한 표정이었다.

달빛을 등진 삼룡 또한 심각한 분위기가 물씬 풍겼다. 그리고 그는 고개도 돌리지 않고 차갑게 말했다.

"나랑 갈 데가 있다. 하지만 원하지 않으면 가지 않아도 돼."

그의 말에 신귀(申鬼)가 대답했다.

"저희들은 형님 말씀이라면 뭐든 따를 준비가 되어 있습니다."

"너희 모두 죽게 될지도 몰라. 그리고 이번엔 내가 너희들을 지켜줄 수 없어. 나를 믿고 있는 거라면 다시 생각해."

"형님이 저희에게 처음 부탁하는 일이니 몇 번을 다시 생각해 봐도 마찬가지입니다. 화산파와 전면전을 치른다고 해도 저희는 물러나지 않겠습니다."

"화산파가 아니야. 너희들이 가장 두려워하고 있는 혈교와 관련된 놈이다."

"혈교라구요, 형님?!"

"그래, 그러니 지금이라도 빠지고 싶은 사람 있으면 빠져. 목숨은 누구에게나 소중한 법이니까."

아귀궁 살수들은 좀 전과 달리 주저하는 기색이 역력했다. 화산파 매화검수 백 명과 맞붙는다고 해도 물러설 생각이 없었으나 혈교만은 달랐다. 천마신교마저 하루아침에 무너뜨린 혈교였으니 그들 마음속에는 아직도 혈교에 대한 두려움이 남아 있었던 것이다.

이를 보고 삼룡이 혼자가려는 듯 들어가라 손짓했다.

"너희들은 그냥 남아라. 나 혼자 갈게. 대신 초홍이나 잘 지켜줘. 내가 없는 사이 자객을 보낼지도 모르니까."

"혈교에서 초홍이를 노리고 있습니까?"

"그래, 낮에 그놈이 내 앞에서 대놓고 초홍이를 죽이겠다고 대놓고 전음을 보내더라. 물론 내가 듣고 있는 줄은 몰랐겠지만."

"초홍이 일이라면 저희도 한 팔 거들겠습니다. 그리고 자객 정도는 축귀 형님을 믿으셔도 됩니다."

신귀가 말하자 나머지 아귀궁 살수들도 함께 나섰다. 그러자,

"니들 내가 누구한테 가는 줄은 알고 있는 거냐? 됐어. 너희들이 긴장하고 있으면 오히려 더 위험해진다."

삼룡이 만류하며 끝내 혼자 가려 하자 신귀를 비롯한 아귀궁 살수들이 재빨리 그의 앞에 나섰다.

"죽어도 방해되지 않겠습니다. 형님도 저희 도움이 필요해서 부른 것이 아닙니까?"

"내가 너희들을 불러낸 건 어떤 상황에서도 흔들리지 않는 부동심(不動心) 때문이었어. 인간의 감정을 초월한 부동심 말이다. 하지만 지금 너희들의 마음은 흔들려서 오히려 방해만 돼."

"부동심이요?"

"그래, 부동심. 그것만이 놈에게 위협이 될 수 있지. 놈의 눈빛은 상대의 마음을 파고들어서 흔들어놔. 그렇게 되면 상대는 의식하지 못하는 사이에 신경이 둔화돼."

"그럼 저희들이 부동심을 유지하면요, 놈의 신경이 둔화되나요?"

신귀의 질문에 삼룡은 천천히 고개를 내져었다.

"아니, 그대로야. 하지만 속으로 놀라겠지. 일개 살수들한테 심안(心眼)이 통하지 않을 테니까."

여기까지 말한 삼룡은 잠시 고민하는 듯하다가 안 되겠다는 듯 고개를 좌우로 흔들었다. 하지만 그것이 특급 살수들인 그들에게는 자극이 되고 있었다.

먼저 성질 급한 진귀(辰鬼)가 뜨거운 콧김을 씩 내뿜으며 말했다.

"부동심인지 뭔지, 그 혈교 놈 낯짝이나 한번 보게 해주세요, 형님."

그러자 삼룡이 생각하는 듯하더니 다시 고개를 가로저었다.

“됐어. 어차피 너희들은 겁먹어서 안 돼.”

“저 겁 안 먹었어요. 아까 혈교라는 게 조금 꺼림칙하긴 했지만, 그동안 영약 먹고 수련을 얼마나 열심히 했는데요.”

“에이, 정말 어림없다니까 그러네.”

진귀가 무시당하자 곁에서 눈치만 보던 사귀(巳鬼)가 나섰다.

“아니에요, 제가 보기에도 저희들은 몇 달 전보다 훨씬 강해졌어요. 그리고 저도 따라가겠습니다.”

“안 돼. 그놈이 안 그래도 너희들 쓸모없다고 무시했는데, 니들이 가서 설치면 어쩌라구?”

이쯤 되자 잔머리를 잘 굴리고 침착한 성정의 묘귀(卯鬼)도 격분해서 나섰다.

“우, 우릴 무시해요? 노, 놈이 뭐라고 했는데요?”

“뭐라 하긴, 아귀궁 살수들은 별 볼일 없는 놈들이라고, 아마 자기가 나타나면 오줌을 지릴 거라고 하던데.”

“우와, 어떤 새끼가 겁대가리없이! 우리는 천마신교 장로들도 겁냈어요. 안 그래요, 형님들?”

격분한 아귀궁 살수들은 너나 할 것 없이 고개를 끄덕였다. 하지만 삼룡은 얄밉게 고개를 살랑살랑 저었다.

“아무리 그래도 안 되는 건 안 되는 거나. 놈인 심인으로 떠보고 있을 때, 니들이 먼저 나서서 죽어버리면 난 뭐가 돼? 난 내 옆에서 아무 내색도 하지 않고 부동심을 지키는 동생들이 필요할 뿐이야."

진귀가 나서 말했다.

"절대 안 나서겠습니다, 삼룡 형님. 심안에 걸려도 안 싸우면 되잖아요. 천지신명께 약속할 수 있어요."

그래도 삼룡은 고개를 저었다.

"인마, 니들은 천마신교 사람들인데 천지신명님에게 언약하면 뭐 해?"

"그럼 천마(天魔) 조사님 이름을 걸고 맹세하겠습니다."

천마는 마교인에게는 부처나 다름없는 존재였다. 아무리 인마대제가 교주라 불려도 천마신교를 세운 천마는 다른 문파 제자들처럼 개파조사로 여겼으니 말이다.

실제 진귀는 상황을 봐서 공격하기 위해 잔머리를 굴린 것이다. 하지만 삼룡이 이마저 따지니 천마의 이름을 입에 올린 것이다. 그러자 이번엔 삼룡의 반응이 조금 달랐다.

"정말이냐?"

"네, 제가 약속을 어기면 다음번에 동물로 태어날 겁니다."

"그럼 진귀, 너만 따라와!"

순간 진귀의 표정은 환해지고 나머지 아귀궁 살수들의 표정은 어두워졌다. 이유는 모르겠지만 자신들이 진귀에게 뒤처진 느낌이 든 것이다.

이때 머리 좋은 묘귀가 진귀를 따라 말했다.

"저도 약속을 어기면 내세에 동물로 태어날 겁니다. 제가 제일 싫어하는 토끼로요."

그러자 삼룡이 또 허락했다. 그러자 신귀와 사귀도 비슷한 약속을 하며 따라나섰다. 이런 생각들을 하면서 말이다.

'대체 어떤 새끼가! 장로 새끼면 기회를 봐서 숨통을 끊어 놔야지.'

물론 삼룡의 생각은 조금 달랐다.

'부동심은 개뿔, 니들 잘하는 인상이나 팍팍 써라. 하지만 덤벼들면 안 된다. 니들 실력이 드러나면 안 되거든.'

第二章

공묘(孔廟)

허허실실 虛虛實實

　야삼경(夜三更)이 다 되서야 제갈세가 가주 전각의 불빛이 꺼졌다. 그리고 얼마 후 능운비가 조용히 문을 열고 빠져나왔다. 얼마나 취했는지 능운비는 몸을 연신 비틀거리며 걸음을 힘겹게 옮기고 있었다. 하지만 주변 상황을 살피는 눈동자 움직임을 보건대, 진짜로 취한 것은 아닌 듯했다.

　아니나 다를까, 능운비는 가주 전각을 완전히 벗어나서부터는 똑바로 걸음을 걷고 있었다. 게다가 그는 점창파 제자들이 묵고 있는 처소로 향하지 않고 제갈세가의 외곽 담이 있는 곳으로 향했다.

　이어 인적이 드문 곳에 다다르자 주저없이 담장 위로 몸을 숏구쳤다. 그러자 마치 안개가 사라지듯 능운비의 신형이 감쪽같이 사라지고 없었다.

능운비가 다시 모습을 드러낸 곳은 제갈세가에서 이십여 리 떨어진 공자의 사당, 공묘(孔廟) 근처였다. 그리고 그곳에는 붉은 무복을 입고 등에 검을 멘 인물이 그를 기다리고 있었다.

"이런, 현천혈랑대 대주 혈영님이 직접 나오셨군요. 안에 놈이 와 있던가요?"

그의 물음에 혈영이 고개를 숙이며 대답했다.

"네, 존주님. 두 시진 전에 와서 기다리고 있습니다."

"알겠습니다."

능운비는 뒷짐을 진 채 공묘 쪽으로 발걸음을 옮기려 했다. 하지만 몇 걸음 걷지 않아서 다시 걸음을 멈췄다.

"참, 수석 장로에게 전서구를 띄우세요. 황 장로가 제안한 대로 조만간 조정 병사들이 사황성과 봉황성을 공격할 터이니, 조정 병사들과 함께 도망치는 잔당을 모두 처리하라고 말이죠. 어차피 회유되지 않을 것이라면 완전히 없애 버리는 것이 낫습니다."

"존명(尊命)!"

"그리고… 오늘 보니 구대문파에 하나인 모산파 제자들이 보이지 않던데, 저 모르게 대주가 처리한 것입니까?"

"아닙니다, 존주님! 그들은 몇 년 전부터 강호에서 사라졌다고 합니다. 모산파에 잠입해 있던 본 교 사람들도 모두 함께 사라졌습니다. 해서 천리마군 부교주는 무림 전역에 감시망을 강화하고 있습니다.”

“됐습니다. 어차피 무림맹에서도 크게 신경 쓰지 않는 문파입니다. 오늘 들어보니 팔대문파에 불과하면서도 위신 때문에 일부러 구대문파라 한다고 하더군요. 하지만 세월이 무상합니다. 백 년 전만 해도 모산파는 공동파와 대등한 문파였는데, 불과 몇십 년 만에 사라지다니.”

능운비의 말에 혈의 무복의 사내는 조용히 고개만 숙였다. 그 순간 능운비가 갑자기 실소하며 고개를 흔들었다.

“건방진 놈!”

능운비의 거친 말에 혈영이란 사내는 재빨리 무릎을 꿇었다. 하지만 능운비는 혈영 때문에 화를 낸 것이 아니었다.

“능운비, 꼬맹이 겁주지 말고 오늘 밤 근처 공묘로 와라. 겁나면 안 와도 돼.”

낮에 그가 들었던 삼룡의 전음, 그것이 생각나자 능운비의 표정은 한층 더 일그러졌다. 그에 따라 혈영은 옴짝달싹 못하고 있었다.

공자의 사당 공묘, 그리고 본전 대성전(大成殿) 앞의 석조 난간을 차지한 다섯 인물이 있었다. 이들은 바로 삼룡과 아귀궁 출신 동생 넷이었다.

삼룡은 어디서 훔쳐 왔는지 낡은 철검 한 자루를 옆에 놔둔 채 석조 난간으로 올라가는 계단 중앙에 비스듬히 누워 있었고, 아귀궁 살수들은 그의 주변에 앉아 담소를 나누고 있었다. 이 중 제일 활발하게 대화를 주도하고 있는 이는 묘귀였다.

"아, 혈교 놈은 도대체 왜 안 오는 거야? 어떻게 생겨먹은 혈교 놈인지 낯짝 한번 구경하기 힘드네."

묘귀의 말에 막내 사귀가 맞장구 쳤다.

"묘귀 형님, 우리가 온 걸 알고 겁먹고 안 오는 건 아닐까요?"

"그럴지도 모르지. 지놈이 아무리 고강한 무공을 지녔다고 해도 살수의 검은 상관하지 않으니까. 삼룡 형님이야 살수들을 염려할 실력이 아니지만, 혈교 출신인 제까짓 것들이 고강해 봤자 아니겠어? 사술만 아니면 혈교 놈들은 허수아비나 다름없다구."

묘귀의 큰소리에 진귀가 합세했다.

"묘귀 형님 말대로 혈교 놈들은 주문을 외워야 강해지는 놈들이에요. 하지만 우리들에게는 소용없습니다. 안 그렇습니까, 신귀 형님?"

"글쎄, 난 삼룡 형님이 걱정할 정도라면 보통내기는 아닌 것 같아. 저번처럼 은형술을 쓰는 놈일 가능성이 크잖아. 한데 삼룡 형님은 계속 주무시네."

신귀의 말에 묘귀가 대답했다.

"아마 혈교 놈을 직접 상대하는 게 귀찮으셨나 보죠. 어차피 우리한테 맡길 생각이셨을 겁니다. 아까 하신 말씀은 저희 투지를 일깨우려는 게 아닐까요?"

"그건 아니야. 형님은 쓸모없는 낭비를 안 해. 전에 멋모르고 우리가 덤벼들었을 때를 기억해 봐. 한 동작도 낭비가 없으신 분이시다."

"그럼 형님은 지금 싸울 준비를 하고 계신 건가요?"

"내 생각에는 그런 거 같아. 어쩌면 우리가 생각했던 것보다 더 대단한 놈일 수도 있으니 모두 긴장들 하고 있어. 적어도 천리마군 이상의 실력을 가진 자가 여럿 나타날 수도 있으니까."

신귀의 말에 동생들이 일제히 침묵했다. 하지만 그때,

"자기가 혈마존이라 하더군."

잠시의 정적을 깬 사람은 자고 있던 삼룡이었다. 하지만 혈마존이란 말에 아귀궁 살수들은 침조차 제대로 삼키지 못했다.

"물론 허풍일 거야. 혈교의 교주인지 뭔지 하는 놈이 여길 나타나겠어?"

삼룡의 번복에 다시 아귀궁 살수들이 각자 안도의 숨을 내쉬었다.

혈교의 인물이 다름 아닌 혈마존이라니 어찌 놀라지 않겠는가? 과거 이들이 교주 직속 아귀궁에 생활을 했을 때도 교주 인마대제를 직접 대면한 적은 한 번도 없었다. 하물며 혈교의 교주는 그 천마신교를 무너뜨린 자였다.

물론 능운비가 천마신교에 모습을 드러냈을 때도 있었지만, 그때 고개를 제대로 들어 그의 얼굴을 대놓고 쳐다볼 수 있는 인물은 장로 급 이상이었다. 행여나 불경죄에 걸려들게 되면 신분 고하를 막론하고 그 자리에서 목에 칼이 날아들 테니 말이다.

어쨌거나 혈마존이라는 말은 아귀궁 살수 출신인 그들에게 의미하는 바가 컸다.

"그, 그렇겠죠, 여기가 귀주도 아니고 무림맹이 있는 산동까지 혈마존 혼자 나타날 이유가 없죠."

"혼자는 아니었어. 은형술을 쓰는 놈들이 꽤 따라다녔으니까. 하지만 놈이 진짜 혈마존일 가능성은 별로 없어. 왜냐하면 놈은 점창파에 잠입한 놈이거든. 그런 놈이 수괴일 리가 없지."

무덤덤하게 대답하는 삼룡에 말에 질문을 하는 신귀나 동생들의 표정은 굳어졌다가 다시 펴졌다가를 반복하고 있었다.

"당연합니다, 형님! 혈마존은 혈교가 천마신교를 집어삼키

기 전에도 혈교의 교주 신분이었는데, 직접 점창파에 잠입할
리가 있나요?"

"그래, 그래서 나도 아니라고 생각했어. 하지만 그놈보다
다른 놈들이 더 강하지. 아마 그런 뒷받침이 있으니까 큰소리
쳤겠지."

"그렇겠죠?"

"응, 나도 그렇게 생각하고는 있어. 한데 그게 걱정이다."

"뭐가요, 형님?"

"너희들 말이야. 그놈이 별거 아닌 걸 알았으니 얕보고 덤
벼들지 않겠느냐?"

삼룡의 걱정하는 말에 신귀가 자신있게 대답했다.

"그건 걱정하지 마세요. 이 녀석들이 심심해서 말은 그렇
게 했지만 천마 조사님께 누를 끼치지는 않을 겁니다."

신귀의 말에 아귀궁 살수들은 모두 수긍하는지 재빨리 고
개를 끄덕였다.

"그렇담 다행이고."

삼룡이 대답을 하는 순간, 공묘 출입문의 나무가 뒤틀리는
소리와 함께 남색 도포를 입은 한 인물이 모습을 드러냈다.

'능운비, 드디어 왔군.'

삼룡은 비스듬히 누운 상태로 자신을 항해 다기오는 능운
비를 보며 미소를 지었다.

약관에 호리호리한 체격의 능운비를 처음 본 아귀궁 출신

살수들은 저마다 미간을 찌푸렸다. 안 그래도 험악한 살수 인상에 기분 나쁜 표정을 짓자 광포하리 만큼 분위기가 무거워졌다.

'뭐야, 저렇게 어린 자식이!'

대부분 아귀궁 살수들이 이렇게 생각하는 동안 신귀는 고개를 내저었다.

'강한 놈이다! 삼룡 형님이 긴장할 만해. 그런데 왜 형님은 약하다고 한 것이지?'

제갈세가 총관 대대강의 처소에는 축귀와 담초홍만이 덩그러니 남아 있었다. 하지만 담초홍은 낮과는 다르게 표정에 활기가 넘치고 있었다.

삼룡으로부터 담초홍 곁을 떠나지 말라는 특명을 받은 축귀는 담초홍의 변화가 놀랍기만 했다. 축귀 또한 그녀의 이런 변화가 좋았다. 하지만 그런 가운데에서도 그의 표정은 조금 어두운 구석이 있었다.

'사부님이 서연 아가씨가 닮은 여자를 보고도 아무렇지도 않게 행동해서 그런 건가? 하지만 서연 아가씨가 살아 있다는 것을 알면 또 어두워질 테지?'

"무슨 생각해요, 축귀 오라버니?"

담초홍의 애교 섞인 물음에 축귀가 미소를 지으며 대답했다.

"아, 아니야. 그나저나 초홍이, 뭐가 그리 좋은 거냐?"

"칫, 다 알면서!"

일부러 토라지는 표정의 담초홍은 영락없는 천진난만한 아가씨의 모습이었다. 얼굴을 살짝 물들인 홍조, 새침한 입술이 시종일관 활짝 핀 복숭아 꽃 같았다. 다만 그녀의 백발이 세월의 무게처럼 느껴져 안쓰러울 따름이었다.

사실 담초홍은 마음속은 축귀의 생각과 달랐다. 능운비의 협박을 받은 그녀는 일부러 웃고 있었던 것이다.

그녀는 능운비가 전음을 보내면 조용히 처소를 빠져나갈 생각이었다. 그러기 위해서는 축귀나 다른 이들이 눈치 채게 행동해서는 안 되었다. 살수들인 이들은 삼룡의 눈치만큼 재빠르니 말이다.

'그나마 다행이야, 삼룡 오라버니가 안 계시니. 축귀 오라버니만 속이면 되는 거야.'

"백발이 된 이유, 물어봐도 되니?"

축귀의 뜬금없는 질문에 담초홍이 미소를 지으며 고개를 가로저었다.

"안 돼요. 축귀 오라버니에겐 뭐든지 말해줄 수 있지만 그것만은 안 돼요. 대신 다른 건 뭐든 물어보세요. 그리고 뭐든 한 가지 부탁해도 되요. 삼룡 오라버니가 들어주기로 했잖아요."

해맑은 담초홍의 대답에 축귀는 미소를 지어 고개를 끄덕였다. 그때였다. 처소 밖에서 목소리가 들렸다.

"삼룡 대협, 대대강 총관입니다."

대대강은 평소보다 더 조심스럽게 문을 두드렸다. 물론 아 귀궁 살수들이 그의 버릇을 고치기 위해 부단히 노력(?)을 한 결과이지만.

"늦은 밤에 무슨 일이시죠?"

"다름이 아니라, 삼룡 대협을 뵙고자 하시는 분이 계셔서 요."

"내일 오시라고 하세요."

이쯤 했으면 대대강이 물러가야 했다. 하지만 그는 여전히 문밖에 서서 물러가지 않았다. 반면 담초홍 또한 삼룡이 자리 를 비웠다고 말할 수도 없는 처지였다.

아무리 무림대회 기간이라지만 늦은 밤에 마음 놓고 돌아 다닐 수는 없으니 말이다. 순간,

"내가 얘기하지요. 대대 총관은 그만 돌아가셔도 됩니다."

놀랍게도 밖에서 들린 목소리는 아미파 차기 장문 주희설 의 음성이었다. 이어 대대강이 물러가는 발자국 소리와 함께 그녀의 목소리가 다시 들렸다.

"담 낭자, 삼룡 대협께 큰 은혜를 입은 주희설이라고 합니 다. 실례인 줄은 알지만 드릴 말씀이 있습니다. 해서 예의에 어긋나는 줄 알면서도 이렇게 찾아왔습니다."

주희설의 목소리는 차가운 듯하면서도 절제와 기품이 동

시에 느껴졌다. 때문에 담초홍의 입장이 난처해졌다. 지금 처소에 삼룡이 없으니 말이다.

"대협이 지금 자리에 안 계신가요?"

정곡을 찌르는 주희설의 물음에 담초홍은 선뜻 대답할 수가 없었다.

"역시 자리에 안 계시군요. 하지만 상관없습니다. 제 얘기를 전해 드리기만 하면 되니까. 잠시 안에 들어가도 될까요, 담 낭자?"

이에 담초홍은 할 수 없이 처소 출입문을 열어줄 수밖에 없었다.

다행히 한철빙면 주희설은 혼자였다. 그리고 아미파 행색이 아니라, 평상 무복을 입은 이름없는 문파의 여협으로밖에 보이지 않았다. 하지만 그녀의 원숙한 미색(美色)은 감춰지지 않았다.

달빛 사이로 비친 곧은 눈매와 달걀 같은 그녀의 얼굴 곡선은 언뜻 봐서는 이십대 후반으로 보일 정도였다.

이는 그녀의 내공 수양이 그만큼 깊기 때문이었다. 게다가 그동안 어떤 진전이 있었는지 숨소리가 상당히 안정되어 있고, 한기 또한 강하게 느껴지지 않았다.

*　　　*　　　*

대성전 앞 석조 난간 계단에서는 능운비와 아귀궁 출신 살수 넷이 서로 기 싸움을 하고 있었다.

삼룡에게 갖은 경고를 들은 아귀궁 살수들은 약관의 불과하고 연약해 보이는 능운비가 나타나자 모두 실망한 기색이 역력했다.

반면 능운비의 심상치 않은 기도(氣度)를 눈치 챈 신귀는 조심스레 그를 관찰했다.

어쨌거나 이 모든 일이 능운비에게는 황당한 일이었다. 마공을 풀풀 풍기는 이들이 한때는 자신의 휘하에 있던 살수이지 않던가. 물론 삼룡이 심안(心眼)이니 뭐니, 헛소리를 한 탓에 아귀궁 살수들이 덤벼들 듯 인상을 쓰고 있었지만 말이다.

"내가 누구인 줄 알고 살수 주제에 무례를 범하는 것이냐?"

능운비의 호통에 막내 사귀가 비웃음을 잔뜩 머금고 짧게 대답했다.

"혈마존이라며!"

사귀의 대답에 능운비는 절로 미간이 찌푸려졌다. 지금까지 행동이야 몰라서 그랬다고 하면 이해가 되었지만, 지금 사귀의 대답은 그게 아니지 않는가.

물론 사귀는 가짜라는 말을 일부러 붙이지 않았다. 뿐만 아니었다. 진귀가 가세해서 그를 비꼬았다.

"존주님이라 불러주랴, 아님 교주님이라 불러주랴? 그런데 어쩌냐? 우린 이제 혈교에 복속된 마교인이 아닌걸. 전에 네가 보낸 수하들이 말 안 해주더냐? 아, 우리에게 모두 죽어서 못 들었나?"

진귀의 말에 묘귀와 사귀가 일제히 웃음을 터뜨렸다.

"크하하하, 저놈 얼굴색 벌겋게 변하는 것 좀 봐."

"맞아. 꼴에 혈마존이라고 화가 나는가 봐."

그때였다. 능운비는 말 대신 검을 소리없이 뽑아 들었다. 더 이상 말로 상대하지 않겠다는 뜻이었다. 하지만 그를 막는 인물이 또 하나 있었으니,

"능운비, 그 검 도로 집어넣는 게 좋을 거야. 네 주변에 있는 돌멩이가 그냥 있는 게 아니거든."

누워 있던 삼룡, 그가 몸을 일으켜 능운비를 노려보고 있었다. 그리고 그가 가리키는 곳에는 별다를 것 없어 보이는 그냥 돌멩이가 주변에 어지럽게 흩어져 있었다.

이는 필시 삼룡이 무슨 진법(陳法)을 펼쳐 놓은 것이 분명했다.

"선배, 고작 사방금쇄진(四方禁鎖陳) 따위로 날 어쩔 수 있을 것이라 생각했나요? 꽤나 그럴 듯해 보이지만 나에게는 소용없습니다."

그러자 삼룡이 피식 웃으며 대꾸했다.

"다시 봐, 사방금쇄진인지 아닌지."

삼룡의 말대로 능운비가 주위를 둘러보자 처음 그가 봤을

때의 돌멩이 위치와 사뭇 달라져 있었다.

"남두육성진(南斗六星陳)!"

"맞아. 하지만 조금 있으면 또 변해. 북두칠성진, 팔괘진, 천지음양진, 오행진으로 계속 변하지. 넌 내 동생들을 신경 쓰느라 진법을 제대로 보지 못한 거야."

"아무리 그래도 진법은 내게 소용없습니다. 선배도 알다시피 진법 또한 기운의 변화일 뿐입니다."

"글쎄, 복마진(伏魔陳)을 그냥 진으로 보다니. 좀 실망이야, 능운비!"

삼룡의 말에 능운비는 다시 주위를 살폈다. 이윽고 그의 눈빛이 심하다 싶을 정도로 좌우를 두리번거렸다.

"복마진?! 그 계집이 가르쳐 준 것입니까?"

"아니, 오늘 일은 초홍이는 모르지. 이건 개소문 사조께서 만들어놓은 복마진법이야."

"어차피 저에게는 잠시 방해만 될 뿐입니다."

"글쎄, 나는 그 정도 시간이면 충분하다고 생각하는데? 내 동생들도 그 정도 틈만 있으면 널 쉽게 제압할 수 있어. 안 그렇냐, 얘들아?"

"그럼요, 형님! 저희들에게는 그 정도 시간이면 충분합니다."

묘귀가 우렁차게 대답하자 능운비의 눈매가 가늘어졌다.

'이 진법에서 특급 살수 넷은 조금 거추장스러워. 게다가

저 삼룡이란 놈의 실력은 도무지 측량할 수가 없어.'

일단 불리하다는 생각에 능운비는 도로 검을 집어넣었다. 그러자 삼룡이 그를 훈계하듯 말했다.

"네놈이 천마신교를 집어삼키든 무림맹을 집어삼키려 하든 난 상관없어. 하지만 초홍이는 건드리지 마라."

"후후후, 역시 그 백발계집 때문이로군."

여기까지 말한 능운비의 말투는 이전과 완전히 판이하게 달랐다.

신귀는 대번 능운비의 변화를 눈치 챘다. 하지만 다른 아귀궁 살수들은 여전히 화난 표정으로 능운비를 노려보고 있었다.

'마공(魔功)과 다른 이 느낌은 뭐지? 마치 진짜 마인(魔人)을 대하는 것 같아.'

신귀가 놀라는 순간 막내 사귀가 능운비를 일갈했다.

"잘도 깝죽대는군. 감히 삼룡 형님한테!"

이어 진귀와 묘귀가 차례로 꾸짖었다.

"이 새끼, 눈 안 깔아?"

"우리가 예전의 그 살수들인 줄 알았다면 오산이야, 인마!"

하룻강아지 범 무서운 줄 모른다는 속담처럼 능운비의 진짜 실력을 모르는 아귀궁 줄신 살수 셋은 서로 돌아가며 능운비를 힐난했다. 하지만 이것이 바로 변수였다. 삼룡이 생각한 변수 말이다.

이 자리에 나온 혈마존 능운비는 삼룡을 살려둘 생각이 없
었다.

자신의 전음을 엿들을 수 있는 인간은 절대 살려둬서는 안
된다고 생각했으니까. 문제는 아귀궁 살수들이었다. 처음에
그는 자신이 나타나자마자 기분 나쁘게 쳐다보는 이들의 시
선 때문에 삼룡이 쳐놓은 진법을 제대로 살피지 못한 것이다.

사실 삼룡이 사방금쇄진이라는 아주 기초적인 진법을 쳐
놓은 탓에 신경 쓸 필요도 느끼지 못했다. 한데 이 진법이 시
간의 흐름에 따라 계속 변하는 게 아닌가. 별것 아니라고 생
각한 것이 큰 위협이 되니 능운비의 심사는 복잡해졌다.

'일개 살수들이 저렇듯 자신만만하다는 것은 필시 무언가
가 있다는 것인데. 놈이 준비한 것이 또 뭔가가 있는 것인
가?'

마교의 교주 인마대제가 두려워한 혈마존, 그가 공격을 주
저하고 있었다. 지금껏 자신의 실력을 단 한 번도 드러낸 적
이 없는 그가 말이다.

*　　　*　　　*

주희설과 담초홍은 탁자에 찻잔 하나씩을 마주 올려놓고
심각한 대화를 하고 있었다. 이들의 대화에 끼어들지 못한 축
귀는 가슴에 환두도를 품은 채 출입문 근처 한 기둥에 기대어

눈을 감고 있었다.

한동안 주희설 혼자 얘기를 했고 담초홍은 조용히 듣고만 있었다. 이어 주희설의 말이 끝나자 담초홍이 물었다.

"그럼, 아미파에서는 전공장로님 일 때문에 삼룡 오라버니를 잡아가려 한다는 건가요?"

"네, 그 때문에 아미팔선과 함께 아미파 고수들이 대거 몰려온 것입니다. 사실 혈교의 발현만 아니었다면 더 많은 아미 제자들이 삼룡 대협을 잡으러 왔을 겁니다."

"그래서 주 선배께서는 오라버니가 이번 무림대회에 참여하지 않는 것이 좋겠다는 말씀이시군요?"

담초홍의 물음에 주희설이 고개를 끄덕였다.

"만약 삼룡 오라버니가 아미파에 잡혀가면 어떻게 되죠?"

"뇌옥에 갇혀 평생 나오지 못하거나 아미파 제자가 되는 길을 선택해야 할 것입니다."

"아미파 제자요?"

"네, 담 낭자. 삼룡 대협이 심지에 타격을 준 사람이 전공 장로이니 아미파 입장에서 이를 만회하기 위해 세운 계책입니다. 하지만 삼룡 대협이 아미파 제자가 된다고 해도 지금처럼 마음대로 돌아다니지는 못할 겁니다."

"오라버니에게는 이미 사문이 있습니다. 그리고 절대 아미파 제자가 되려 하지 않을 것입니다."

놀란 눈으로 쳐다보는 담초홍에게 주희설은 힘없이 고개

를 주억거렸다.

"저도 그렇게 생각합니다. 하지만 아미파 수뇌부들의 의지가 워낙 강력합니다. 한 십 년 정도 뇌옥에 가둬놓은 다음 회유할 것이라는 얘기도 있었습니다."

삼룡을 걱정하느라 담초홍의 안색은 점점 심각해졌다. 그녀가 알고 있기로 소림사와 대등한 힘을 가진 곳이 바로 그곳이었다. 그런 곳에서 삼룡을 잡아가기 위해서 벼르고 있다는데 걱정이 되지 않겠는가.

"차라리 차기 아미파 장문인인 주 선배께서 이 일을 없었던 것으로 해주시면 안 되겠습니까?"

"아미파 수뇌부의 판단이라 저로서는 이렇게 귀띔하는 것이 제가 할 수 있는 전부였습니다. 아무리 장문인의 권한이 있다고 해도 대다수 장로님들의 의견을 무시할 수는 없습니다."

주희설의 완곡한 거절에 담초홍의 눈망울은 금방이라도 눈물을 떨어뜨릴 것같이 침울하게 보였다. 하지만 그녀의 강인한 성정은 이내 눈물을 감췄다.

이때 주희설이 아쉬운 듯 한숨을 내쉬며 말했다.

"아, 아미신녀님께서 제자 하나만 거두셨다면 이번 사태가 이렇게 되지 않았을 텐데. 내가 무슨 쓸데없는 말을, 밤이 더 깊어지기 전에 가보겠습니다."

"방금 무슨 말씀이시죠?"

놀란 담초홍의 물음에 주희설이 다시 자리에 앉으며 대답
했다.

"등선하신 아미신녀님은 아미산 정상에 있는 금정선원의
주인이신데, 안타깝게도 제자를 받아들이지 않으셨습니다.
하지만 금정선원의 주인은 아미신녀님의 제자만이 될 수 있
습니다. 이건 누구도 어길 수 없는 대법(大法)이라 아미파 수
뇌부의 근심이 더 큰 것입니다. 만일 지금이라도 후계자가 나
타나 금정선원을 통솔해서 아미파와 교류를 주선한다면 삼룡
대협의 일은 유야무야 넘어갈 가능성이 큽니다. 나머지는 본
파에 관한 일이라 자세히 말씀드릴 수가 없군요, 담 낭자."

여기까지 말한 주희설은 가벼운 눈인사와 함께 처소를 빠
져나갔다. 그때까지도 담초홍은 멍하니 앉아 있었다.

이를 뒤늦게 보고 축귀가 달려왔다.

"초홍이, 너 어디 아픈 것이냐?"

"아, 아닙니다, 축귀 오라버니. 그나저나 삼룡 오라버니가
조금 늦으시네요?"

"그러게. 아까 얼핏 듣기론 서웅 형님 댁에 가신다고 들었
어."

"그렇담 다행이구요."

힘없이 내답하는 담초홍의 심사는 복잡했다. 오늘 밤 찾아
오기로 한 능운비도 그렇고 아직 돌아오지 않는 삼룡도 불안
했다. 또 주희설의 얘기론 아미파에서 자신을 필요로 하고 있

지 않은가.

'난 그냥 사부님 제자였을 뿐인데, 내가 금정선원을 이을 후계자라구? 하지만 내가 삼룡 오라버니를 도울 수만 있다면……'

자신의 처소로 돌아온 주희설은 등잔도 켜지 않고 탁자에 앉아 생각에 잠겨 있었다. 그녀의 표정을 보건대, 방금 전에 갔다 온 것을 후회하는 것 같았다.

이어 그녀는 죄의식을 없애 버리려는 듯 눈을 질끈 감고 주문을 외듯 다짐했다.

"난 아미파의 장문인이 될 사람이야. 그분 말씀대로 독해져야 해."

사실 오늘 밤, 주희설 그녀가 한 일은 과거 삼룡에게 입은 구명지은(求命之恩)을 갚고자 한 것이 아니었다.

바로 담초홍과 만나러 가기 전, 주희설은 아미파 집법장로 원지 사태와 독대를 하고 있었다.

"장문인이 될 사람이 어찌 그리 유약한 게야? 자네만 바라보고 있는 사람들이 숫자가 얼마나 되는지 아는가?"

원지 사태는 대노한 표정으로 주희설을 꾸짖고 있었다. 반대로 주희설은 침통한 표정으로 조용히 듣고만 있었다.

"그만한 위치에 오르게 되면 마음에 들지 않는 일도 해야 하는 법이네. 자네가 지금 나서지 않으면 초홍이란 그 어린 계집에게 소림사와 맞먹는 힘을 가진 금정선원이 넘어갈 것이네."

"그것이 아미신녀님의 뜻이라면 저희가 이어가야 하지 않겠습니까."

주희설이 조심스럽게 말했지만 원지 사태의 표정은 더 찡그려져 있었다.

"사천에 혈교의 무리들이 온통 난리인데 그렇듯 한가한 소리를 하는 겐가? 자네 눈으로 봤지 않은가."

"제 생각에는 그 아이의 뜻이 본 문과 크게 어긋남이 없을 것입니다. 일단 만나본 연후에 장로님 말씀처럼 처리를 해도 늦지 않겠습니까?"

"답답하군, 답답해! 내가 지금 누굴 위해서 이런다고 생각하는 건가. 앞으로 장문인이 되어 그 아이에게 허리를 굽혀야 하는 것은 바로 자네란 말일세. 나는 이 기회를 잘 살려보자는 얘기야. 그리고 이는 자네와 나만이 아는 일이 될 것이네."

계속된 원지 사태의 질책에 주희설은 난감한 듯 눈을 감았다. 하지만 그녀도 속으로 갈등하는 것 같았다.

'이 미혼심령향(迷魂心靈香)이면 자네 마음대로 금정선원을 좌지우지할 수 있네. 지금껏 금정선원에 고개를 숙여온 아미파와 금정선원의 위치가 달라진단 말일세. 자네만 마음먹는다면 말이야.'

지금 주희설이 머릿속으로 되뇌는 말은 원지 사태가 늦은 밤 독대를 청하며 불쑥 찾아와 꺼낸 말이었다. 그리고 조그만 합을 탁자에 올려놓으며 하는 말이 이 미혼심령향을 먹은 자는 그 향이 나는 사람의 말을 거역하지 못한다는 것이다.

해서 원지 사태는 그 미혼심령향을 담초홍에게 먹이고 상자를 몸에 지녀야 한다고 종용하고 있는 것이었다.

문제는 원지 사태의 말대로 아미파가 금정선원의 입김에 영향을 받아왔다는 것이다. 아미팔선만 해도 장로들보다 한참 어렸음에도 서로 대등한 위치였을 정도이니 말이다. 마치 황제 위에 군림하는 상황(上皇)과도 같은 관계가 바로 아미파와 금정선원의 관계였다.

또 주희설은 이번 무림대회가 끝나고 돌아가는 대로 장문인 직을 물려받기 때문에 원지 사태의 말을 완전히 무시할 수가 없었다.

그녀 혼자만을 생각하다면 당연히 거절해야 옳겠지만, 수많은 아미파 제자들을 생각한다면 쉽게 거절할 일도 아니었던 것이다.

"오래 생각할 것도 없네. 자네가 진정 아미파의 장문이라고 생각한다면 내 제안을 따라야 하네. 하겠나, 하지 않겠나?"

"하루만이라도 생각할 시간을 주시면 안 되겠습니까?"

"안 되네. 이 방을 나가면 자네가 그들에게 귀띔을 할 수도 있지 않은가. 그러지 지금 결정하시게. 자네에게는 잔인한 일이나 한 문파를 이끌어갈 사람에게는 당연한 것이네. 그리고 자네가 하지 않으면 나라도 할 것이네. 지금 난 자네에게 기회를 주고 있음이야."

원지 사태가 진중한 눈빛으로 응시하자 주희설도 더 이상 망설이지 않았다.

"제가 하겠습니다, 장로님!"

"암, 그래야지! 그래야 옳고 말구."

지나간 일을 되새긴 주희설은 굳은 표정으로 일어서서 침상에 걸터앉았다.

*   *   *

삼룡이 쳐놓은 복마진에 포위된 능운비는 처음 나타났을 때처럼 온화한 표정을 짓고 있었다. 방금 전까지 험악한 인상을 쓰던 것과는 또 달랐다.

"그 아이를 건드리지 않는다면 제 일을 방해하지 않겠다는 건가요?"

"말했잖아. 네가 무림맹을 어떻게 하든 상관 안 한다고. 하지만 내가 너라면 내 주변 사람들은 건드리지 않을 거야. 내 기분이 오늘처럼 더러워지면 생각도 바뀔지 모르니까."

“후후, 이깟 복마진 가지고 너무 무리한 요구를 하시는군요.”

“글쎄, 무리한 것인지 아닌지는 언제든 확인할 수 있을 것 같은데?”

삼룡의 말은 지금 당장 덤벼보라는 신호였다. 하지만 진법의 불리함을 안고 있는 능운비가 움직일 가능성은 별로 없어 보였다.

“좋습니다. 삼룡 선배가 제 일을 방해하지 않는다면 저도 그 아이와 선배 주변에 있는 사람들은 건드리지 않겠습니다. 하지만 먼저…….”

여기까지 말한 능운비는 검을 뽑아 들며 삼룡을 향해 겨누며 말을 이었다.

“선배가 내 검을 받아낼 수 있다는 증명을 해야 할 것입니다.”

능운비의 도발에 삼룡이 머쓱하게 나섰다.

“이거 귀찮은데. 하지만 후배가 원한다니 어쩔 수 없지.”

미리 준비한 낡은 철검을 들고 나서는 삼룡의 동작은 아귀궁 출신 살수들이 보기에도 빈틈이 많았다. 하지만 그런 점이 능운비에게는 더 걱정인 모양이었다.

“진법과 살수들을 믿고 날 유인하는 것인가요?”

능운비가 빤히 지켜보고만 있는 사이, 삼룡은 능운비와 삼장 거리까지 접근했다. 능운비 주위에 쳐진 진법 안으로 들어온 것이다.

이때 갑자기 능운비가 소리쳤다.

"멍청한 놈, 자기가 쳐놓은 그물에 걸려들다니. 네놈과 대화하는 사이 복마진을 혈마진으로 바꿔놓았다!"

능운비의 외침에 아귀궁 살수들은 놀라 주위를 살폈다. 그러자 능운비의 말대로 어느새 돌의 위치가 삼룡에게 불리하게 바뀌어져 있었다.

원래 살수들은 은밀한 잠입을 위해 진법에 대해 어느 정도 알고 있었다. 하물며 특급 살수들인 아귀궁 출신 살수들이 이를 한눈에 사태를 파악하지 못했을 리가 없었다. 하지만 신귀가 동생들을 침착하게 안정시켰다.

뒷짐을 진 신귀의 등 뒤로 손가락 세 개가 곧게 펴져 있었다.

'가만히 있어.'

아귀궁 출신 살수들만이 알 수 있는 신호를 본 묘귀, 진귀, 사귀는 곧 아무런 동요도 일으키지 않았다. 이어 신귀의 손가락이 다시 주먹을 쥐었다.

'위치 사수!'

신귀의 눈은 빈틈투성이인 삼룡에게 고정되어 있었다.

'형님이 웃고 있어. 마치 오랫동안 기다려 온 것처럼. 저 능운비라는 자가 진짜 혈마존이라면, 형님은 정말 무모한 도박을 하는 거야. 수백 년을 살아온 괴물과 낡은 철검을 든 애

송이의 싸움이니까.'

그사이 삼룡은 능운비가 변화시켜 놓은 혈마진을 아무렇지도 않게 돌아다니고 있었다. 진법이라는 것이 천지의 음양의 기운과 수(水), 금(金), 토(土), 화(火), 목(木) 오행의 기운을 끌어들여 환각과 환청을 일으키기도 하고 움직임을 제약하기도 한다.

하지만 지금 능운비의 혈마진은 환각보다는 싸움의 유리한 위치를 점하는 진법이었다. 마치 전쟁터에서 높은 위치를 점하고 위에서 아래를 공격하는 것처럼 말이다. 때문에 삼룡의 주변에는 움직일 수 있는 방위마다 삐죽 튀어나온 돌멩이들이 방해를 하고 있었다. 그런데도 삼룡은 용케 진법을 헤집으며 돌아다니고 있었다.

"출수 안 하고 뭐 해? 기다리기 귀찮게."

천연덕스럽게 말하는 삼룡은 마치 평상시에 비무를 하는 것처럼 편한 표정이었다. 이에 반해 능운비의 표정은 떫은 감을 씹은 것처럼 잔뜩 찡그려져 있었다.

이윽고 그도 삼룡처럼 혈마진 위를 움직이기 시작했다.

능운비의 검은 척 보기에도 이름깨나 있을 법한 명검(名劍) 같았다. 검신에 비친 달빛이 검기처럼 곧게 사방으로 퍼져 나가 보는 이로 하여금 감탄이 나올 정도였다. 반면 삼룡의 검은 그저 평범한 검이었다.

군데군데 이빨도 빠진 것이 볼품이 없는 것은 고사하고, 능

운비의 검과 부딪치면 그대로 부서져 버릴 것만 같았다. 순간,

사라락!

바닥에 떨어진 종이가 바람에 움직이듯 능운비의 신형이 빠르게 움직였다. 또한 그와 동시에 능운비의 검이 매서운 칼질을 시작했다.

반면 삼룡은 둔한 움직임을 보였다. 이 둘의 상반된 움직임은 천 리를 달리는 말과 밭을 가는 소의 움직임처럼 차이가 났다.

이 때문에 아귀궁 살수들은 저마다 속으로 절망했다.

그들이 보기에 능운비의 진법에 삼룡이 갇혀 제대로 운신을 못하는 것처럼 보였으니 말이다. 하지만 바람과 같은 빠른 능운비의 움직임도 삼룡의 둔함을 따라잡지 못했다.

삼룡이 천천히 몸을 돌리자 능운비의 검신(劍身)이 바람을 가르며 지나쳤다. 이어 능운비의 검로가 우물 정(井)을 그리며 몰아붙였지만 삼룡의 신형은 가운데 중(中)처럼 중간에 멀뚱히 서 있으면서도 모든 공격을 받아냈다.

탕, 탕, 탕!

세 번의 연속된 쇳소리와 함께 삼룡은 어느새 능운비와 삼 장 거리를 다시 벌려놓고 있었다.

삼룡의 느슨하게 동작으로 쾌의 극을 달리는 공격을 모조리 피해내자 아귀궁 출신 살수들은 모두 현실이 아니라 꿈을

꾸는 느낌이 들었다. 그리고 검 부딪치는 소리가 들렸으니 필시 삼룡의 낡은 철검이 온전하지 못할 것이 분명했다.

이에 신귀가 재빨리 삼룡의 검을 살폈다.

'멀쩡해! 혈마존의 검과 정면으로 부딪치고도 조금의 손상이 없어. 설마 형님은 칼등만으로 그 모든 공격을 막아낸 것인가?'

그사이 능운비의 검로가 돌 회(回)로 변하며 삼룡을 압박해 들어갔다.

"이 자식, 또 한 번 받아봐라!"

능운비의 검이 바람개비처럼 맹렬히 회전하며 삼룡의 전신을 노렸다. 특히나 그의 검에는 짙푸르면서도 붉은 검기(劍氣)가 독사의 꼬리처럼 따라붙었다.

이번엔 삼룡의 철검도 움직이기 시작했다. 한데 놀라운 것은 삼룡이 철검이 찌르기를 하고 있다는 점이었다. 그것도 회전하고 있는 검의 손잡이를 향해서 말이다.

아무리 명검이라고 해도 손잡이까지 명검은 아니었다. 즉, 아무리 별 볼일 없는 철검이라도 손잡이와 부딪쳐 깨지진 않는다는 것이다. 더구나 손까지 공격할 수가 있으니 삼룡의 공격은 여러모로 실리가 있었다. 하지만 이를 보는 능운비의 입가에는 조소가 담겨져 있었다.

바로 다음 순간 능운비의 손에서 검이 떨어져 나왔다. 그러면서도 그의 검은 멈추지 않고 원하는 방향대로 움직였다.

‘어검술(御劍術)!’

능운비의 검이 손에서 떠난 상태에서도 검로를 유지하며 압박해 들어오자 삼룡은 검끝의 방향을 재빨리 바꾸며 능운비의 몸의 움직임을 따라 움직였다. 흡사 삼룡이 능운비의 그림자가 된 것처럼 가까이 밀착해서 움직였다.

검을 다루는 무사는 본능적으로 자기 자신을 향해서는 검을 휘두르지 않는다. 이는 어검술을 쓰는 능운비도 마찬가지였다. 자칫 잘못하면 자기 자신이 어검술에 치명상을 입을 테니 말이다.

게다가 뒤를 허용한 상태였으니 언제든 삼룡의 철검에 공격당할 수도 있었다. 해서 능운비는 서둘러 검을 회수하여 물러설 수밖에 없었다. 그러자 다시 삼 장 거리에서 또 마주한 상태가 되었다.

하지만 삼룡의 상태는 전과 조금 달라져 있었다. 입고 있는 무명옷의 앞섶 여러 군데가 듬성듬성 잘려 나가 너덜너덜하게 변해 있었던 것이다. 삼룡이 능운비의 뒤로 신형을 움직이는 사이 검기에 스친 것이 분명했다.

잠시 동안의 대결에서 어검술을 견식한 아귀궁 살수들의 눈동자는 접시처럼 커져 있었다. 특히 삼룡을 높이 보고 능운비를 깔보고 있었던 묘귀, 진귀, 사귀는 놀란 것을 떠나 큰 충격을 받은 모양이었다.

‘어, 어검술을 펼쳤어!’

검을 시전자의 의지대로 움직이는 어검술은 검을 다루는 사람에게는 전설의 경지라 불릴 만큼 대단한 검술이었다. 그것도 보통 어검술이 아니었다. 어검술을 펼치는 능운비의 검에서는 뱀이 기어가는 것처럼 마음대로 휘어지는 검기가 따라붙고 있었다.

직접 보지 않고 누군가에게 이 얘기를 들었다면 아귀궁 살수들은 당장에 허풍이라고 치부했을 것이다.

도대체 뱀처럼 자유자재로 휘어지는 검기를 쓴다는 것을 믿을 수가 있겠는가?

아귀궁 살수들도 검기를 다루긴 하지만 대부분이 곧은 직선 형태였다. 한데, 능운비의 검기는 뱀처럼 휘어지는 것은 물론이고 그 길이가 길어졌다가 짧아지는 것이, 보고 있는 사람마저 옭아매는 것처럼 지독했다.

여기에 혈마진이라는 진법과 능운비의 예측불허의 검의 움직임을 얘기하면 몇 날 며칠도 모자랄 지경이었다. 하지만 엄밀히 말하면 능운비는 절반 정도의 승리를 거둔 셈이었다. 단순히 삼룡의 앞섶 정도를 자른 것에 불과했으니 말이다.

'둘 다 괴물이야, 괴물!'

삼룡과 능운비 사이를 연신 오가는 신귀의 눈빛은 경탄과 두려움이 깔려 있었다. 그 역시 검을 익힌 무인이었지만, 눈앞에 두 사람에 비해서는 하늘과 땅만큼의 절대적인 차이를 느끼고 있었다.

심각한 상황에 먼저 말문을 연 것은 삼룡이었다.

"이거 져버렸네. 난 내가 이길 줄 알았는데?"

삼룡의 말에 능운비는 움찔거리기만 할 뿐, 뭐라 대답하지 않았다. 이어 그는 조용히 몸을 돌려 나직이 말했다.

"내 검을 받아냈으니 약속은 지키마."

능운비는 그 이외에는 아무 말도 하지 않았다. 그러나 돌아선 그의 표정은 무어라 표현하기 힘들 정도로 일그러져 있었다.

이윽고 능운비가 공자의 사당을 완전히 빠져나가자 아귀궁 출신 동생들이 저마다 믿을 수 없다는 듯 고개를 흔들었다.

막내 사귀가 진저리를 치며 말했다.

"아까 그거 봤습니까, 형님들?"

사귀의 물음에 진귀가 대꾸했다.

"난 보고도 모르겠어. 아깐 그자의 검에 내 목이 잘리는 줄 알았거든. 설마 그자가 진짜 혈마존은 아니겠지? 왜 말들이 없어?"

진귀의 말에 아무도 대답하지 않자 삼룡이 대신 대답했다.

"진귀야, 그놈은 진짜였다. 그리고 놈은 실력을 반도 드러내지 않았지."

"근데 왜 공격을 멈춘 겁니까?"

"그놈이 마지막에 날 노렸을 때, 혈마진이 다시 복마진으로 되돌아와 있었거든."

아귀궁 살수들이 서둘러 돌의 위치를 보자 삼룡의 말대로
혈마진이 바뀌어져 있었다. 이를 보고 신귀가 물었다.

"형님이 펼치신 진법은 복마진이 아니라 여섯 번의 변화가
일어나는 창천육합진(蒼天六合陳)이 아닙니까? 그래서 시간
이 지나 혈마진에서 다시 원래대로 되돌아온 것이죠?"

"맞아."

"그럼 왜 평범한 진을 복마진이라고 하셨습니까?"

"인마, 너야 진법을 설치할 때부터 봤으니까 알았고, 놈은
전혀 몰랐어. 그리고 원래 대단한 놈일수록 평범한 것에 잘
속아. 난 그걸 이용했을 뿐이야. 어쨌든 혈마존을 처리했으니
두 발 뻗고 자면 되잖아. 나머지는 내일 얘기하자."

삼룡이 돌아가길 재촉하자 아귀궁 살수들은 잠시 동안 호
기심을 접어두어야 했다.

第三章

현무패(玄武牌)

허허실실 虛虛實實

제갈세가로 돌아온 삼룡을 출입 정문에서부터 반갑게 맞이하는 도사가 하나 있었다.

"삼룡 형님, 지금 오십니까?"

삼룡을 반갑게 맞이한 이는 바로 청성파의 지평이었다. 삼룡은 그를 보자마자 들고 있던 낡은 철검을 넘겨주며 감사의 뜻을 전했다.

"덕분에 잘 썼다."

"별말씀을요. 그런데 백 낭자는 그렇다 치고 형님 곁에 늘 붙어 있던 초홍이는 왜 안 보이죠?"

"인마, 나는 안 보고 싶고, 초홍이하고 서연이는 보고 싶은 것이냐?"

"그게 아니라, 잘 지냈나 싶어서요. 사천당문에서 제대로 인사도 못하고 헤어졌잖아요."

"초홍이는 지금 총관 처소에 있고, 서연이는 내가 싫어서 도망갔다. 그러니 더 이상 묻지 말아줘."

지평은 삼룡의 어두운 기색을 읽고는 재빨리 화제를 돌렸다.

"형님, 사천당가 소가주 당철상을 아시죠?"

"음, 근데 그 아이 얘긴 왜?"

"제가 무림대회에 참석한다니까 형님께 안부를 전해달라고 해서요. 이번 대회에 사천당문은 참석하지 못하거든요. 그래서 철상 공자가 무척 아쉬워했죠. 그래도 다음번에 제자가 될 기회를 주면 꼭 통과할 자신이 있다고 전해달라고 하던데요."

"됐다 그래. 내가 왜 귀찮게 제자를 둬?"

"형님은 여전하시군요. 알겠습니다. 나중에 제가 알아듣게 전해 드리죠. 그나저나 말은 준비되셨습니까?"

"말은 또 왜?"

"현무패를 얻으시려면 시험에 통과하셔야 하잖아요?"

지평의 당연한 되물음에 삼룡이 씩 웃으며 품속에서 현무패를 꺼내 보여줬다.

"벌써 얻어놓으신 거예요?"

현무패를 보고 눈이 휘둥그레지는 지평을 보고 삼룡이 고개를 끄덕여 보였다. 그러자 지평은 부러움이 가득한 표정으로 말했다.

"정말 부럽습니다, 형님!"

"인마, 넌 구대문파 제자잖아. 예선을 치르지 않아도 되는 용패나 백호패가 있는데, 뭐가 부러워?"

"모르는 소리 마세요. 구대문파 제자라고 해도 아무나 안 줘요. 저희 문파에서도 사형들에게 모두 돌아갔어요. 곡 사숙께서 슬쩍 추천해 주시긴 하셨지만 사부님은 지난번에 다친 것도 있으니 무리하게 나가지 말라고 하시더라구요. 대신 무림대회 수준이나 보고 오라며 사형들과 함께 여기 보내주신 겁니다."

삼룡이 빙그레 웃으며 대답했다.

"지금 네 얘기는 이 현무패라도 얻어 무림대회에 출전했으면 좋겠다고 들린다?"

"그거야 그렇지만 현무패를 얻기 위해선 수백 리 떨어진 태산까지 갔다 올 수 있는 준마가 있어야 한다고 하더라구요. 그래서 좀 알아봤긴 했는데. 어휴… 어림도 없더라고요. 글쎄 이 근처에 있는 말은 다 벌써 임자가 정해져서 아무리 웃돈을 줘도 힘들대요."

"지평아, 수중에 가진 돈이 얼마나 되냐?"

"석 냥이 전부예요. 이걸로 한번 알아봤는데 삼십 냥으로도 안 된대요. 형님은 어디 싸고 빠른 말 빌릴 데라도 있습니까?"

지평은 삼룡이 워낙 엉뚱한 재주가 있는 걸 알기에 혹시나 하는 눈치였다.

"음, 은자 석 냥이면 어떻게 구해볼 수 있겠는데."

삼룡이 말이 떨어지자 무섭게 지평이 품속에서 은자 주머니를 꺼내 통째로 건네며 부탁했다. 그러자 삼룡이 바로 들고 있던 현무패를 건네주었다.

"이건 형님 거잖아요? 에이, 돈이 급하시면 말씀을 하시지."

"난 이거 말고 여섯 개 더 있어. 그러니 그거 가져가서 대대강이란 총관에게 보여줘. 그럼 알아서 접수해 줄 거다."

"정말요?"

"못 믿겠으면 도로 주든가. 그거 팔면 살 사람이 줄을 설 거다."

삼룡의 흰소리에 지평이 화들짝 놀라며 재빨리 품속에 현무패를 감췄다.

"에이, 줬다 뺏는 게 어디 있습니까? 어디 형님하고 저하고 보통 사이던가요?"

"이 자식, 그새 농이 늘었어."

"다 형님한테 배운걸요."

지평이 능글능글 비위 좋게 나오자 삼룡이 졌다는 듯 고개를 흔들었다. 그리고 일다경 정도 대화가 더 이어진 다음에야 삼룡은 대대강의 처소로 돌아올 수 있었다.

　다음날 아침이 밝자마자 지평이 삼룡을 찾아왔다. 삼룡과 아귀궁 살수들은 늦은 잠을 청하고 있었기 때문에 그를 맞은 건 백발의 담초홍이었다.

　"초홍이, 너 머리가 어떻게 된 거냐?"

　"몰라요!"

　퉁명스럽게 대답하는 담초홍은 이내 인상을 구기며 축귀에게 달려갔다.

　지평은 축귀의 험악한 인상을 보곤 한차례 놀라더니 이내 무슨 생각이 난 듯이 삼룡에게로 허겁지겁 달려갔다.

　"형님, 큰일 났습니다, 큰일!"

　"네가 아침 일찍 무슨 일이야? 혹, 대대 총관이 현무패 접수 안 해준다고 하더냐?"

　"아니요. 그건 잘 처리됐는데요. 밤사이에 마구간에 묶어뒀던 말들이 모두 죽었습니다. 여기 제갈세가뿐만 아니라 근처에 있는 말 전부가요. 그래서 지금 시험을 치를 무림 인사들이 모두 난리가 났단 말입니다."

　"어차피 경공을 겨루는 관문이니 더 살됐네."

　별일 아니라는 삼룡의 대꾸에 지평이 답답한 듯 말했다.

　"그럼 어제 화산파 제자들이 강시에게 습격당했다는 소식도 알고 있어요? 그 때문에 사람들이 모두 이번 일이 혈교에서 벌린 일이라고 쑥덕이고 있단 말입니다."

"혈교가 나섰으면 말밖에 안 죽였겠냐? 상관하지 마. 넌 어차피 예선 안 치러도 되잖아."

"그건 그렇지만."

"쓸데없는 소리 그만 하고, 삼 일 뒤에 있을 본 대회나 알아봐. 뭘 어떻게 해야 하는지 도통 알 수가 있어야지, 원!"

"그동안 귀찮아서 알아보지 않으신 건 아니구요?"

정곡을 찌르는 지평의 질문에 삼룡이 미간을 찌푸렸다.

"어제 준 현무패 도로 가져와라."

"아, 아닙니다. 지금 알아보러 가겠습니다."

지평이 부리나케 사라지자 삼룡이 고개를 흔들며 슬슬 밖으로 빠져나가려 했다. 이를 보고 담초홍이 놀라 쫓아왔다.

"어디 가요?"

"뒷간, 또 진드기 짓 하려는 게냐?"

"아미파에서 오라버니를 잡으려고 벼르고 있어요. 그걸 말해주려고 어젯밤 늦게까지 기다렸는데."

애써 챙겨주는 말에도 삼룡이 퉁명스럽게 대하자 담초홍이 토라지며 고개를 돌렸다. 그런 모습을 보면서도 삼룡은 무뚝뚝하게 말했다.

"아침에 대대 총관에게 네 목욕물을 받아놓으라고 부탁해놨다. 입을 만한 옷가지도 가지고 올 테니 입고 있는 꾀죄죄

한 옷은 그만 벗어. 난 초홍이, 네가 어제처럼 무시당할 행색을 하고 다니는 거 싫다."

담초홍이 고개를 돌리자 삼룡은 벌써 처소를 빠져나가고 없었다.

'바보! 내가 이러고 있는 건 삼룡 오라버니 때문인데.'

삼룡은 처소를 나와 곧바로 아미파 제자들 전각으로 향했다. 사실 그는 어젯밤 축귀로부터 주희설이 전해준 얘기를 들은 상태였다.

이를 밤새 내색하지 않고 있다가 핑계를 대고 찾아가는 중이었다.

아미파 제자들이 묵는 전각은 그가 묵고 있는 서북 외곽 총관 처소와 제법 거리가 떨어져 있었다. 게다가 오늘은 무림대회 예선으로 분주한 아침나절이었으니, 마당이나 전각 출입문 사이마다 제갈세가 사람들과 무림 인사들로 온통 북적였다.

이들 사이를 지나치는 삼룡의 얼굴은 어딘가 무거웠다. 이는 아미파의 일과 상관없는 다른 일 때문이었다.

'대체 어디까지 쫓아올 생각이지?

미행당하고 있음을 확신한 삼룡은 아미파 처소 전각에 거의 다 도착해서는 대뜸 방향을 바꾸며 보폭을 넓혔다.

경공의 수준은 아니었지만 워낙 방향 전환이 까다로워 미

행하는 사람 입장에서는 한순간에 그가 사라져 버린 느낌이
들었다.

이윽고 삼룡이 사라진 위치에서 한 무사가 주위를 두리번
거렸다. 한데 놀랍게도 그 사람은 여자였다. 그것도 검은 머
릿결이 유난히 빛나고 피부가 고운 젊은 여인 말이다.

어느새 돌아왔는지 삼룡이 그녀의 뒤편에 나타나 장난처
럼 어깨를 톡 건드리며 말했다.

"날 찾나요, 낭자?"

갑작스럽게 삼룡이 어느새 뒤쪽으로 나타나자 그 여인은
뒤로 넘어갈 듯 깜짝 놀랐다. 하지만 미행한 것을 들키려 하
지 않은 듯 고개를 가로저었다.

"으, 으!"

고운 생김새와 달리 그녀의 입에서 나온 목소리는 심하게
갈라져 나오는 파열음이었다.

'벙어리?!'

"당신 아까부터 날 쫓아왔잖아. 능운비 그 자식이 보낸 건
가?"

삼룡의 추궁에 여인은 난처한 듯 고개를 가로저었다. 워낙
미색이 뛰어나고 여려 보여 옆을 지나치는 사람들은 삼룡이
수작을 거는 것처럼 보였다. 만일 이 안이 제갈세가가 아니었
다면 필시 검을 뽑아 들고 설쳐 댈 정파 무사도 서넛 정도 될
상황이었다.

서로 어쩌지 못하고 막막한 순간, 삼룡의 뒤쪽으로 기골이 장대한 남자가 나타나 여인을 아는 척했다.

"소협이 아니라 날 찾고 있었나 보오."

그는 백장포를 입고 있는 장년의 호남형 남자였다. 이어 그는 벙어리여인을 나무랐다.

"홍연이, 너 여기서 뭐 하는 게냐? 내가 아무나 따라다니면 안 된다고 누누이 일러줬건만."

이어 다시금 삼룡을 돌아보며 말했다.

"소협께 실례를 했습니다. 세가 안이 넓고 복잡해서 내 여식이 길을 잃어 소협을 쫓아다녔다 봅니다."

이렇게 되자 삼룡은 이들을 더 이상 추궁할 수가 없었다.

"저는 괜찮습니다. 그러니 너무 나무라지 마십시오."

매사 엮이는 걸 싫어하는 삼룡은 대충 사과를 받고 서둘러 자리를 떴다. 그러자 벙어리여인 홍연에게 사내가 조용히 물었다.

"그 아이가 한 번 보고 오라고 시켰더냐?"

사내의 물음에 홍연은 아무런 대꾸를 하지 않았다.

"가자, 홍연이 너도 오늘 예선은 치러야 할 것이 아니더냐."

사내가 먼저 앞장서자 홍연이란 여인은 삼룡이 사라진 곳을 힐끔 돌아보며 아쉬운 듯 걸음을 옮겼다.

"홍연? 대체 누군데 날 아는 것처럼 쳐다보는 거였을까? 젠장, 어제는 서연이랑 똑같이 생긴 여자가 나타나더니, 오늘은 생전처음 보는 사람이 날 쫓아와? 에이, 삼재가 맞아, 삼재! 근데 여복이 있다는 말은 왜 안 맞는 거야?"

삼룡은 혼잣말을 중얼거리며 아미파 제자들이 수련하고 있는 마당을 가로지르고 있었다. 물론 마당에는 아미파 제자들이 이른 아침부터 검진(劍陣) 수련에 매진하고 있었다. 그래서 그런지 삼룡이 그들 옆을 지나쳐도 누구 하나 신경 쓰는 사람이 없었다.

그 자리에는 아미파의 객사에서 삼룡을 직접 봤던 인물도 여럿 있었지만, 예전보다 더 추레해진 행색에 봉두난발인 그를 알아보는 사람이 없었다. 심지어 아미파 장문 제자 조영조차 그를 알아보지 못했다.

"하초에 내력을 진중하게 운용하지 않으면 검이 제 방향을 잡지 못한다. 자기 자신이 다치는 것은 괜찮지만 검진을 펼치는 동료가 다친단 말이야. 호흡을 한 점 흩뜨리지 말고 정신을 집중해. 그래서 삼룡이란 놈을 잡아갈 수 있겠느냔 말이야!"

앙칼진 조영의 목소리가 전각 앞마당을 쩌렁쩌렁 울리자 아미파 제자들의 검 초식이 한층 더 세밀해졌다.

'아미파 계집들은 그때나 지금이나 독한 건 똑같아. 에이!'

반면 삼룡은 자신을 잡겠다는 조영의 외침에 인상을 구기며 집법장로가 있을 법한 곳을 살폈다.

　보통 접객 용도로 쓰는 전각은 그 구조가 비슷했는데, 대저 문파의 수장들이 사용하는 방 두 개와 큰 탁자가 놓인 소규모 회의실, 그리고 작은 침상이 빼곡히 넓은 방 두 개의 구조로 되어 있었다.

　해서 삼룡은 문파의 수장들이 사용하는 두 개의 방 중에 하나를 고르면 되는 것이었다.

　문뜩 삼룡이 두 방 앞에 멈춰 서더니 손가락을 세워 처소 두 곳 사이를 번갈아 움직이며 말했다.

　"아, 미, 파, 집, 법, 장, 로, 못, 된, 할, 망, 구!"

　이윽고 삼룡의 손가락이 왼쪽으로 향해지자 삼룡은 주저 없이 왼쪽 방 출입문을 힘껏 두드렸다.

　쾅, 쾅!

　요란한 굉음과 함께 마당에서 수련을 하고 있던 아미파 제자들의 시선이 모두 삼룡에게로 향했다. 하지만 아직까지 그가 삼룡이라는 것을 눈치 챈 사람은 없었다. 오히려 아미파 제자들은 그를 개방 방도로 여긴 듯싶었다.

　"만취개 장로님은 집법장로님과 함께 회의실에 계십니다."

　"아, 그런가요?"

　친절히 집법장로의 위치를 가르쳐 준 아미 제자의 손짓에 삼룡이 머리를 긁적이며 회의실 입구를 열어젖히고 들어섰

다. 그러자 아미파 제자들을 지휘하고 있던 조영의 목소리가
다시 앙칼지게 마당을 울렸다.

"자, 삼룡이 그놈을 잡으려면 검진에 조금의 빈틈이 있어
서는 안 된다! 모두 집중하고 다시 복호진을 펼친다!"

"네, 사고님!"

회의실로 불쑥 들어온 삼룡의 눈앞에 희한한 광경이 펼쳐
져 있었다. 바로 아미파 집법장로 원지 사태와 개방 만취개
장로가 백주 대낮에 회의실 한구석에서 껴안고 서 있는 것이
었다. 그것도 땀을 뻘뻘 흘리면서 말이다.

얼핏 보면 애정 행각 중인 것 같았지만 다시 보면 그런 것
이 아니었다. 만약 그랬다면 삼룡을 보는 순간 둘은 떨어졌을
것이고, 난처한 표정으로 삼룡을 쳐다보지도 않았을 테니 말
이다.

이들은 분명 누군가에게 당했음이 분명했다. 게다가 입을
뻥긋거리고 말은 못하는 것으로 봐서 아혈까지 제압당한 모
양이었다.

그런데도 삼룡은 일부러 큰 소리로 떠들었다.

"어라? 제자들은 수련시켜 놓고 문파의 수뇌부쯤 되는 분
들이 지금 벌건 대낮에 무슨 짓들이십니까?"

이렇게 말한 그의 심보는 뻔했다. 바로 자기를 잡기 위해
혈안이 되어 있는 원지 사태에 대한 복수였을 테니까.

이에 만취개를 부여잡고 있던 원지 사태가 노발대발 격노하며 뭐라 뭐라 떠드는 것이었다. 소리는 들리지 않았지만 그녀의 험악한 입술 모양으로 봐서는 욕지거리가 분명해 보였다. 하지만 삼룡이 누구던가.

"에이, 안부 인사를 온 사람에게 욕을 하는 법이 어디 있습니까? 알겠습니다. 제가 아미파 제자들을 불러드리죠."

삼룡이 막 몸을 틀어 나가려 하자 뜻밖에 원지 사태의 목소리가 들렸다.

"자, 잠깐!"

"어라? 아혈을 제압당한 게 아니시네요?"

삼룡의 물음에 만취개가 참고 있던 욕설을 퍼붓기 시작했다. 물론 밖에 들리지 않을 만큼 적당한 목소리로 말이다.

"이 광견병에 걸린 개만도 못한 놈아. 곤경에 처한 무림 선배를 봤으면 응당 구해주고 볼 일이지, 그걸 이용해 처먹어? 이 썩어 문드러져 개밥도 안 될 놈아."

걸쭉한 만취개의 욕설을 들은 삼룡은 돌연 씩 웃으며 손을 흔들었다. 자신은 그냥 나간다는 신호였다.

"만취개, 그 입 좀 다물어. 지금 이 모습을 제자들에게 꼭 보여야겠어?"

"내가 염라 할망구랑? 절대 안 되지. 암!"

"그럼, 제발 그 냄새나는 입 좀 닥치고 있어."

원지 사태의 구박에 만취개는 이제 눈만 멀뚱거리고만 있었다. 그러자 원지 사태가 삼룡을 타이르듯 부탁했다.

"이보게, 삼룡 소협. 그동안 잘 있었는가? 그때 자네가 온다 간다는 말도 없이 사라져서 많이 섭섭했었네."

이에 변죽 좋게 대하는 삼룡이었다.

"헤헤, 그럴 것 같아 지금 인사드리러 왔습죠."

"그랬나? 나도 자네가 여기 온다는 소식은 익히 들어 알고 있었네. 안 그래도 무림대회 예선이 열리는 오늘 자네를 한번 찾아보려 하던 참이었는데. 자, 그러지 말고 일단 혈도부터 풀고 얘기 좀 하세나."

"풀어주는 건 어렵지 않은데, 오다 보니 아미 제자들이 저를 잡으려고 검진 연습을 하고 있던데요? 이게 어찌 된 일입니까, 원지 사태님?"

삼룡의 물음에 원지 사태는 능청스럽게 웃으며 말했다.

"글쎄, 나는 잘 모르는 일이라서."

"그럼 제가 직접 물어보고 오죠, 뭐!"

삼룡이 다시 밖으로 나갈 듯 행동하자 원지 사태가 급히 그를 불러 세웠다.

"알았네, 알았어. 내가 어떻게 하면 되겠나?"

"아미파에서는 왜 절 못 잡아먹어서 안달인 겁니까? 전공 장로님의 일 때문이라면 더더욱 저를 잡아서는 안 되는 거 아닙니까?"

원지 사태는 만취개가 듣고 있어서인지 재빨리 말을 끊

었다.

"그건 내가 사과함세. 그리고 혈도를 풀어도 자네를 잡아 들이라 명하지 않을 테니, 일단 이 혈도만이라도 풀어주시게. 여기 만취개가 입이 걸고 괴팍하긴 해도 매사 일을 공평하게 처리하니 다른 걱정은 하지 않아도 되네."

"믿어도 됩니까, 만취개 어르신?"

삼룡의 물음에 만취개는 재빨리 고개를 끄덕였다. 이에 삼룡이 추궁과혈(推宮過穴)의 수법과 해혈법을 동원해서 그 둘의 혈도를 풀어주자 원지 사태와 만취개는 기다렸다는 듯이 떨어져 나와 숨을 몰아쉬었다.

"후아, 큰일 날 뻔했네. 하마터면 저 할망구와 큰일을 치를 뻔했어."

"시끄러. 이게 다 만취개 네놈 때문에 벌어진 일이야."

"무슨 소리. 날 여기까지 오게 한 건 아미파 제자였다구!"

"그 말도 안 되는 소리 그만 지껄여. 아미파 제자들은 모두 마당에서 수련을 하고 있다고 내가 몇 번을 말했어? 만취개 당신이 가져온 용포차에 군자산만 들어가 있지 않았더라도 우리가 이 망신은 안 당했어."

"참내. 그것도 아미파 제자가 가져온 거라니까! 아까 저놈이 나타나기 전에 우리 혈도를 짚고 괴상망측한 사세를 갑게 한 년 말이야. 그년이 여기 들어오기 전에 용포차를 건네줬다니까."

둘의 언쟁이 끝날 기미가 보이지 않자 삼룡이 듣다 못해 나
섰다.

"흠, 흠! 그만 하시죠. 저랑 할 얘기도 남았을 텐데."

"시끄러!"

누구라고 할 것도 없이 삼룡에게 소리를 빽! 지르는 원지
사태와 만취개 조량이었다. 하지만 가만있을 삼룡이던가.

"알겠습니다. 밖에 제가 본 걸 흥미롭게 들어줄 사람 많이
있던데. 안녕히 계세요."

그러자,

"이보게 방금 전에 한 말은 자네에게 한 소리가 아니네. 오
해 말게."

"나도 마찬가지일세. 그런데 젊은 친구 인물 참 좋구먼. 허
리춤에 매듭 몇 개만 있다면 딱 좋겠는데."

만취개의 말은 허리춤에 매듭을 엮어 신분을 표시하는 개
방 방도였다면 신나게 패주고 싶다는 말이었다. 어쨌거나 원
지 사태와 만취개 조량은 삼룡에게 약점을 잡혀 방긋이 웃어
야만 했다.

삼룡과 잠시 대화를 나눈 원지 사태의 표정은 벌레 씹은
것처럼 잔뜩 구겨져 있었다. 이는 아미파 전공장로에 관한
일을 삼룡이 따진 것 때문이 아니었다. 그에 관한 사항은 일
부러 꺼내지도 않은 삼룡이었다. 그리고 그에겐 다른 무기가

있었다.

"아미파에 혈교의 첩자가 숨어 있다니!"

쿵!

탁자를 힘껏 내려친 집법장로는 주먹을 쥐고 펼 생각을 하지 않았다.

"전 그때 전각 지붕을 돌아다니며 은형술을 쓰는 아미파 제자들을 숱하게 봤습니다. 족히 수십 명은 되었을 겁니다. 그래서 저는 전공장로님을 의심한 것입니다. 그분 위치라면 적어도 서연이가 범인이 아님을 충분히 알 수 있는데도 애꿎은 사람만 괴롭히니 어찌 의심하지 않겠습니까?"

"그 정도면 됐네. 자네 말대로 전공장로가 그 비슷한 말을 했어. 그래서 전공장로가 자넬 무슨 일이 있어도 잡아와야 한다고 한 거로군. 하루 빨리 아미파에 잠입한 혈교 놈들을 잡아내고 싶었을 테니까. 아마 전공장로가 자네 도움을 받으려 한 모양이야. 난 그것도 모르고 자넬 혼내주기 위해 잡아오라는 것인 줄 알았네."

원지 사태의 말에 만취개가 혀를 내둘렀다.

"혈교 놈들, 어제는 제갈세가에서 난리를 피우더니, 이미 그전에 아미파에까지 손을 댔군그래?"

"홍, 만취개, 당신네 개방이나 신경 쓰시게. 사네 빙파아말로 강호 전역에 깔려 있으니 제일 허술한 곳이 아닌가."

"무슨 소리! 우리 개방은 제아무리 혈교 놈들이라고 해도 잠입할 수 없어. 신분이 확실하지 않은 자는 매듭이 하나인 일결제자도 못 된단 말이야."

그의 말에 삼룡이 거들었다.

"그건 만취개 어른 말이 맞습니다. 지금까지 개방 거지로 은형술을 펼친 놈은 단 한 놈도 보지 못했으니까요."

"허, 이놈 하고 있는 행색도 그렇고 눈치가 빠른 것도 그렇고, 영락없이 개방 거지란 말이야. 너 개방으로 들어올 생각 없냐? 내가 방주님한테 얘기해서 한자리 내어주마."

"싫습니다."

"이놈아, 왜 싫어? 너 정도면 호법 자리 하나 알아봐 줄 수 있어. 그 정도면 사결이야, 사결! 밑으로 수족처럼 부릴 수 있는 제자가 수백은 되니 웬만한 문파 수장보다는 낫다구!"

계속된 만취개의 권유에 삼룡이 갑자기 정색하며 말했다.

"전 빌어먹는 짓은 안 합니다. 그리고 제 행색이 어떻다고 자꾸 그러시는 겁니까."

"허, 고놈 까칠한 성질까지 영락없는 개방 제자네. 그러지 말고 다시 한 번 생각해 봐. 이런 기회는 흔치 않은 거라니까. 자넨 무공도 있으니 사결 제자가 그렇다면 내 오결까지 알아 봐 주지. 물론 반발하는 놈들도 몇 놈 있겠지만 내가 나서면 문제없어. 내가 이래 봬도 개방 사대호법 장로거든."

"됐습니다. 아무튼 혈교의 끄나풀 문제는 아미파에서 처리할 문제지, 제가 해결할 문제는 아닌 거죠?"

삼룡의 물음에 원지 사태는 할 수 없이 고개를 끄덕였다. 사실 그에 관한 문제는 아미파 체면 문제도 걸려 있었지만, 개방 출신 만취개가 보고 있는 상황이니 어쩌겠는가.

"얘기가 끝났으니 저는 이만 가보겠습니다."

"초홍이, 그 아이 머리는 어떻게 된 것인지 물어봐도 되겠나?"

뒤돌아선 삼룡은 원지 사태의 질문에 잠시 발길을 멈췄다. 그리고 그는 돌아보지 않은 채 말했다.

"그건 집법장로님이 더 잘 아실 텐데요."

삼룡의 반문에 원지 사태는 무언가를 확인했다는 듯이 고개를 끄덕였다.

"알겠네. 멀리 나가지 못하는 걸 양해해 주시게."

삼룡이 회의실을 나서자마자 만취개가 궁금한 것을 원지 사태에게 물었다.

"염라 할망구, 방금 무슨 소리야?"

"만취개, 넌 몰라도 돼. 그나저나 아까 우리를 골탕 먹였던 아미 제자가 어떻게 생겼는지 그릴 수 있겠나? 그자가 여기 들어왔을 때는 복면을 하고 있어서 얼굴을 보지 못했단 말이야."

"그려보는 거야 어려운 게 없지만, 염라 할망구가 알아볼지가 걱정인데. 그래도 한번 그려볼까?"

"됐어. 기대를 한 내 잘못이지."

　원지 사태가 실망한 기색을 엿보이자 만취개는 지나가는 투로 설명했다.

　"그냥 보통 얼굴이었어. 너무 평범해서 별다를 게 없었지."

　"그 눈은 장식으로 들고 다니는구먼. 아무튼 만취개 당신에게 보낸 아미파 제자는 없었어. 그러니 아미파 제자는 아니야."

　"당연히 아니겠지. 정체를 드러냈는데도 우리를 죽이지 않았으니까. 뭐, 이 정도 골탕 먹일 정도라면 염라 할망구한테 원한을 가진 자가 분명해. 종남파 가 장로처럼 말이야. 하지만 그게 어디 한둘이겠어?"

　"그럼 만취개, 당신은 그 범인을 잡지 않겠다는 뜻이야?"

　"귀찮잖아. 어차피 군자산으로 망신만 주려고 한 것인데. 단지 섭섭한 게 있다면 젊고 예쁜 것들도 많은데 하필이면 추면 할망구와 붙여놓은 것이지."

　"이 영감탱이, 뭐가 어째?"

　원지 사태가 호랑이 눈을 치켜뜨며 검으로 손을 뻗자 만취개는 재빨리 출입문 쪽으로 도망쳤다.

　"것참, 성질머리하고는! 난 무림대회 구경하러 부맹주에게 가는 것이니 염라 할망구도 심심하거든 놀러 오시게."

　"갈(喝)!"

                    *   *   *

　무림대회 예선이 끝나는 날까지 삼룡은 대대강의 처소에서 꼼짝도 하지 않았다. 돌아다녀 봤자 혈교의 끄나풀이 눈에 보일 터이니 그냥 모른 척하자는 것이 그의 생각이었다.

　그 때문인지 능운비 또한 삼룡의 처소 근처에 수하들을 보내지 않았다.

　반면 담초홍은 마음을 졸이면서도 행복한 시간을 보내고 있었다.

　우선 그녀는 삼룡과 아귀궁 살수들 등살에 못 이겨 땟국이 줄줄 흐르는 거지 소녀의 모습을 완전히 벗어나 있었다.

　원래 어디에 내놔도 빠지지 않는 얼굴에 명문 여협들처럼 꾸며놓자 막 피기 시작하는 백합처럼 자태가 아름답고 빛이 났다. 이 때문에 아귀궁 살수들은 서로 자신의 동생이라 우기는 사태가 벌어지기도 했다.

　그렇게 화기애애한 무림대회 예선 마지막 오후, 청성의 지평이 호들갑스럽게 찾아왔다.

　“형님, 삼룡 형님! 큰일 났습니다, 큰일!”

　지평이 그동안 얼마다 들락날락거렸는지 아귀궁 살수들과 담초홍은 그가 오는 가는 상관하지 않는 표정들이었다. 반면 침상 위에서 뒹굴고 있는 삼룡은 지평이 나타나자마자 이불을 푹 뒤집어쓰고는 잠든 척했다.

아마도 지평이 그간 삼룡을 어지간히 귀찮게 한 모양이었
다. 하지만 이미 의형제 사이처럼 가깝게 됐으니 그를 매정하
게 내쫓을 수도 없었다.

그사이 지평이 침상으로 쫓아와서 기어이 삼룡의 머리 부
근에 대고 목청을 높였다.

"형님, 오늘 현무패를 획득한 사람이 무려 열 명이나 나왔
습니다. 그것도 대산파(大山派)라는 신생 문파의 제자들이
요!"

"그게 뭐 어때서 날 귀찮게 해? 나 좀 그냥 내버려 둬."

"생각해 좀 해보세요. 태산까지 수백 리 길을 말도 없이 달
려와서 장장 반 시진을 물속에서 버텼어요. 게다가 한 자나
되는 무쇠 덩어리를 일검에 성큼 잘랐단 말입니다."

지평이 침까지 튀겨가며 열심히 설명했지만 삼룡의 반응
은 여전히 시큰둥했다.

"속 빈 무쇠 덩어리 자르는 거잖아? 그건 내공을 조금만 운
용할 줄 알면 되는데 뭘. 그리고 두 번째 관문에서 숨겨났던
군자산이 모두 가짜였다며?"

"어라? 지금 그 얘기를 하려던 참이었는데 어떻게 아셨어
요? 혹, 저 몰래 관전하시고 온 건 아니에요?"

"인마, 대대 총관이 좀 전에 와서 다 얘기해 주고 갔어. 이
자식은 알아오라는 건 알아오지 않고, 맨 뒷북만 쳐!"

삼룡의 핀잔에 지평이 섭섭한 듯 대꾸했다.

"에이, 형님이 부탁한 것을 알아오느라 늦었잖아요. 그게 아니라면 대대 총관보다 제가 더 먼저 왔을걸요?"

순간 삼룡의 눈빛이 번뜩이며 번개처럼 몸을 일으켰다.

"그걸 알아왔다고?"

"그럼요. 하지만 힘들게 알아낸 것이니 나중에 사례하셔야 합니다."

"알았어. 나중에 거하게 한잔 살 테니 어서 말해봐."

삼룡의 다짐이 있자 지평이 목에 힘을 주어가며 설명했다.

"이십사 년 전에 열린 무림대회에 시산노호가 자신의 신분을 속이고 참여한 일이 있었다고 합니다. 그 당시 시산노호는 본 실력을 드러내지 않고도 십룡육봉(十龍六鳳)에 들었고, 현화산파 장문인 백광 대협께서 우승을 하셨대요. 한데 대회가 끝난 다음 시산노호가 바로 생사결을 신청했다고 합니다."

"백광이라는 분에게 말이냐?"

"네, 그때 시산노호가 무림대회에서 제 실력을 드러낼 수 없어서 우승하지 못했으니 따로 승패를 가려보자고 했다나 봐요. 백 대협은 상대가 신분을 속인 마교 교주의 딸인 것을 알고는 그녀를 혼내주기 위해 그 생사결에 응했다고 하더군요."

"승패는 어떻게 됐느냐?"

"결론만 말씀드리면, 승패가 나지 않았습니다. 원래 시산노호의 미색이 뛰어나 무림대회 기간 내내 명문대파 제자들의 구애가 끊이지 않았다고 합니다. 그러니 아무리 마교 교주의 여식이라도 모질게 죽일 수야 있었겠습니까? 하지만 시산노호는 끈질기게 물러나지 않았다고 합니다. 해서 삼 일 밤낮을 싸웠다고 합니다."

"그래서 승부를 포기한 것이냐?"

"포기는요? 오히려 석 달 후에 다시 생사결을 치르기로 한 걸요. 하지만 그 석 달 후에도 승패는 결론나지 않았죠. 백 대협이 일부러 져주지 않는 이상은 승패가 결정되지 않았을 테니까요. 그런데 문제는 자주 만나고 오랫동안 생사결을 치르는 동안 서로 연모의 감정이 싹튼 겁니다. 종국에는 시산노호까지 이기려고 하지를 않았다고 합니다. 근데 형님, 차 한 잔도 안 주십니까? 이거, 목이 말라 말하기 힘드네요."

중요한 대목에서 지평이 말을 끊자 삼룡은 속이 타는지 바람처럼 달려가 탁자에 놓인 찻주전자를 통째로 가져와 지평에게 내밀었다.

"자, 마셔!"

그사이 지평의 성정도 꽤 털털해졌는지 냉큼 주전자를 받아 들어 벌컥벌컥 들이켜더니 다시 말을 잇기 시작했다.

"둘 사이에 서로 연모하는 것은 문제없었으나 두 분 출신이 문제가 되었습니다. 한쪽은 명문 화산파의 수제자이고 또 한쪽은 마교 교주의 딸이니 오죽했겠습니까? 마교에서도 그렇고 화산파에서도 이들을 뜯어말리기 위해 한바탕 소동이 있었다고 합니다."

"그래서 도망친 건가?"

"네. 서로 떨어질 수 없는 사이가 되었으니까요. 두 분은 마교와 정파의 손길이 닿지 않은 곳까지 숨어들어 살았다고 합니다. 아마 청해나 신강 부근 어디라는 것 같은데, 이를 정확히 아는 사람은 없었어요. 그리고 혼례를 올린 지 삼 년이 지나서야 자식을 얻었는데, 쌍둥이 여식을 얻었답니다."

쌍둥이를 낳았다는 지평의 말에 삼룡이 이해가 되지 않는 듯 반문했다.

"쌍둥이까지 낳았다면 그분들이 헤어질 이유가 없지 않느냐?"

"그게 사연이 있죠. 그 사연이 뭐냐 하면요……."

여기서 잠시 말을 멈춘 지평은 찻주전자로 목을 축인 다음 설명했다.

"형님도 아시다시피 여자가 독공을 연공하면 자식을 얻기 힘들잖아요. 해서 백 대협은 독공 때문에 어렵게 얻은 아이들을 보며 시산노호에게 두 가지 다짐을 받았다고 해요. 두 번 다시는 독과 독공은 쓰지 않기로 말이죠. 그런데 얼마 지나지 않아서 사단이 벌어진 겁니다. 마을 우물에 누군가 독을 풀어 놓은 것입니다."

"쯧쯧, 누명을 쓴 게로군."

"누명이 아닙니다, 형님. 우물에서 나온 독은 마교에서만 사용하는 독이었습니다. 게다가 시산노호와 마을 사람들과 다툼도 있었고, 아무리 정황을 따져 봐도 범인은 시산노호 한 사람뿐이었다고 합니다."

"그게 아니지. 누군가 누명을 씌울 작정을 하면 뭔 짓을 못 해. 그건 그렇다 치고, 그것 때문에 백 대협이 부부의 연을 단칼에 자른 것은 아니겠지?"

"그럼요. 그 일로 서로 소원한 사이 정도로 지냈을 뿐이라고 합니다. 그런데 얼마 뒤 화산파 제자들이 백 대협을 찾아온 것이 문제였습니다."

삼룡이 고개를 갸웃거리며 되물었다.

"거기를 화산파 제자들이 어떻게 알고 찾아갔다는 것이냐?"

"누군가 화산파에 알려줬다고 합니다. 하지만 생각해 보면 그럴 만한 곳은 뻔하잖아요? 마교, 그곳뿐이죠. 다들 마교 교주 인마대제가 여식을 단념시키기 위해 한 짓으로 생각을 하고 있더라고요."

"그건 됐고, 그다음은 어찌 됐느냐?"

"백 대협께 사제들이 간곡하게 도움을 청했지만 백 대협은 이미 화산파와 인연을 끊었다며 돌아가지 않겠다고 했다 합니다. 하지만 시산노호는 그들을 곱게 돌려보낼 생각이 없었나 봅니다. 그녀가 돌아갈 때 먹으라고 싸준 음식에 독이 있었거든요."

"그래서 다들 죽은 것이냐?"

"아니요. 그중에 한 사람이 살아남아 이를 백 대협에게 알렸다고 합니다."

여기까지 듣던 삼룡은 돌연 눈매가 날카로워졌다.

"잠깐, 그 화산파 제자의 이름이 무엇이더냐?

"호접쌍검(胡蝶雙劍)이라 불렸던 맹강 선배입니다. 당시 쌍검을 쓰는 맹 선배는 백 대협에 견줄 정도로 무공이 꽤 높았다고 알려졌다고 합니다. 하지만 그때 시산노호의 독에 당해서 내공을 모두 잃었다고 합니다."

"그래서 그 죄를 물어 부부의 연을 끊은 것이냐?"

"아닙니다. 백 대협은 잘못을 인정하면 모든 걸 용서해 주겠다고 했답니다. 하지만 시산노호는 자기가 한 짓이 아니라고 끝까지 발뺌을 했다고 합니다. 하지만 시산노호는 내공을 잃게 하는 산공독(散功毒)의 대가였습니다. 즉, 이번에도 그녀가 범인인 것은 확실한 상황이었죠."

"그래서?"

"그때 마침 마교에서도 사람을 보냈다고 합니다. 화산파와 인연을 끊었으니 백 대협과 함께 마교로 돌아오라구요. 하지만 백 대협이 이를 단번에 거절했습니다. 아무리 화산파와 인연을 끊었다고 해도 정파의 제자가 마교의 제자가 될 순 없었으니까요. 시산노호도 화산파에 자신의 위치를 알려준 것을 들어 인마대제와 부녀지연을 끊겠다고 했답니다. 그러자 백 대협은 사제들의 복수를 한다며 시산노호가 보는 앞에서 마교 사람들을 모두 쳐 죽여 버렸다고 합니다.”

여기까지 들은 삼룡은 두 눈을 감고 고개를 내젓고 있었다.

‘아무리 부녀지간에 의절을 했다고 해도 시산노호에게는 아버지를 베는 것과 같이 느껴졌을 거야. 하지만 누가 아무도 모르게 살인을 저지르는데 자신의 수법을 드러낸단 말인가? 백광 대협이 조금만 깊이 생각했더라면 서연이가 평생 복수의 칼을 갈지는 않았을 텐데. 이것도 그 천리마군의 짓이겠지. 화산파 맹강이란 자도 보나마나……..’

“백 대협께서 마교 놈들을 쳐 죽이자 이번엔 시산노호가 살아남은 백 대협의 사제를 죽이겠다고 나선 것입니다. 백 대협은 이를 말리다가 결국 부부의 연을 끊자고 선언하고는 딸아이 하나를 안고 화산파로 떠났다고 합니다. 이에 격분한 시산노호는 혈겁을 일으켰고 무림공적이 되어 쫓긴 것입니다.”

지평이 자신이 알아낸 것을 모두 말했음에도 삼룡은 아무 말도 없었다.

“형님, 제가 알아낸 건 이게 다예요. 더 이상은 무리란 말입니다. 근데, 형님과 무관한 시산노호 얘기가 왜 궁금하신 거였습니까?”

“서연이 어머니가 시산노호였거든.”

삼룡의 얘기에 지평은 놀라 말을 더듬었다.

“배, 백 낭자 말이에요?”

"그래, 시산노호가 데리고 갔던 쌍둥이 백 대협의 쌍둥이 여식이다."

"그럼 화산파 장문 여식이?"

"서연이 쌍둥이야."

지평은 아직도 믿기지 않는지 고개를 설레설레 저었다. 그 사이 삼룡은 침상에서 나와 해가 지는 서쪽 창문으로 발걸음을 옮겼다.

"오늘도 낙조가 붉구나! 드디어 내일이면 무림대회네. 초홍아, 어서 끝내고 우린 사천으로 가자꾸나. 거기 낙조가 훨씬 더 멋있다. 그리고 사룡이가 널 보면 무척 좋아할 거야."

삼룡의 얘기에 한쪽 구석에 시무룩하게 앉아 있던 담초홍이 활짝 웃으며 일어섰다.

"네, 오라버니!"

*　　　　*　　　　*

무림대회가 열리는 날 아침, 제갈세가 안은 온통 사람들로 붐벼 발 디딜 틈이 없었다.

이십사 년 만에 열리는 대회인지라 많은 인파가 한꺼번에 몰린데다가 각종 패를 가지고 무림대회 본선에 참가한 후기지수만 해도 무려 삼천에 달했으니, 세가 안팎은 인산인해(人山人海)라 부를 수 있을 만큼 사람들로 넘쳐 났다. 하지만 무림대회 첫날이 지나면 대부분 사람들이 떠나게 될 터였다.

이는 무림대회 첫날 관문에서 삼천 출전자 중에서 고작 육백 정도만 남게 되기 때문이다. 그리고 다음날부터는 세가 안에서만 대회가 열리고 구경꾼을 일절 허용하지 않았다.

물론 관전자들도 있었지만 그들은 어디까지나 무림맹에서 정식 초청된 관전자들이었다.

무림맹에서 이렇게 무림대회를 개최하는 이유는 각 문파의 무공을 남들에게 보이기 싫어하기 때문이었다. 해서 첫날 명문대파 출신 제자들은 가급적 본 실력을 드러내지 않으려고 구경꾼이 드문 세가 안에서 관문 시험에 응시했다.

그리고 이 관문 시험은 의외로 간단했다. 세가 안팎에 설치된 수많은 비무장 중에 원하는 한 곳을 골라서 자신이 가지고 있는 패를 걸고 다섯 사람과 비무를 겨뤄 이기면 되는 것이다. 그렇게 되어 육백 명 정도가 남게 되는 것이다.

또한 비무에서는 무기 사용 제약이 없었다. 대신 상대방을 죽게 하는 것은 금했다. 그 이외에 조금 다치게 하는 것까지는 용인되었다. 그렇지 않다면 잔재주에 능한 이가 유리할 테니 말이다.

암기를 쓰는 경우는 살상용 암기 대신 뭉툭하게 깎은 나무를 써서 상대를 제압하면 됐다. 하지만 암기라는 무기가 비무에서 잘 통하지 않았다. 비무하는 공간이 숨을 공간이 따로 있는 것도 아니고, 전신이 모두 노출된 곳이었으니 은밀하게 암기술을 쓰기에는 무리가 따랐다.

더구나 무기는 한 가지만 써야 했다.

두 가지 무기를 쓰거나 중간에 무기를 바꿀 수 없었다. 그래서 암기를 쓰는 출전자는 극히 드물었다.

암기로 유명한 사천당가에서조차 암기보다는 검이나 창으로 승부를 걸 정도였다. 사실 그들이 무림대회에 참석하지 않은 이유도 비무에서 유독 사천당가 자제들이 힘을 쓰지 못했기 때문이기도 했다.

삼룡은 담초홍과 아귀궁 살수들을 대동하고 세가 밖에 차려진 비무장으로 향했다. 지평이 세가 안에서 비무를 하면 명문정파 수제자와 겨룰 수 있는 기회가 있다고 귀띔을 하자마자 바로 발길을 세가 밖으로 돌린 그였다.

"아무나 다섯 놈만 이기면 되는데 왜 센 놈이란 붙어? 난 확실하게 이기는 게 좋아. 편하고 좋잖아."

"수준 낮은 밖에서 비무를 하는 건 비겁하잖아요?"

"인마, 그게 왜 비겁한 거야? 현명한 거다. 똑같이 기회를 주는데 왜 굳이 센 놈들이랑 붙어? 재수없으면 질 수도 있는데."

이런 삼룡의 말에 아귀궁 살수들은 모두 뒷목을 잡고 쓰러질 뻔했다. 그들이 보기에 삼룡의 적수는 혈마존 능운비가 유일하지 않았던가. 그것도 앞섶이 잘리기는 했어도 완전히 진 것은 아니었다.

물론 그때 능운비가 본래 실력을 드러내지 않은 이유도 있었지만, 아귀궁 살수들이 보기엔 삼룡 또한 실력을 드러내지 않은 건 마찬가지였다.

아무튼 그런 이유로 삼룡은 제갈세가 밖 야외 비무장으로 향하고 있었다. 하지만 야외 비무장이라 해도 삼룡이 그냥 비무를 할 놈이 아니었다. 조금이라도 센 놈들이 많이 눈에 띄면 가차없이 바로 발길을 돌리는 삼룡이었다.

"뭐야, 왜들 이리 죽기 살기로 싸우는 거야? 에이, 다른 데 가야겠다."

벌써 이런 식으로 삼룡은 한 시진째 돌아다니고 있었다. 이에 담초홍이 딴죽을 걸었다.

"오라버니, 이제 지겨워요. 그냥 아무 데서나 비무하면 안 돼요?"

"초홍아, 다들 실력을 보이고 싶어서 안달난 사람들뿐이잖아. 이럴 땐 힘이 빠질 때까지 기다리는 게 상책이다."

이렇게 말한 삼룡은 다시 한 시진을 구경만 하고 돌아다녔다. 그렇게 오후가 되자 정말 오전 출전자들에 비해서 실력이 떨어지는 출전자들이 대거 비무에 나섰다. 그러자 삼룡 또한 재빨리 비무장 한 곳에 접수를 시도했다.

삼룡이 현무패를 내밀자 접수 담당자의 눈매가 가늘어졌다.

'현무패? 대산파 제자들이 오전에 모두 시험에 응했으니 이놈이 대대 총관님이 말씀하신 삼룡이란 놈이겠군. 총관님이 될수록 강한 놈이랑 비무를 붙여서 떨어뜨리라고 했는데, 누구랑 붙여야 하나? 오호라! 산동악가 출신 팔비창(八臂槍) 악범이 좋겠군. 검(劍)은 창(槍)에 약한 법이지. 게다가 악범은 산동에서도 꽤나 이름이 알려졌으니 잘하면 대대총관에게 칭찬 듣겠는걸.'

접수 담당자가 흐뭇하게 웃으며 삼룡의 이름을 악범의 이름 옆에 적었다.

이제 비무 시합을 주선하고 담당자가 삼룡의 이름과 악범의 이름을 호명하면 비로소 무림대회에 출전하게 되는 것이다. 앞서 진행 중이던 비무가 끝난 후 악범의 이름이 먼저 불린 후 드디어 삼룡의 이름이 불려졌다.

"사천 개소문 삼룡!"

개소문이라는 문파명과 삼룡의 이름이 외쳐지는 순간 비무장 주변에서 '삼풍'이라는 수군거림이 있은 후, 여기저기에서 비웃음이 터져 나왔다.

"개소문 삼룡이라면 사천에서 이름을 날린 그 유명한 삼풍대협이 아닌가?"

"맞네! 올봄 그 허풍대협께서 절세검법이라 불리는 태청검보를 익히시고 강호에 출두하셨다고 들었네. 그런데 뒤에 험상궂은 사내들을 데리고 다니는 걸 보니 그간 호위무사라도 거둬들인 모양일세그려!"

"우하하하!"

"호위무사들의 인상을 보니 맞고 다니지는 않겠는걸. 근데, 여자 후리는 솜씨는 있는 모양이야. 벌써 어린 계집이 쫓아다니니 말이야!"

"머리가 허연 것을 보니, 삼풍 대협께서 단물을 쪽 빨아드신 모양일세. 이렇게 되면 삼풍이 아니라 사풍일세. 여풍(女風)을 하나 더 더해야 하지 않겠나."

비무 구경꾼들은 마치 삼룡이 나타나기를 기다리기라도 한듯 험담하고 비웃기를 멈추지 않았다. 물론 삼룡에 관한 소문이 강호에 퍼지긴 했지만 이렇듯 기다렸다는 듯이 그를 비웃는 것은 뭔가 이상했다.

반면 비웃음거리가 된 삼룡은 아무렇지도 않은 표정이었다. 이는 아귀궁 살수들도 마찬가지였다. 그들이 비록 얼굴이 험상궂기는 했어도 감정을 드러내지 않는 데는 일가견이 있는 인물들이 아니던가.

다만 담초홍만이 조용히 입술을 지그시 깨물고 있었다. 하지만 그것으로 끝이었다. 그녀 역시 더 이상 감정을 표현하지도, 화를 내지도 않았으니 말이다.

비무에서 삼룡을 상대할 팔비창(八臂槍) 악범은 자신의 상대가 허풍선이라는 걸 알고는 내심 안도하고 있었다.

'저런 손쉬운 놈이 걸려들다니! 기다린 보람이 있었어. 이제 저놈만 이기면 내일 관문이다!'

악범은 산동 지역 출신답게 키가 팔 척에 가슴과 머리가 큰 자였다. 게다가 팔이 길어 창을 구사하는 데 아주 좋은 체형이었다.

그의 별호 팔비창은 팔이 여덟 개인 것처럼 변화무쌍하게 창을 쓴다고 하여 붙여진 이름이었다.

그만큼 본선에 오른 그의 창술은 강호 어디에 내놔도 무시 못할 수준이었다.

예상과 달리 첫 상대부터 난적을 만난 삼룡은 추레한 모습으로 개소문 사조가 사용했다던 균검(均劍)을 늘어뜨린 채 멀뚱히 서 있었다.

'창을 상대하는데 목검을 들었어? 뭐, 저런 한심한 자식이 본선에 다 올라왔지? 그리고 아예 넋을 놓고 있는 표정은 뭐야? 에이, 재수없어. 그냥 단번에 보내 버리자. 그게 오히려 저놈에게도 가르침이 될 거야.'

악범은 왠지 불쌍해 보이는 삼룡을 단 일 초에 처리할 마음으로 창을 단단히 부여잡았다. 이제 비무 시작을 알리는 대나무 격탁(擊柝) 소리만 들리면 삼룡은 산동악가 출신 팔비창 악범과 실력을 겨뤄야 했다.

마침내 비무 시작을 알리는 격탁 소리가 비무장을 울렸다.

탁, 탁!

第四章

삼십육계(三十六計)

허허실실 虛虛實實

무림맹 수뇌부들이 모두 본 대회장을 이곳저곳을 돌아다니는 사이, 부맹주 제갈서천은 총관 대대강과 함께 가주 전각에서 한가하게 잡담을 하고 있었다.

예전 같으면 무림대회가 열리는 내내 몸이 열 개라도 모자를 지경이었지만 지금의 그는 차를 마시는 여유를 부리고 있었다.

"총관, 내가 사람 하나는 잘 봤지 않은가? 내가 무림대회 기간에도 한가하게 차나 마시고 있다니 말이야."

"가주님의 식견은 강호제일이 아닙니까. 하지만 저도 능 공자가 단시일 내에 두각을 나타낼 줄은 몰랐습니다. 소인에

게는 마치 오래전부터 무림맹을 잘 알고 있던 사람처럼 느껴
졌습니다."

대개강의 표정은 여러 심사가 얽혀 있는 듯 복잡해 보였다.

사실 따지고 보면 지금 한창 바빠야 할 사람이 바로 대대강
이었다. 한데 능운비라는 놈이 별안간 나타나 자신의 일을 도
맡아 처리하는 바람에 부맹주의 부름을 받고 찻잔이나 기울
이는 처지로 전락하고 말았다. 그러니 능운비에 대한 칭찬이
기분 좋게 들릴 리 있겠는가.

이에 제갈서천이 정색하며 꾸짖었다.

"대대 총관, 방금 자네가 한 말은 능 공자를 칭찬한 것으로
듣겠네."

부맹주의 표정이 싸늘하게 바뀌자 대대강은 재빨리 안색
을 바꾸며 고개를 숙였다.

"죄송합니다, 부맹주님! 하지만 다른 뜻은 없었습니다. 저
는 능 공자의 자질이 뛰어나다는 것을 말씀드리기 위함이었
습니다."

"으흠, 그래, 그래야지. 장차 무림맹을 이끌어가야 할 사람
인데."

제갈서천의 말에 대대강의 표정이 다시 어두워졌다. 그가
생각하기에 자칫하면 본맹 총관 자리를 능운비가 차지할 가
능성이 높았다. 또 그렇게 되면 자신은 일평생 노력했던 것이
다 무용지물이 되는 것이다.

물론 세가 총관이란 직책을 무시할 사람이 얼마나 되겠느냐마는 무림맹 총관의 신분과는 천지간(天地間)의 차이가 있는 것이다. 하지만 이 문제의 본질은 능운비의 뛰어난 재능에 있었다.

단 며칠 사이에 구대문파의 제자들은 물론이고, 웬만한 규모의 문파 제자들 중에 모두 그와 인맥이 닿지 않은 사람이 없었다.

아무리 문파 간에 첨예한 대립이 있던 문제도 그가 나서면 서로 양보하려고 난리였다. 때문에 대대강은 곁에서 그가 하는 일을 지켜보는 것만으로도 기가 질릴 정도였다. 하지만 이대로 총관 자리를 능운비에게 뺏길 수는 없는 노릇이었다.

대대강이 용기를 내어 말문을 열었다.

"부맹주께선 본 맹 설치 후 능 공자에게 어떤 직책을 맡기실 생각이십니까?"

"자네에게 미안한 말이지만 능 공자에게 총관 직을 맡기려고 했었네."

제갈서천의 대답에 대대강의 낯빛이 대번에 굳어졌다. 마음 같아서는 지금 이 순간 가주 전각을 뛰쳐나가고 싶었다. 하지만 지금 그의 말투가 조금 다르지 않은가.

'총관 직을 맡기려고 했었나고?!'

"자네는 나이 어린 능 공자를 윗사람으로 모실 수 있겠는가?"

뜬금없는 질문에 대대강이 난처한 듯 대답을 머뭇거렸다. 제갈서천은 그런 총관의 태도를 예상했다는 듯이 다음 얘기를 이었다.

"자네 생각은 부정적이구먼. 하지만 난 능 공자를 윗사람으로 모실 생각이네."

"네? 그게 무슨 말씀이십니까? 감히 능 공자가 부맹주님 윗사람이 되다니요? 그건 절대 안 됩니다. 있을 수도 없는 일이구요."

"이 사람, 둔하긴! 이러니 내가 자넬 무림맹 총관 직에 앉힐지 말지 고민하는 게야. 부맹주인 내가 윗사람으로 모실 자리가 어디겠는가?"

"부맹주님이 윗사람으로? 그렇다면 능 공자가 매, 매, 맹주?!"

대대강의 음성이 높아지자 제갈서천이 즉시 경고했다.

"어허, 밖에서 누가 듣겠네. 아직 다른 사람들이 알아서는 안 되네. 내가 자네에게 차를 마시자고 한 것도 다 그 때문이야. 무림맹 총관이 차기 맹주님을 위해 움직여야 하지 않겠냐, 이 말이야."

잠시 곱씹어 생각하던 대대강은 그제야 말뜻을 알아듣고 크게 기뻐했다.

"그럼, 제가 무림맹 총관에 오르게 도와주시는 겁니까?"

"이 사람! 나에게 평생을 바친 자네를 내가 버릴 것 같은

가? 요즘 들어 자네가 한심하게 일을 처리하기에 이를 나무라고자 잠시 자네를 소원하게 대했을 뿐일세."

"부맹주님!"

제갈서천의 화려한 언변에 사십 줄 중반의 대대강은 감격해서 말을 제대로 잇지 못했다. 그러자 제갈서천은 대대강이 감정을 추스를 시간을 준 후, 음성을 낮춰 자신의 생각을 마저 밝혔다.

"난 지금까지 무공이 뛰어나면서도 저렇듯 사리 판단이 빠르고 정확한 인물은 처음 보네. 저런 사람이 맹주의 자리에 오른다면 지금처럼 혈교가 득세할 일이 있을 거라 생각하는가? 힘을 합치기만 하면 무림맹이 가진 힘은 실로 막대하단 말이네. 이는 그 누구보다 자네가 잘 알지 않나?"

"맞습니다. 맹주의 명령에 일사불란하게 움직이는 무림맹의 힘은 지금의 혈교나 마교와 비교할 수도 없을 것입니다. 사실 그동안 무림맹을 실질적으로 이끌어온 것은 모두 부맹주님이셨고, 다른 분들은 모두 먼 산 구경하듯 훈수만 둘 뿐이었죠."

"역시 대대 총관이로군. 오죽하면 내가 어린 능 공자를 맹주 자리에 앉히려고 일을 도모하겠는가? 내가 맹주 자리에 오른다고 하면 아마 무림맹 수뇌부 모두가 반대할 걸세. 하지만 명문대파 출신인 능 공자는 다르지. 하지만 그 역시 우리가 도와줘야만 맹주 자리에 오를 수 있네. 그리고 운남 점창이 예전에야 중원에 속한 명문대파였지만 지금은 대리국에 속해 있지 않나? 그러니 능 공자야말로 적격이네.”

제갈서천의 달변에 대대강은 연신 고개를 끄덕이며 귀를 기울였다.

“문제는 소림, 화산, 아미파 이 셋일세. 다른 문파 장로들과 세가 쪽은 모두 수긍하는 눈치였는데 이들 문파만 반대하고 있어. 화산파에서는 백 대협을 차기 맹주 직을 생각하고 있고, 아미파는 이를 지지하는 모양일세. 하지만 그렇게 되면 또 허울뿐인 맹주가 탄생하게 되는 거야.”

“그건 안 됩니다. 대의(大義)를 위해서라도 이대로 두고 볼 수만은 없습니다. 부맹주님! 제가 어떻게 하면 되겠습니까?”

“아직까지 중립을 지키고 있는 태산북두 소림을 잡아야 하네. 정명 방장님이야 언제든 내 결정을 따라주시겠지만 함께 온 계율당 수좌승이 문제야.”

“계율당 수좌승이라면 제갈건 소가주에게 무극권법을 사사한 신승 일추 대사님이 아닙니까?”

“그렇다네. 소림사에는 실질적으로 방장의 권위보다 높은 신승이 둘 있는데, 그중 하나가 바로 일추 대사지. 한데 그분께서 유독 능 공자를 마음에 들어하지 않으시네. 만일 그분이 계속 반대한다면 정명 방장님도 허락하지 않을 게야.”

“무슨 이유라도 있습니까? 혹여 능 공자가 일추 대사께 실수라도 한 것이 아닌지?”

"그건 아니네. 이유라도 말씀하셨다면 내가 이렇듯 답답하지도 않지. 노망이 드셨는지 그냥 아무 말도 없이 반대하시고 계시네. 해서 할 수 없이 능 공자를 총관 자리에 앉혀야 하나 고민 중이네."

순간 대대강의 음성이 커졌다.

"그건 안 됩니다, 부맹주님!"

"이 사람아, 지금 이게 흥분할 일인가. 문제는 일추 대사일세. 정명 방장님도 어쩔 수 없는 계율당 수좌승 말이네. 어떻게든 그분을 설득하면 되지만 그게 어디 쉬운 일인가?"

"그, 그건!"

부맹주 제갈서천도 해결 못한 방법을 대대강이 금세 생각해 낼 수는 없었다. 다만 어떻게든 방법을 찾고 싶어 눈알을 이리 굴리고 저리 굴리고 있었다.

이때 제갈서천이 무엇이 생각이 난 듯 말했다.

"아참, 자네 예전에 만취개 장로님과 친분이 있다고 했었지?"

"네, 부맹주님. 하지만 제가 도움을 받는 처지라 부탁드릴 만한 분은 아닙니다. 만취개 장로님 제자 중에 한 사람이 바로 저의 오랜 친구이니, 제게는 사부님같이 어려운 분이십니다."

좀 전까지 무슨 일이라도 할 것 같았던 대대강이 한발 물러서자 제갈서천이 실망한 듯 고개를 내저었다.

"으흠, 자네 무림맹 총관 자리가 싫은 겐가 보구먼. 알겠네. 그만 돌아가서 일 보시게, 대대 총관."

제갈서천의 갑작스런 태도 변화가 무슨 뜻임을 오랜 세월 그의 밑에서 지낸 대대강이 눈치 채지 못할 리가 없었다.

"아닙니다. 제가 어떻게 해서든 만취개 장로님을 설득시켜 일추 대사님의 마음을 돌려놓겠습니다."

비로소 원하는 대답을 얻었는지 제갈서천의 표정이 환해졌다.

"그래, 그런 마음이면 태산인들 못 움직이겠나. 좋아, 내 자네를 한번 믿어보겠네."

"맡겨주십시오."

제갈서천에게 깊숙이 고개를 숙인 대대강은 이내 자신감 있는 표정으로 전각을 빠져나갔다.

홀로 남게 된 제갈서천은 식은 찻잔을 만지작거리며 흐뭇한 미소를 짓고 있었다.

'대대 총관이 만취개를 설득시켜? 내 차라리 혈마존을 믿지. 애가 타면 마음도 독해지는 법! 스스로 일추 대사를 처리하도록 벼랑 끝으로 몰아야 해. 그렇게 되면 천하무림이 내 손에 들어온다. 미안하지만 대대 총관은 일추 대사와 같이 죽어줘야겠어. 제갈세가를 위해 살았으니, 죽을 때도 제갈세가를 위해 죽는 걸 영광으로 생각하시게.'

"으하하하하하!"

가주 전각에 울려 퍼지는 제갈서천의 웃음소리는 세가 비무장에서 들리는 함성 소리에 바로 묻혀 버렸다.

"하하하, 하늘이 나를 돕는구나, 도와!"

*   *   *

"게 서라!"

무림대회가 열리는 비무장에 난데없이 추격전이 벌어지고 있었다. 봉두난발을 한 괴인이 창을 든 무사에게 쫓기고 있었다. 이 봉두난발의 괴인은 삼룡이었고, 그를 쫓는 창을 든 무사는 팔비창이라 불리는 악범이었다.

비무장의 크기는 정방형 모양으로 각 너비가 오십 척에 달했다.

출전자마다 길이가 긴 창과 봉, 편 같은 무기를 사용할 수 있기 때문에 비무장마다 최소한 이 정도 넓이는 되어야 했던 것이다. 하지만 이는 도망칠 곳이 많다는 것을 의미했다. 바로 지금처럼 말이다.

"이제 그만 좀 하고 비무를 합시다. 벌써 한 시진째 돌고 있잖소? 헉, 헉!"

"지금 비무하고 있잖아요."

악범은 사정을 해가며 쫓고 있었다. 반면 삼룡은 한마디 내뱉고는 여전히 달음질을 멈추지 않았다. 물론 비무장 외곽을 따라서 말이다.

이를 보다 못한 산동악가 사람들이 비무장을 담당하는 무림맹 사람에게 항의했다.

"비무는 안 하고 저렇게 도망 다니기만 해도 되는 겁니까?"

"글쎄, 이런 경우는 저도 처음이라서 저도 어떻게 해야 할지 난감합니다. 게다가 삼룡이란 분이 초식명을 외치고 난 뒤에 저러는 것이기 때문에 도망치는 것이라고 볼 수도 없습니다."

"아니, 삼십육계(三十六計)란 초식도 다 있습니까? 시작하고부터 그 한마디 하고는 지금까지 계속 도망만 치고 있잖습니까!"

산동악가 사람들의 언성이 높아졌지만 무림맹 관계자도 어쩔 수 없었다. 초식과 초식명이라는 것이 무공 창안자가 필요에 따라 짓는 것인데, 이를 두고 초식이 아니라고 단정할 수는 없지 않은가.

"일단 지켜보는 수밖에 없습니다. 대신 비무장 밖을 한 발짝만 나가도 바로 실격 처리하겠습니다."

입이 방정이었을까. 바로 그때 팔비창 악범이 삼룡을 쫓다 지쳐 그만 한 발이 외곽선을 넘고 말았다.

"안 돼에에!"

이를 지켜본 산동악가 사람들의 비명에 주변 사람들은 모두 할 말을 잃었다. 하지만 규칙은 규칙이었다.

방금 전에 한 말이 있었으니 비무 담당자는 어쩔 수 없이 삼룡의 승리를 외쳐야 했다.

"개소문 삼룡 승!"

삼룡의 승리가 발표되는 순간 비무장 주변에서 온갖 야유가 쏟아져 나왔다. 반면 삼룡을 쫓아다녔던 악범은 지쳐서 그 자리에 털썩 주저앉고 말았다.

"헉, 헉! 뭐, 저런 자식이 다 있지? 나도 경공이라면 뒤지지 않는데. 헉헉!"

거친 숨을 토해내는 악범은 내력이 거의 소진되었는지 눈동자마저 풀려가고 있었다. 한 시진을 꼬박 창을 휘두르며 쫓아다녔으니 그저 달리기만 한 삼룡보다 체력과 내력이 빨리 소진되는 게 당연했다.

게다가 삼룡이 창에 닿을 듯 말 듯 거리를 유지했기 때문에 필사적으로 창술을 구사한 것이다. 그것도 경공을 전개하면서 말이다.

무공을 익히지 않은 자라면 모를까, 무공을 아는 자라면 경공을 전개하면서 초식을 전개하는 것이 얼마나 어려운지 안다. 해서 지금 악범의 상태는 비무를 하고 싶어도 할 수 없는 처지였다.

비무가 어이없이 삼룡의 승리로 끝나 버리자 다른 출전자들이 나서기 시작했다.

"내가 악 형 대신 나서서 저놈을 떨어뜨리고 말겠소."

"경공이 빠른 제가 나서야 합니다. 그래야만 금세 저놈을 확실하게 떨어뜨릴 수 있소."

"무슨 소립니까? 난 암기를 사용하기 때문에 저자가 도망가도 소용없단 말입니다. 그러니 내가 출전하겠소."

삼룡에게 비무를 청한 이들은 하나같이 악범의 복수를 자청했다. 물론 삼룡이 이를 받아들이지 않으면 비무가 성사되지 않았다.

그런 점을 의식했는지 삼룡이 비무를 거절하지 못하도록 협의(俠義)를 운운하는 출전자들이 생겨났다.

"협의를 안다면 도망치지 말고 정정당당하게 비무를 합시다."

"맞소. 정파의 제자라면 이런 자리에서 도망치면 안 되지."

삼룡을 만만하게 본 출전자들은 하나같이 험상궂게 인상을 쓰고 있었다. 하지만 삼룡이 누구던가? 잔머리라면 이들의 머리 꼭대기 위에 있다고 해도 좋을 인간이었다. 게다가 이처럼 약하게 보이는 것도 그의 전략이었다.

"헤헤, 그럴까요? 그럼! 아무나 접수하고 오세요."

삼룡이 허허실실(虛虛實實)의 모습으로 수긍하자 동작 빠른 몇 놈이 재빨리 접수를 시도했다. 이렇게 해서 삼룡은 바로 연이어서 비무를 하게 되었다.

그가 이번에 맞붙을 상대는 진륜문(陳侖門)의 수제자 보종이었다.

보종은 협행을 하지 않아 강호에 그다지 알려지지 않았지만, 진륜문 도법(刀法)은 꽤나 강호에 알려져 있었다.

진륜문 제자들은 하나같이 종이처럼 얇고 휘어지는 연도(軟刀)를 사용했는데, 이 연도는 휘두를 때마다 우레가 치는 소리가 들린다고 해서 뇌성벽력도(雷聲霹靂刀)라 불렸다.

게다가 연검과 달리 살상력까지 뛰어나, 진륜문 제자가 휴대하고 다니는 연도를 뽑는 소리만 듣고도 근처 산적들이 도망친다는 얘기가 있었다.

우르릉, 우르릉.

보종이 우렛소리가 나는 연도를 뽑아 들고 비무장에 들어서자 구경꾼들이 숨소리를 죽이고 이를 지켜봤다.

보종은 앞서 삼룡과 비무를 했던 악범과 달리, 몸집이 그리 크지 않았다. 칠 척의 키에 적당한 체격인 그는 오른쪽 어깨와 팔을 드러낸 무복 차림이었다.

탁, 탁!

이윽고 비무 시작을 알리는 격탁 소리가 울리자 보종은 연도를 좌우로 흔들며 삼룡이 도망치는 것을 경계했다.

비무 시작을 알리면 먼저 기수식을 하는 것이 예의였지만 삼룡이 또 삼십육계 초식을 펼칠 것을 염려한 나머지 이를 생략한 것이다.

물론 삼룡의 입장에서는 상대가 기수식을 생략했으니 자신도 생략하면 되는 일이었다. 그래서 그런지 삼룡은 말뚝처럼 그 자리에 서 있었다.

하지만 이 같은 변화는 오히려 상대 보종을 헷갈리게 만들었다.

'이번엔 도망치지 않아? 혹시 내가 강호에 알려지지 않았다고 만만하게 본 것인가? 어쨌거나 나에겐 잘된 일.'

우르릉!

보종이 한차례 연도를 위아래로 긋자 또다시 우렛소리가 요란하게 울려 퍼졌다. 이는 그 소리를 듣는 상대방으로 하여금 혼란을 주거나 겁을 주는 데 효과가 있었다.

물론 그 상대방이 혼란을 느끼거나 겁을 집어먹는다는 전제하에 말이다.

'어라, 뇌성병력도 소리에 눈도 안 깜박여? 겁이 없는 건가, 아님 겁이 너무 많아서?'

초식을 펼치며 접근하던 보종은 삼룡이 필시 다른 수가 있다는 생각에 선뜻 접근하지 못했다. 그러자 공격하라는 소리가 여기저기에서 들렸다.

"목 부근에 칼만 갖다 대도 이기는 겁니다. 보 형, 어서 공격하세요."

"악 형의 복수입니다. 무엇을 머뭇거리는 겝니까!"

"협의가 무엇인지 보여주십시오."

여기저기서 참견을 해오자 보종은 일단 공격하기로 마음 먹고 진류문 풍연도법(風煙刀法) 제일식 연풍출조(軟風出調)를 전개했다. 그러자 삼룡의 주위로 날카로운 예성과 함께 번개처럼 연도가 번쩍였다.

보종은 바로 공격하지 않고 좌우상하로 공격 범위를 나눠 허초와 실초를 적절히 섞어가며 삼룡의 눈을 어지럽혔다. 하지만 삼룡은 멀뚱히 서 있기만 할 뿐, 좀체 움직이지 않았다.

문제는 삼룡의 이 같은 엉뚱한 행동이 보종이 펼치는 풍연도법에 아주 상극이라는 점이었다.

원래 풍연도법은 진류문 백미진인이 사막에 부는 회오리바람이 순식간에 변화하는 것을 보고 창안한 도법이었다. 한데 회오리바람이라는 것이 중간에는 바람 한 점 불지 않는 무풍지대가 아니던가?

이는 보종이 아무리 도법을 변화무쌍하게 펼쳐도 삼룡이 가운데 지점에서 벗어나지 않는 한 그에게 손끝도 건드리지 못한다는 얘기나 다름없었다.

'이 자식, 왜 반응을 안 하지? 다른 사람 같으면 최소한 출수라도 했을 텐데?

풍연도법 초식 숫자가 늘어날수록 보종의 마음은 초조해졌다. 하지만 삼룡은 손가락 하나도 움직이지 않으니 더욱 애간장이 타 들어갔다.

'이 자식, 풍연도법을 알고 이러는 거 같지는 않은데, 왜 출수하지 않는 거야? 제발 조금만 움직여라. 도법이라도 전환시킬 수 있게.'

보종은 처음부터 풍연도법 최고 절기인 풍륜회심(風輪回心)을 펼친 것을 뒤늦게 후회하고 있었다.

지금 이 상태에서는 도를 든 자라면 누구나 펼칠 수 있다는 차륜도법으로도 삼룡을 이길 수가 있는 것이다. 하지만 풍연도법은 삼룡이 움직이지 않는 이상 그가 이길 가능성이 전무한 도법이었던 것이다.

그렇다고 지금 이 상태에서 차륜도법으로 바꾸지 못하는 것은 아니었다. 다만 지금까지 전개한 것을 무위로 돌리자면 너무나 큰 빈틈이 드러나는 것이 문제였다.

"보 형, 그 정도 했으면 됐으니 그만 끝내슈."

"맞소. 삼룡이란 사람도 정파의 제자이니 그 정도면 혼이 났을 겁니다. 어서 끝내세요."

비무 구경꾼들은 보종의 속도 모르고 끝내기를 재촉했다. 이쯤 되자 보종도 결단을 내려야 했다. 삼룡이 말뚝처럼 멀뚱히 서 있기만 하는 이상 그도 공격할 수 없을 테니 말이다.

'어차피 하수이니 빈틈을 보여도 공격하지 못할 거야. 좋아, 차륜도법으로 바꾼다!'

보종은 마음먹은 즉시 도법을 풍연도법에서 차륜도법으로 바꿨다. 그러자 삼룡의 주위를 맴돌던 보종의 신형과 연도가

갑자기 변화를 일으켰다. 마침내 그가 도법을 바꾼 것이다. 하지만 바로 그때,

스으윽!

삼룡이 느릿하게 움직이더니 그대로 보종의 정수리 부근을 겨냥하며 목검을 내려쳤다. 이를 보고 보종이 화들짝 놀랐지만 이내 속으로 안정을 되찾았다.

'검법이 느린 것을 보니 실초가 아닌 허초다. 다른 방향에서 공격해 올 터이니 그것을 대비해야 돼. 어차피 저 정도 느린 검은 막지 않아도 피할 수 있어.'

초식에는 실제 공격하는 초식과 공격하는 척하며 빈틈을 노리는 허초가 있었다. 한데, 삼룡이 워낙 느릿하고 정직하게 공격해 오자 보종은 이를 당연히 허초라 여긴 것이다. 하지만 누가 그것이 허초라 했던가?

보종의 검법이 차륜검법으로 변화하며 삼룡의 실초 공격에 대비하려는 때였다. 느릿하게 움직이던 삼룡의 목검이 어느새 그의 정수리를 가격한 것이었다. 그것도 얄궂을 만큼 또렷한 타격음을 울리며.

퉁!

'뭐, 뭐지?! 허초가 아니었어?'

한순간에 정수리를 허용한 보종은 제정신이 아닌 표정으로 눈을 껌뻑였다. 흡사 연못에서 노닐던 잉어가 눈앞에 뻔히 보이는 바위에 부딪쳐 정신을 잃은 것처럼 말이다.

순간 비무장 일대가 쥐 죽은 듯이 조용해졌다. 그들은 자신들이 눈으로 본 것을 현실이라 믿지 못하는 눈치였다.

"개소문 삼룡 승(勝)!"

매정한 비무 담당자의 목청 높은 소리와 함께 진륜문 수제자 보정은 그 자리에 주저앉고 말았다.

"허초, 분명 허초였는데? 그 느린 목검이 어떻게 정수리에 닿은 거지?"

보정이 아직까지 자신이 승패에 진 것이 믿겨지지 않는 듯 멍하니 앉아 있었다. 하지만 이는 그만이 느끼는 충격이 아니었다. 주위에 있던 비무 출전자들과 구경꾼 모두가 그런 모습이었다.

"말도 안 돼. 이건 사기야, 사기!"

누군가의 항의가 들리고 여기저기에서 동조하는 목소리가 들렸지만 그렇다고 결정된 승패가 번복되지는 않았다. 또한 삼룡과 비무를 하겠다고 나서는 출전자들은 여전히 줄을 서 있었다.

"아무나 좋으니 신청하고 오세요. 저는 여기서 기다리겠습니다. 오늘 그놈의 협의를 배워봐야겠습니다. 헤헤!"

삼룡의 속없는 웃음소리와 함께 비무장 주변에서는 험악한 말이 쏟아져 나왔다.

모두 하나같이 자신들을 모욕했다고 하는 이유를 들며 삼룡이 협의를 무시했다고 비난했다. 하지만 삼룡이 세 번째 산서 항산파(恒山派) 진성검 조표와 네 번째 사마세가(司馬勢家) 무결검객 사마종을 연달아 격파하자 주변이 술렁이기 시작했다.

이들 두 문파는 모두 검에 일가견이 있는 문파로, 우연으로도 이길 수 없는 수제자들이었다. 이는 앞서 상대했던 두 사람의 경우도 마찬가지였다.

우연이 네 번이나 반복되지 않는다는 것은 비무 구경꾼이나 출전자들도 알고 있었다. 하지만 삼룡이 오늘 관문에 통과할 것이라 믿는 이는 없었다. 바로 삼룡의 다음 비무 상대 때문에 말이다.

묘족 출신 금월표국의 표두 비조추협(飛鳥鎚俠) 목홍, 기문병기 유성추(流星鎚)를 쓰는 그가 바로 삼룡의 다음 상대였다.

유성추란 병기는 쇠공이 달린 봉 두 개를 사슬을 연결한 무기로, 외공과 내공이 뛰어나지 않으면 감히 사용할 수 없는 무기였다. 육중한 무게도 무게지만 반발력이 뛰어나 자칫하면 자신이 다칠 수 있기 때문에 무림대회나 강호에서 이 무기를 쓰는 자는 극히 드물었다.

유성추를 쓰는 목홍은 타고난 장사였다.

키가 구 척에 팔뚝 두께가 웬만한 사람의 허리보다 굵었다. 게다가 어렸을 때 북해빙궁의 고수에게 심후한 내공심법을 전수받은 터라 명문대파의 제자들과 비교해도 결코 뒤지는 수준이 아니었다.

사실은 삼룡의 비무에 이기는 것을 고깝게 생각한 무림맹 관계자가 무명이 높은 그를 불러온 것이다.

그 때문인지 삼룡을 쳐다보는 목홍의 표정은 벌레를 보는 듯했다.

"네놈이 이번 무림대회 물을 흐린다는 삼룡이란 놈이냐?"

처음 삼룡을 마주한 목홍의 말은 완전히 무시하는 투였다. 하지만 삼룡은 오히려 허리를 깊숙이 숙이며 포권을 했다.

"개소문 대사형 삼룡이라 합니다. 아무개 형님께 한 수 가르침을 청합니다."

"이놈, 입은 멀쩡하구나!"

계속된 무례에도 삼룡의 표정은 변함없었다. 다만 그가 목검을 쥐는 자세가 조금 달라져 있었다. 검을 억세게 잡고 발 끝이 목홍 쪽으로 향해 있었다. 이를 뒤에서 지켜본 아귀궁 살수들만이 삼룡의 미묘한 변화를 눈치 채고 있었다.

"형님이 빨리 끝내실 생각이다. 돌아갈 준비해."

축귀의 말이 끝나기가 무섭게 삼룡이 번개처럼 움직였다. 지금까지 굼벵이처럼 느려 터졌던 움직임과는 전혀 상반된 움직임이었다. 어찌나 그가 빨랐는지 유성추를 고쳐 잡고 있던 목홍이 화들짝 놀라 두서너 발 뒤로 물러나기까지 했다.

"도망치면 어떡합니까, 아무개 형님!"

삼 장 거리를 두고 삼룡이 말과 함께 목검을 쓸어 올리듯

올려쳤다. 그러자 비무장 바닥에 있던 흙먼지가 따라 올라오
며 목홍을 향해 날아들었다. 이를 보고 사람들이 대경실색을
하며 소리쳤다.

"검기(劍氣)다!"

누군가의 외침과 함께 삼룡의 목검의 끝을 따라 흙먼지가
굵은 밧줄처럼 똬리를 틀며 날아들었다. 그러자 유성추를 들
고 있던 목홍이 쇠공 부분을 앞으로 내밀며 방어에 나섰다.
하지만 삼룡이 언제 그것이 검기라고 했던가?

펑!

목홍은 둔탁한 타격음과 함께 쇠공 부분에서 약간의 충격
을 느낄 뿐이었다.

"이런, 속임수잖아!"

삼룡에게 속았다고 생각이 든 목홍은 사슬을 부여잡고 유
성추를 길게 회전시켰다. 내력을 싣지 않았음에도 유성추를
돌릴 때마다 공기가 찢어지는 파공성이 울렸다.

휘이이잉!

목홍의 힘은 실로 괴이하다 싶을 만큼 무지막지했다. 한쪽
쇠공에 족히 백 근은 넘는 것을 자유자재로 휘두르니 말이다.
게다가 아직까지 그는 내력을 한 줌도 쓰지 않았다.

만약 내력까지 동원하면 유성추의 속도가 더 빨라지는 것
은 말할 필요도 없었다. 하지만 유성추를 아무리 잘 쓰면 뭐
하는가? 삼룡이 눈에 보이지 않는데.

"속임수나 쓰는 이 애송이, 어디 간 거냐? 나와서 내 유성
추를 받아라!"

목홍이 목청 좋게 외치는 사이 구경꾼들은 일제히 그의 뒤
쪽을 가리키고 있었다. 사실 비무장이 아무리 넓다고 해도 시
야를 벗어날 만큼 크지는 않았다. 그렇다면 삼룡이 있을 곳은
뻔하지 않는가.

"아무개 형님, 나 여기 있습니다. 헤헤!"

뒤쪽에서 삼룡의 목소리가 들리자마자 목홍이 재빨리 몸
을 틀어 유성추를 뒤로 던졌다. 한 마리 비호가 허공에서 순
식간에 방향을 바꾸며 새를 잡는 것처럼 날렵한 동작이었다.
하지만 그는 이미 삼룡에게 뒤를 잡힌 몸이었다.

비호처럼 나는 그의 동작을 따라 삼룡의 신형도 같이 움직
였다. 마치 그가 그렇게 움직일 것을 미리 알고 있는 것처럼
말이다.

"우아아아!"

삼룡의 목홍보다 더 재빠르게 움직이자 지금까지 그를 비
웃던 구경꾼들의 탄성이 터져 나왔다. 하지만 목홍에게는 이
함성이 들리지 않았다. 눈앞에서 사라진 삼룡을 찾아내야 하
니 말이다.

"나 여기 있다니까요."

다시 뒤쪽에서 목소리가 들리자 목홍은 유성추를 짧게 잡
고 몸을 빙글 돌렸다. 그리하면 뒤쪽에 거머리처럼 붙어 있는

삼룡을 떨어뜨릴 수 있을 것이라 생각한 것이다.

실제로도 삼룡이 더 이상 그의 뒤를 점하지 않고 뒤로 물러섰다.

삼룡이 다시 시야에 들어오자 목홍은 사슬 부분을 잡고 유성추를 길게 회전시켰다. 그러자 원심력에 이끌려 유성추 반경이 길어지며 순식간에 비무장 절반을 차지해 버렸다. 그는 삼룡이 아예 도망칠 곳을 만들지 않을 작정이었다.

이렇게 되자 삼룡이 점점 구석으로 밀려가는 형국이 되었다.

유성추가 회전하는 반원 길이가 거의 비무장 절반을 차지하니, 이를 건너뛰지 않고는 공격을 피할 수가 없으니 어쩌겠는가.

이윽고 삼룡이 정방형 비무장 한구석에 몰리자 목홍이 고함을 쳤다.

"지금까지 날 가지고 놀았으니, 너도 어디 한번 당해봐라."

목홍은 말과 동시에 사슬을 잡은 손아귀에 내력을 끌어올렸다. 그러자 내기를 머금은 유성추가 미친 황소처럼 큰 진동 소리를 내며 주위를 울렸다.

파아앙, 파아앙!

반면 유성추를 바라보는 삼룡은 이전처럼 실실 웃고 있었다. 그리곤 처음 출수를 했을 때처럼 목검을 쓸어 올려쳤다. 그러자 전처럼 흙먼지가 굵은 밧줄처럼 따라 올라오더니 파공성을 내뿜는 유성추를 향해 나아갔다.

삼룡이 미약한 검풍(劍風)으로 맞서자 목홍은 내심 자신의 승리를 확신했다. 하지만 막상 검풍과 유성추가 부딪치자 그의 얼굴빛이 굳어졌다.

휘리리릭!

멀쩡하게 돌던 사슬이 삼룡이 검풍에 휘말리더니 급기야 목홍의 손바닥에 압력이 가해졌다. 목홍이 어떻게든 버티려 이를 악물었지만 소용없었다.

"으악!"

단말마의 비명 소리와 함께 구 척 장신 목홍의 손에서 유성추가 끊어진 연처럼 떨어져 나갔다. 하지만 지금까지 회전했던 원심력이 죽지 않아 유성추는 여전히 그대로 삼룡에게 돌진하고 있었다.

회전하는 백 근짜리 쇳덩이, 거기에 구 척 거구의 엄청난 힘을 가진 묘족 출신 장사가 사력을 다해 던진 유성추였으니 그 파괴력은 열 배, 아니, 스무 배 이상이었다.

한데 삼룡은 더 이상 물러설 곳이 없어서인지 이를 피할 생각은 않고 손바닥을 들어 받아낼 준비를 했다. 조금 무모하게 보이긴 했지만 삼룡의 표정엔 여전히 웃음기가 섞여 있었다.

"광우회향(狂牛回向:미친 황소가 달려들면 방향만 바꿔 되돌려 보낸다)!"

삼룡은 짧은 외침과 함께 먼저 도달한 유성추를 부드럽게 잡아채 살짝 방향을 바꾸었다. 그러자 유성추가 삼룡의 몸을 따라 똬리를 틀 듯 회전하며 다시 목홍에게로 되돌려졌다.

촤르르르!

자신이 출수한 유성추가 되돌아오자 목홍은 속으로 기함을 했다. 그의 눈에는 자신의 애병이 아니라, 머리가 앞뒤로 달린 거대한 쌍두사가 그를 집어삼키기 위해 달려드는 것처럼 보였으니 말이다.

"으아악!"

대경실색한 목홍은 나려타곤의 수법으로 간신히 유성추를 피해냈다. 원래 구 척 장신에 덩치가 산만 했으니 허리 정도 숙여서는 피하지 못하는데 어쩌겠는가.

뒤이어 유성추가 땅바닥에 처박히자 굉음과 함께 흙먼지가 십 척이나 솟아올랐다.

또다시 비무장에 정적이 흘렀다. 모두가 지금 본 것을 믿으려 하지 않는 표정이었다.

천하의 금월표국 표두 목홍이 나려타곤의 수법으로 땅바닥을 뒹군 것도 그렇고, 하류잡배 수준으로 생각한 삼룡이 광우회향의 수법으로 유성추를 되돌려 보낸 것은 말문이 막힐 정도로 굉장했다.

이 같은 비무는 세가 안에서 벌어지는 명문대파 제자들과의 비무에서도 보기 힘든 광경임이 분명했다. 순간,

"우아아아아!"

"삼풍대협이 이겼다!"

누군가 시작했는지 모른 함성을 시작으로 천하가 흔들릴 정도로 비무장 주변이 흔들렸다.

"삼풍대협 만세! 만세!"

인생지사 새옹지마라 했던가? 앞선 네 번의 비무에서 삼룡을 비난했던 구경꾼들이 마지막 비무가 끝나자 너나 할 것 없이 칭찬하기 시작했다. 하지만 이들이 환호하는 이유는 따로 있었다.

사천 개소문과 다를 것 없는 이름도 알려지지 않은 허접한 문파의 제자들, 열 개 남짓한 현무패를 얻으려 태산까지 다녀오는 경공을 펼친 이들이 바로 비무장 주변에 있던 구경꾼들 중에 많이 섞여 있었던 것이다.

예선에 떨어진 이들이 아직 돌아가지 않은 건, 차기 무림대회가 언제 개최될지 모르니, 제자 또는 사제의 몫까지 무림대회를 지켜봐야 했던 것이다. 자신은 아니더라도 나중에 대회에 참여하는 자가 혹시라도 본선에 오를 것을 대비해서 말이다.

그런 이들이었으니 이름있는 문파의 출전자보다는 개소문 출신 삼룡에게 더 마음이 기울었던 것이다. 하지만 대놓고 이름없는 문파의 제자를 응원할 수는 없는 법이었다.

명문정파라 불리는 사람들과 친해지기 위해서는 속마음을 감출 필요도 있지 않은가.

한데, 자신들보다 더 한심하게 보였던 삼룡이 본선에 올라 네 명을 연이어 격파하고, 마지막 다섯 번째에 가서는 강호십 대표국의 표두가 스스로 나려타곤의 수법을 쓰게 만들었으니 어찌 기쁘지 않겠는가.

마치 자신이 강호를 얻은 것처럼 구경꾼들이 환호했다. 몇몇 명문대파 축에 끼는 제자들이 눈치를 줬지만 이들의 환호성은 도무지 줄어들지 않았다.

삼룡은 귀찮은 것을 매우 싫어한다. 그래서 일부러 삼류 취급을 받기 위해 실력을 애써 감췄는데, 비무를 하다 보니 자신도 몰래 실력을 드러내 버렸다. 그랬더니 자신을 무시해야 할 사람들이 오히려 환호하고 자신의 이름을 연호하는 게 아닌가.

'아, 골치 아파! 대충 끝낼걸.'

삼룡이 뒤늦게 후회했지만 엎질러진 물을 다시 담을 수는 없었다. 그런데 눈치없는 아귀궁 출신 동생들까지 흐뭇하게 웃고 있는 게 아닌가?

사람들이 듣고 있는 탓에 삼룡이 할 수 없이 전음을 보냈다.

"니들은 왜 웃는 거냐?"

삼룡의 물음에 축귀가 눈치없이 솔직하게 대답했다.

"비무가 끝났으니 이제 처소로 돌아가서 쉬잖아요. 아까부터 지겨워서 혼났습니다. 정파 제자들 실력이 전부 이 정도입니까?"

"이 새끼들, 누가 니들 보고 쉬래? 니들도 대회 참가하고 와!"

"저희는 마교 출신인데요?"

축귀가 눈을 끔벅이며 전음을 보내자 삼룡이 방금 전에 축귀가 한 말을 가지고 반박했다.

"정파 제자들 실력이 별거 아니라며?"

"그, 그건!"

"시끄러! 가서 다섯 놈씩 이기고 와. 일부러 지고 온 놈은 굶길 테니 그리 알아."

축귀와 그의 동생들이 애써 처량한 눈으로 쳐다봤지만 삼룡은 매정하게 그들에게 현무패를 하나씩 쥐어줬다. 그때 묘귀의 머릿속에 불현듯 좋은 생각이 떠올라 발길을 돌리는 삼룡에게 급히 전음을 보냈다.

"형님, 저희 무공이 드러나면 형님이 골치 아파질 겁니다. 차라리 이걸 파는 게 어떻겠습니까?"

"그걸 팔아?"

"네, 지평 도장도 석 냥이나 주고 이 패를 샀잖습니까? 그러니 분명 좋은 값을 주고 팔 수 있을 것 같습니다."

순간 삼룡의 눈에 은자 덩어리가 오락가락했다. 사실 삼룡도 그 생각을 안 했던 건 아니었다. 단지 귀찮아서 실행에 못

옮긴 것뿐.

"자신있어?"

"그럼요. 그동안 서융 형님 어깨너머로 배운 게 있으니 틀림없이 좋은 값을 받을 수 있을 겁니다. 그렇죠, 축귀 형님?"

"당연하지."

이에 대번 삼룡의 눈빛이 변했다.

"적당히 받아와. 너무 비싸게 받으면 욕먹으니까."

마침내 삼룡의 허락이 떨어지자 아귀궁 살수들은 즉시 고개를 숙였다. 아울러 다른 아귀궁 살수들이 묘귀에게 고마운 눈길을 보내는 건 말할 것도 없었다.

＊　　　＊　　　＊

무림대회 기간 동안 점창파 제자들이 머무는 전각은 구대문파들 중에서 가장 초라했다. 물론 오대세가보다는 형편이 나았지만 그래도 공동이나 곤륜에 비해서 그 크기나 화려함이 처진 것은 사실이었다.

그래서 그런지 이 전각에는 다른 전각과 달리 귀기(鬼氣)가 느껴질 정도로 을씨년스러웠다. 마치 오랫동안 사람의 왕래가 없었던 것처럼 말이다. 하지만 실제 전각 안은 꽤 많은 인원이 머물러 있었다.

단지 전각 안에서 말하는 소리가 밖으로 들리지 않을 뿐이었다.

오체투지(五體投止), 온몸을 바닥에 내던진 상태로 점창파 전공장로 연청을 필두로 옥허 진인, 청풍거사, 운남십괴, 그리고 그의 사제들이 좌대에 앉아 있는 능운비를 향해 엎드려 있었다.

능운비는 평소와 달리 거만한 표정으로 좌대에 올라 삐딱하게 몸을 기울인 채로 내려다보고 있었다.

"이봐, 전공장로!"

능운비의 부름에 팔순이 넘는 삼원검 연청이 몸을 바르르 떨며 고개를 들었다.

"부르셨습니까, 존주님!"

연청은 자신의 제자인 능운비가 겁이 나는지 몸을 바르르 떨며 대답했다.

"건방져!"

"죽여주십시오."

연청이 바로 죽여 달라 말하자 능운비가 실소하며 고개를 내저었다.

"아니, 자네 말고 혈영 말이야. 이렇게 날 기다리게 하다니, 건방지지 않나?"

"그는 지금 존주님 대신 비무 시합을 나서고 있습니다. 이제 다섯 번째 비무에 들어갔으니 곧 돌아올 것입니다."

연청의 보고에 능운비도 수긍을 하는지 고개를 한 번 끄덕였다.

"그렇군. 그래도 너무 늦어. 그깟 조무래기 다섯 상대를 하는데 말이야."

"적당히 봐주느라 늦는 것이 아니겠습니까."

"생각해 보니 그렇기도 하겠군. 그런데 혈영 녀석, 삼룡이 놈의 실력을 본 뒤부터 의기소침해 있어."

차가운 능운비의 말에 연청은 매우 조심스럽게 대답했다. 혹시나 그의 심기를 건드리게 될까 봐 전전긍긍하는 모습이었다.

"인마대제 이후로 적수를 처음 만나서 그런 것이 아니겠습니까."

"자네는 삼룡이 그놈이 인마대제 수준에 근접했다고 보는가?"

혈마존 능운비의 언짢은 음성에 연청은 대답 대신 머리를 바닥에 찧었다. 마치 스스로 대죄(大罪)를 지었다고 자복하는 것 같았다.

쿵, 쿵, 쿵!

단 세 번의 충격으로 연청의 얼굴은 온통 붉은빛을 띠고 있었다. 하지만 능운비는 당연하다는 듯이 쳐다볼 뿐, 이를 말리려 하지 않았다. 이에 연청이 아예 자결할 심산으로 힘껏 고개를 쳐드는 순간,

"그만, 그 정도면 됐어. 하지만 방금 전 자네의 말은 내 사

부라 부르기에 창피한 일이었어. 어찌 삼룡이란 놈 따위와 인마대제를 비교를 해? 삼룡이 놈이 제아무리 뛰어난 실력을 가졌다고 해도 인마대제와는 비교가 되지 않아. 그는 나의 유일한 적수였으니까 말이야."

능운비는 인마대제 얘기를 하며 옆에 놓인 찻잔을 집어 들고는 말했다.

"인마대제는 이 용포차(龍袍茶)를 좋아했지. 백호은침과 천룡은침 같은 귀한 차도 많았는데 유독 용포차만 마셨어. 그가 왜 이 흔한 차를 좋아했는지 아는가? 황제의 용포와 닮아서? 모두 아니야. 자네도 알겠지만 그는 황제도 갈아치울 수 있는 능력이 있었어. 당나라 조정이 무너진 것도 사실 인마대제 때문이거든."

잠시 말을 멈춘 능운비는 찻잔에 담긴 용포 찻물을 한 모금 들이켜며 말을 이었다.

"적수가 없는 외로움은 그 위치에 오른 자만이 아는 법. 그는 용포차를 보며 늘 외롭다고 여겼지. 천마 다음으로 지존의 위치에서 가장 오래 있었으니까. 아마 아미신녀가 죽은 것을 가장 안타깝게 생각한 것도 인마대제였을 거야. 그나마 적수라고는 그녀 하나였을 테니까."

이때 피범벅이 된 얼굴의 연청이 다시 고개를 들고 말했다.

"인마대제의 외로움은 존주님의 외로움에 비할 수 없습니다. 천마가 다시 태어난다고 해도 존주님께는 적수가 되지 않습니다."

"으하하하하. 연청, 자네가 날 웃게 하는군. 하지만 맞는 말이야. 어쩌면 인마대제도 나의 존재를 알고 스스로 목숨을 끊은 걸지도 모르고. 한데?"

금세 웃던 능운비의 얼굴이 갑자기 일그러졌다.

"그 개뼈다귀 같은 삼룡이란 놈이 날 가지고 논단 말이지! 그놈을 죽이고 싶은데 좋은 방법이 생각나질 않아."

"창자가 끊어지고 피부가 녹아버리는 단장화피독(斷腸火皮毒)으로 죽이는 것이 어떻겠습니까, 존주님?"

"후후, 독살도 좋지. 아주 고통스럽게 죽을 테니까. 하지만 안타깝게도 놈은 독이 통하지 않아."

"혹, 만독불침지체(萬毒不侵之體)인지요?"

"그게 아니야!"

연청의 대답이 마음에 안 들었는지 능운비의 언성이 전각 전체에 울렸다. 그러자 연청이란 점창파 전공장로는 다시 머리를 바닥에 찧으려는 듯 고개를 높이 처들어 올렸다.

"그만!"

능운비는 짧은 외침과 함께 손을 들어 올렸다. 하지만 그의 손이 다른 점창의 제자를 가리켰다. 이윽고,

"천학봉, 너 정도면 연청 대신 죽어도 되겠다."

"존명(尊命)!"

짧은 외침과 함께 유운검이라 불리는 반백의 점창 고수가

즉시 고개를 쳐들어 머리를 바닥에 찍었다. 순간 퍽! 소리와 함께 천학봉의 신체가 짧은 경련을 일으키며 마비를 일으켰다.

바닥에 붉은 선혈이 쉴 새 없이 퍼져 나가고 근육이 제멋대로 경련을 일으키는 것을 보면 필시 즉사했을 것이 분명했다. 그런데도 오체투지하고 있는 이들은 조금의 반응도 없었다.

"삼룡이란 놈은 만독불침의 몸이 아니야. 단지 독이 그놈에게 효과가 없을 뿐."

능운비가 뇌까림이 끝나는 순간, 전각 출입문이 조심스럽게 열리며 능운비와 똑같은 생긴 인물이 들어와 바닥에 무릎을 꿇었다.

"존주님, 혈영이 돌아왔습니다."

자신의 모습을 한 혈영을 보는 능운비의 시선은 그다지 고와 보이지는 않았다.

"혈영, 네가 늦은 이유가 뭐지? 연청의 말대로 비무 때문만은 아닌 거 같은데."

"화산파 장문 여식 때문에 늦었습니다, 존주님!"

혈영이 침착하게 대답하자 능운비의 고개가 절로 끄덕였다.

"그 발정난 계집이 문제였군. 누가 인마대제의 핏줄이 아니랄까 봐! 알았으니 네 위치로 돌아가. 여기 안에만 있으니 답답하다."

"존명(尊命)!"

짧은 대답과 함께 혈영이 은형술을 펼쳐 모습을 감췄다. 그러자 능운비가 비로소 몸을 일으키며 기지개를 켰다. 이어 그의 시선은 기이하게도 이미 절명해 바닥에 축 늘어져 있는 천학봉을 보고 있었다.

'회복이 점점 늦어지는군. 이것이 아미신녀가 말한 혈천수라불멸대법(血天修羅不滅大法)의 한계인가?'

능운비의 시선이 닿은 지 얼마 되지 않아 꼼짝도 하지 않았던 천학봉의 몸이 꿈틀거리기 시작했다. 게다가 거친 숨을 토해내더니 이윽고 아무 일 없었다는 듯이 몸을 일으켜 세웠다.

第五章

음양팔진도(陰陽八陣圖)

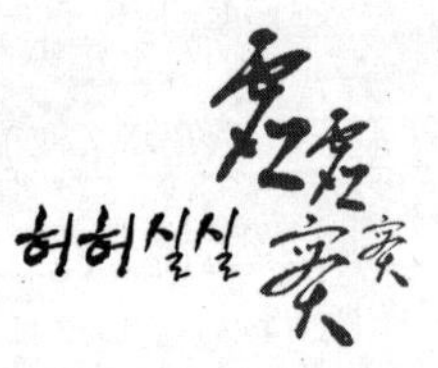

　삼룡이 비무장에 접수했던 현무패를 되찾고 담초홍과 처소로 돌아올 때였다. 꼭 들러야 하는 길목에서 화산파 장문 여식 백몽연이 홀로 그를 기다리고 있었다.

　그녀의 심각한 표정과 장검을 꼭 쥐고 있는 모습을 보건대, 필시 좋은 뜻으로 찾아온 것은 아닌 것이 분명했다. 하지만 그렇다고 그녀가 먼저 공격할 의사는 없어 보였다.

　삼룡은 그녀를 멀리서 그녀를 알아봤지만 별 반응을 보이지 않았다. 오히려 담초홍의 손을 잡고 위석위적 이곳지곳을 기웃거리며 느긋하게 걸음을 걷고 있었다. 그러자 백몽연의 얼굴이 점점 붉게 상기되는 것이, 분명 자신을 무시했다고 화를 내고 있음이 분명했다.

이윽고 삼룡이 그녀의 앞을 지나려 하자 백몽연은 다짜고짜 검을 빼 들고 그의 앞길을 막아섰다.

"오늘 비무는 끝났으니 내일 합시다."

"난 그것 때문에 따지러 온 것이 아니에요."

앙칼진 백몽연의 대답에 삼룡은 미간이 절로 찌푸려졌다. 그녀가 따지러 왔다면 필시 며칠 전의 무례를 따지러 온 것이라는 생각이 든 것이다.

'에이, 서연이를 생각해서 차라리 뺨 한 대 맞고 말자.'

이런 생각으로 삼룡이 불쑥 뺨을 내밀자 백몽연의 눈동자가 더욱 커졌다.

"무슨 뜻이죠?"

"칼부림하는 것보다는 낫잖아요? 한 대 때리고 피차 잊어버립시다. 사람이 그렇게 꽁하면 뒷간에 가도 일을 못 봐요."

"난 그 일 때문에 온 거 아니에요."

삼룡은 맞을 것을 각오하고 일부러 백몽연을 자극하는 말을 했다. 한데 돌아오는 반응은 그의 생각과 전혀 다르지 않은가. 게다가 어느새 검을 쥐었던 그녀의 손도 아래로 내려와 있었다.

"당신이 나를 서연이라 불렀었죠?"

삼룡이 고개를 끄덕이자 그녀는 한숨을 나직이 쉰 다음 말했다.

"그때 들어본 적도 없다고 했지만 사실은 알고 있어요. 다만 아버지나 장로님들은 제가 동생에 관해서 모르기 바라죠. 제게 서연이의 존재를 말해준 맹강 아저씨 빼고는 모두 다 모르길 바라죠."

"그럼 날 만나려고 한 것은?"

"동생이 잘 있는지, 그게 궁금해서 도저히 참을 수 없었어요. 서연이 잘 있나요?"

백몽연의 뜬금없는 질문에 삼룡의 눈시울이 잠시나마 붉어졌다. 하지만 곧 내색하지 않고 대답했다.

"네. 잘 있습니다."

순간 백몽연의 언성이 높아졌다.

"다른 사람들처럼 당신도 내게 거짓말하는군요. 그때 분명 당신은 서연이를 애타게 찾고 있었어요. 동생에게 무슨 문제가 있지 않고서는 그럴 리가 없잖아요?"

"거짓말 아닙니다, 백 낭자!"

"정말요? 당신 말을 믿어도 되나요?"

"백 낭자가 믿지 않아도 상관없어요. 서연이는 잘 있습니다. 다만 오래 떨어져서 얼굴이 너무 보고 싶었을 뿐이에요."

삼룡이 표정 하나 바뀌지 않고 부정하자 백몽연의 눈빛이 오히려 기쁜 빛을 띠었다. 이어 그녀는 손에 쥐었던 검을 도로 집어넣고 인사를 고했다.

"알려줘서 고마워요."

가볍게 목례를 한 백몽연은 담초홍을 보고서도 고개를 숙였다. 이는 예전에 뺨을 때렸던 일에 대한 그녀 나름의 사과 방식인 것이다.

물론 그 사과의 방법이 상대로부터 하여금 진심을 느낄 만큼 충분한 것은 아니었지만, 그녀의 강한 성정에 비해서는 꽤나 그를 배려한 사과였던 것이다.

이를 알았는지 담초홍 또한 앙금을 풀듯 인사를 받아주었다. 막 그녀가 발걸음 떼려 할 때, 삼룡이 그녀의 발길을 잡았다.

"능운비, 그 사람 좋아하지 마세요. 그는 당신이 좋아할 만한 사람이 못 됩니다."

삼룡은 말하고서도 쓸데없는 참견을 했다는 듯 고개를 흔들었다. 역시나 백몽연도 그의 충고를 가히 좋게 받아들이는 표정이 아니었다.

"이번에도 무례를 범하시군요. 하지만 동생 일을 애기해주었으니 한 번만 참도록 하죠. 그리고 다음번에 동생을 만날 거라면 그 거지 몰골부터 바꾸는 게 좋지 않을까요? 이건 쌍둥이 언니로서 하는 충고예요."

되로 주고 말로 받은 표정이 지금 삼룡의 표정이었다. 하지만 그리 기분 나쁜 표정은 아니었다.

'쌍둥이라서 그런지 쌀쌀 맞는 것도 똑같아. 근데, 내 몰골이 어때서?

"초홍아, 내 몰골이 정말 보기 싫냐?"

삼룡은 담초홍만은 그의 편이 되어줄 것으로 알고 한 질문이었다. 그녀 또한 며칠 전까지 그와 비슷한 몰골이었으니까. 하지만,

"네, 보기 싫어요."

"뭐? 그럼 왜 지금까지 얘기 안 한 거야? 너도 나처럼 지저분했었잖아?"

"내가 지저분하면 오라버니가 좀 씻을 줄 알았죠. 누가 이기나 한번 해보자는 심정으로 안 씻고 있었는데, 오라버니는 아예 신경도 쓰지 않더라구요. 그래서 이제 저라도 씻고 살자라는 생각으로 바뀌었어요."

"넌 씻는 게 귀찮지도 않냐?"

"안 씻는 것보다 죽는 게 더 편하니 차라리 죽으면 되죠. 관 속에 누워 있으면 아무것도 안 해도 되고, 밥을 안 먹어도 되죠. 배고플 일이 없으니까요. 그리고 몰골이 지저분하다고 뭐라고 하는 사람은 더더욱 없을걸요?"

속마음을 말하는 담초홍의 언변은 거침이 없었다. 무림대회에 전승가도를 달리는 소림사 무승들처럼 말이다.

"쳇, 알았다. 죽는 것보다는 씻는 게 낫지. 이대로 있다가는 어느 날 초홍이 네가 날 관 속에 집어넣을지 어떻게 알겠나?"

"풋!"

"왜 웃어? 사람 약올려 놓고!"

"아, 아니에요."

서로 티격태격하며 자란 친오누이처럼 삼룡과 담초홍은 다정해 보였다. 이윽고 처소 전각에 도착한 삼룡은 대대강에게 목욕물을 받아놓아 달라 부탁하고는 다시 천하태평인 상태로 되돌아갔다.

문뜩 누워 있는 그에게 담초홍이 조심스럽게 물었다.

"오라버니, 그 몽연이란 분께 아까 왜 거짓말했어요?"

그러자 삼룡이 눈을 감고 말했다.

"그 사람 눈빛이 거짓말을 해달라고 하더라. 그리고 내가 말하지 않아도 알고 있었을 거야. 그냥 그렇게 믿고 싶었을 뿐이지. 그 눈빛, 많이 외롭더라. 서연이처럼 지독하게 외로워 보였어."

"오라버니 여자로 만들면 되잖아요. 그럼 서연 언니도 기뻐할지도 모르는데."

"난 아직도 서연이 하나로도 벅차. 예전에는 수십 명의 첩을 거느려도 상관없다고 생각했는데, 서연이가 마음에 들어온 이후로는 감당이 안 돼."

삼룡이 더 이상 말하기 싫었는지 침상에서 조용히 옆으로 돌아누웠다. 그 마음을 알았는지 담초홍도 더 이상 질문하지 않았다.

단지 그녀의 얼굴빛이 조금 어두워졌을 뿐.

　　　　　＊　　　　　＊　　　　　＊

　제갈세가에서 조금 떨어진 곳에 위치한 소양객잔, 삼층 규모의 이 거대 객잔을 하루 전세 내어 쓰는 데 은자 삼백 냥이라는 거금이 들었다. 물론 사람이 많이 몰리는 무림대회가 열리는 기간이라 그 비용이 두 배로 올라간 것이다. 하지만 이같이 큰 거금을 아랑곳하지 않고 통째로 내어 쓴 문파가 있었다.

　예선에 이어 본선 첫날 대회에 참가한 모든 제자들이 관문을 통과한 신생 문파, 대산파(大山派)가 바로 이 소양객잔을 천세 낸 문파였다. 한데 이 문파에는 특이한 점이 여럿 있었다.

　먼저 이 대산파는 모두 여인들로 구성되어 있는 문파라는 점이었다. 그것도 스물이 갓 넘어 보이는 젊은 여자들이 주축을 이루고 있었다. 심지어 대산파의 장문인조차 스물을 갓 넘겼으니 말 다했지 않은가.

　그다음 특이한 점은 바로 이들의 신비한 무공이었다. 보기에는 한없이 연약해 보이는 여자였지만 막상 비무장에 들어서면 상대가 검을 쓰든 권을 쓰든 추풍낙엽처럼 떨어져 나갔다.

　혹자들은 이들이 사파나 마교의 속성 무공을 익혔다고 주장하기도 했지만, 이들이 실제로 비무에서 보인 무공은 소림 사보다 더 정순했다. 해서 그 같은 주장을 하는 사람들은 다시는 그 같은 말을 하지 않았다.

그다음 특이한 점은 바로 이들의 옷이었다. 원래 거친 몸놀림이 많은 무인들은 질긴 무명으로 옷을 해서 입는데, 이들은 곱디고운 비단으로 옷을 입고 다녔다.

대산파 제자들 모두가 젊은데다가 미색이 뛰어나니, 무명옷을 입고 다니는 다른 문파 여협들과 확연하게 차이가 났다. 이 때문에 무림대회 구경꾼들 중에서 가장 인기가 좋은 문파가 바로 대산파였다.

다른 문파의 여협들은 무명옷에 머리를 단정히 하고 있는데 반해 대산파 제자들은 하나같이 비단옷에 미색이 출중하니 뭇 남성들의 마음이 어디로 가겠는가. 게다가 이 대산파 제자들은 웃음까지 헤프니, 이들을 넋 놓고 쳐다보며 가슴 졸이는 남자들이 날이 갈수록 늘어만 갔다.

하지만 이 문파의 수장 공손연(公孫燕)은 제자들과는 전혀 딴판이었다. 질긴 무명옷을 입고 다니는 것은 물론이고, 그 얼굴 또한 곱지 않았다. 아니, 곱지 않은 정도가 아니라 심각한 추면(醜面)이었다.

매부리코에 주근깨가 얼굴 전체에 먹구름처럼 덮여 있고 광대뼈와 턱이 툭 튀어나온 추면에 귀신처럼 붉은 머리를 한 이가 바로 대산파 장문인 공손연이었던 것이다.

이 때문에 그녀가 나타나면 마귀가 나타났다고 고함을 치는 심술궂은 구경꾼들도 있었다. 하지만 그녀는 마음씨가 좋은지, 제자들을 시켜서라도 찾아 혼을 낼 수 있음에도 그러지 않았다.

그런 대산파의 장문인인 공손연과 삼룡을 미행했다가 곤경에 처했던 벙어리여인 홍연(紅蓮), 그리고 그녀를 위기에서 구해준 백장포를 입은 중년의 남자 공손원강이 소양객잔 삼층 객실 탁자에 앉아 차를 음미하고 있었다.

차를 마시던 대산파 장문 공손연이 문뜩 차 맛을 품평했다.

"이 용포차는 마실수록 향기가 진하네요. 마치 좋은 기억을 떠올릴 때처럼 예전에 마셨던 용포차 맛이 계속 떠올려져요."

그녀의 말에 공손원강이 흐뭇한 표정을 지으며 말했다.

"그렇지. 이 용포차야말로 사람을 기억하게 하는 차 맛이지. 네 어머니도 이 차를 좋아했단다."

"정말이에요, 할아버지?"

추면 공손연과 공손원강은 고작 스물네다섯 정도밖에 차이가 나 보이지 않는데도 그녀는 그를 할아버지라 불렀다.

"그래. 나와 의절하기 전까지는 즐겨 마시던 차였지."

공손원강의 말에 공손연은 다시 한 번 차 맛을 음미했다.

"기억나요, 할아버지."

"뭐가 말이더냐?"

"어머니가 돌아가시기 전에 한 말이요. 홍매화 밭에서 뛰어놀며 할아버지가 우려주시던 용포차가 그립다고 하셨어요."

"아영이 그 아이가 말이더냐?"

추면 공손연이 대답 대신 조용히 고개를 끄덕이자 중년의 사내는 창밖을 응시하며 한동안 말을 하지 않았다. 필시 아영이라는 딸의 옛 기억을 떠올리고 있음이 분명했다.

한동안의 침묵이 깨진 것은 대산파 제자 원봉영이 찾아와서였다.

"어르신, 소녀 다녀왔습니다. 지금 보고를 올릴까요?"

원봉영은 방년 십육 세로, 아직 소녀 태가 물씬 풍겼다. 하지만 가슴과 엉덩이 부근은 제법 살이 올라 제법 성숙한 태가 났다.

공손연이 대신 고개를 끄덕이자 원봉영이 침착하게 보고를 올렸다.

"무림맹에서는 혈교를 견제하기 위해 조정의 힘을 이용해 사황성과 봉황성을 공격하기로 결정하고, 일을 추진 중에 있습니다."

원봉영의 보고에 차분하던 공손원강이 발끈했다.

"혈교를 견제하기 위해서 사황성과 봉황성을 공격하다니?"

"무림맹에서는 혈교가 무림일통을 하면 이들 문파가 가세할 것을 예상해서 그 싹을 자르기 위함이라 들었습니다.”

“홍! 그나마 혈교의 세력을 견제하는 두 문파를 없애려 하다니. 제갈서천, 이 멍청한 놈이 혈마존 손바닥에서 놀아나는구나. 그렇다면 차기 무림맹주 추대 건은 어떻게 진행되고 있느냐? 아직도 화산파 그 못난 놈을 추대하려고 하느냐?”

“겉으로는 화산파 장문인을 거론하고 있으나 서로 은밀히 나누는 대화에서는 점창파 능운비라는 인물 얘기뿐입니다. 특히 공동, 곤륜, 종남 이 세 문파에서 능운비를 적극 지지하고 있습니다.”

“그럼 오대세가의 반응은 어떻더냐?”

“부맹주를 새로 뽑는 것이 아니기 때문에 대부분 시큰둥한 반응이었습니다. 하지만 이권 문제 때문에 제갈서천의 뜻대로 움직일 가능성이 컸습니다. 다만 사천당가에서 점창파 능운비가 너무 젊다는 이유로 반대 의견을 내는 정도입니다. 이 역시 제갈서천이 강하게 추진하면 크게 반대하지는 않을 것 같아 보였습니다.”

“그래 수고했느니라. 가서 쉬거라.”

“예, 어르신!”

원봉영이 보고를 마치고 돌아갈 때였다. 벙어리여인 홍연이 그녀를 급히 잡고 무언가 말해달라 손짓을 했다. 하지만 원봉영은 공손원강의 눈치를 보며 차마 입을 열지 못했다. 그러자,

"홍연이가 그 녀석 소식이 궁금한 게로군. 나도 궁금하니 얘기해 보거라."

"예, 어르신. 삼룡 소협은 오후 비무에 참전하여 제 실력을 드러내지 않고도 다섯 번 연속으로 승리를 거뒀습니다."

"고얀 녀석! 벌써 마음의 상처가 다 나은 게야. 아직 일 년도 채 안 되었거늘!"

공손원강이 삼룡을 힐난하자 추면 공손연이 손을 가로저었다. 그를 탓하지 말라는 뜻이었다.

"인석아, 아무리 그래도 그렇지."

"그 사람을 세상과 등지게 할 수 없잖아요. 오히려 잘된 거예요."

공손원강은 공손연의 눈빛에서 깊은 슬픔을 느꼈는지 더 이상 아무 말 하지 않았다. 하지만 그의 마음까지 안정된 것은 아니었다.

'고얀 놈, 벌써 잊었단 말이지!'

공손원강은 삼룡의 생각에 화가 가라앉지 않는지 코에서 연신 거친 숨소리가 새어 나오고 있었다. 이윽고 그는 무슨 생각이 났는지 이렇게 말했다.

"연아!"

"네, 할아버지. 말씀하세요."

"내가 그 녀석을 좀 혼내주고 오면 어떨까? 팔다리 하나씩만 부러뜨리고 오마. 어차피 그 녀석을 무림대회에 떨어뜨려야 네가 복수를 할 수 있지 않겠느냐?"

공손원강의 뜬금없는 제안에 공손연은 조금 충격을 받은 듯 잠시 할 말을 잃었다. 하지만 그의 제안이 자신을 위한 것이라 생각했는지 금세 배시시 웃으며 대답했다.

"할아버지가 그 사람 팔다리를 부러뜨리는 것은 상관없어요. 하지만 그 사람은 그래도 무림대회에 나갈 거예요. 안 그럼 사부한테 매일 혼나야 하거든요. 게다가 제가 무림맹에 독을 퍼뜨려도 그 사람은 죽지 않아요."

"그 녀석이 만독불침지체더냐?"

"아니요. 그 사람은 특이하게도 검체(劍體)예요. 모든 것을 검으로 받아들이는 경지 말이에요."

"어허, 그게 무슨 소리더냐? 검체라니! 이 할아비가 무공에는 모르는 것이 없다만, 그 검체라는 말은 듣고도 모르겠구나."

"저도 그랬어요. 그래서 그 사람에게 물어봤더니 밥을 먹는 것도 검이요, 소화를 시키는 것도 검이다. 어떤 독은 사람이 먹으면 독이지만 짐승이 먹으면 독이 아니다. 즉, 몸에 싸울 기운이 있으면 사람도 동물도 모든 것을 제압할 수 있다. 만약 그것을 이루면 그것이 바로 검체의 경지라고 했어요."

공손연의 대답에 공손원강의 눈빛이 번뜩였다. 이를 보면 그가 무학에 깊은 깨달음이 있는 이가 분명했다.

"그놈은 심검의 경지와 정반대의 길을 걸은 게야. 심검이

손에 검을 든 체검(體劍)의 한계를 개척했는데 그 녀석은 오
히려 신체에 검을 끌어들였구나. 그래서 혈마존을 겁내지 않
는 게야."

공손원강이 예상외로 감탄하자 공손연이 의아한 듯 되물
었다.

"그게 그렇게 대단한 건가요, 할아버지?"

"이 녀석아, 이건 대단한 게 아니다. 심신합일(心身合一)이
심검의 경지라 헛소리를 지껄이는 정파 나부랭이들도 있다
만, 심검의 경지는 마심(魔心)의 경지이다. 검을 다루는 것은
어차피 상대를 죽이기 위한 것. 그것이 바로 마심이 아니고
무엇이겠느냐? 하지만 말이 쉽지 그것이 쉽겠느냐? 이 심검
의 경지에 든 인물은 천마와 혈마존 딱 두 명이니라. 하지만
검체는……."

"검체는요?"

"전무후무(前無後無), 전에도 없었고 후에도 없을 불가사의
한 일이다. 누가 감히 검체를 이루려고 하겠느냐? 이는 천마
조사님도 하지 못한 일인데. 역시 하늘은 아직 세상을 버리지
않은 게야. 어쩌면 혈마존이 그 어린놈에게 당할 수도 있겠
어."

*　　　*　　　*

그 시각 목욕을 한 탓에 말쑥해진 삼룡이 아귀궁 살수 동생들을 앞에 불러놓고 혼을 내고 있었다.

"인마, 그걸 몽땅 그냥 주고 오면 어떡해? 그거 비싸게 팔 수 있다고 한 놈 어디 갔어?"

삼룡의 언성이 높아지자 묘귀가 주춤주춤 물러서며 도망갈 채비를 하고 있었다. 하지만 삼룡의 눈치가 어디 예사 수준이던가?

"묘귀야, 나랑 얘기 좀 하자."

삼룡의 부름에 묘귀가 사시나무 떨듯이 고개를 흔들었다.

"니가 아까 뭐라고 했어, 서융 형님의 어깨너머로 본 게 있다며?"

"그, 그게 사정이 딱하고 불쌍해서."

"인마, 실력이 없어서 예선에 떨어진 놈들인데 뭐가 불쌍해? 니들 살수였거든? 아무 감정 없는 살수 말이야."

삼룡의 언성이 높아지자 묘귀는 고개를 푹 숙이며 어쩔 줄을 몰라 했다.

"실력이 없어서 떨어진 게 아니었습니다. 그 사람은 현공사 승려였는데, 산서에서 여기까지 뛰어오느라 예선에 참여하지 못했다고 했습니다."

"산서에서 여기까지 얼마 되지도 않잖아! 난 사천에서 왔어, 인마!"

"그래도 형님은 본선에 오르셨잖아요. 현공사 승려는 예선에 참여해 보지도 못하고 떨어지고."

"그래, 그래서 현무패 하나를 줬다 쳐. 그럼 네 개 값은 가져와야 하잖아?"

삼룡의 채근에 묘귀가 대답하지 못하자 축귀가 나섰다.

"사부님, 묘귀 잘못이 아닙니다. 저희도 그 사연을 들어보니 너무 딱하더라구요. 그래서 패를 팔아서 몽땅 그 승려에게 줘버렸습니다."

"아주 자랑이다, 자랑! 그래, 좋아. 살수들이 감동한 그 사연이 무엇인지 들어보기나 하자. 대신 내가 수긍 못하면 니들 각오해."

삼룡이 이내 한발 물러서자 아귀궁 살수들은 모두 안도의 숨을 내쉬었다. 이어 모두가 축귀에게 눈짓을 하자 그가 대표로 설명을 했다.

"한 달 전 현공사 근처의 산촌(山村) 여덟 곳이 산사태로 한순간에 없어진 일이 있었답니다. 다행히 낮에 산사태가 일어나서 인명 피해는 그리 많지 않았는데, 당장 먹을 것이 부족해서 사람들이 점점 흉포해지더랍니다. 심지어 사람까지 잡아먹으려고 하는 것을 현공사에 있는 양식을 모조리 풀어 산촌 사람들을 진정시켰답니다. 하지만 곧 겨울이 닥쳐오니 그 다음이 문제였죠. 그래서 스님은 마을 사람들에게 먹고살 양식 값을 구해올 때까지 사람을 잡아먹지 않겠다는 약조를 받고 무림대회가 열리는 이곳까지 달려온 것입니다. 하지만 수

중에 가진 돈이 한 푼도 없어서 풀만 뜯어먹고 오다가 늦었다고 하더라구요."

단숨에 그간 사정을 말해 버린 축귀는 감정에 복받치는 사연이 있는지 입술을 꾹 깨물어 마음을 추스른 후에 다시 말을 이었다.

"저희가 그 스님을 처음 봤을 때 그 스님은 초췌한 모습으로 풀을 뜯어먹고 있었습니다. 마을 사람들에게 면목이 없어서 자결할 생각이었는지 독초를 잔뜩 물고 있었습니다. 어흑!"

축귀는 아직도 스님의 모습이 눈에 선한지 소매로 눈가를 훔쳤다. 특급 살수인 그가 이렇게 감정을 터뜨린 경우는 아직 한 번도 보지 못한 삼룡이었다. 그러니 미안하고 안쓰러운 마음이 어떻겠는가.

"자식들, 진작 말을 하지. 난 그것도 모르고! 어찌 됐든 사정도 모르고 혼내서 미안하다. 그 돈은 니들이랑 사천까지 갈 여비였어. 지난번처럼 굶길 수 없어서 그랬지."

삼룡의 뒤늦은 변명은 이미 소용없었다. 특히 현무패를 판매하는 일을 주도했던 묘귀가 가장 섭섭한 모양이었다.

"형님은 게으르긴 해도 마음은 따뜻하신 분인 줄 알았는데, 정말 실망입니다."

막내 사귀도 거들었다.

"맞아요. 다른 사람은 몰라도 삼룡 형님은 저희를 믿어주실 거라고 생각했는데. 저도 형님에게 많이 실망했습니다."

"내가 잘못했다니까 그러네. 자, 그러지 말고 술이나 한잔
하자. 전에 지평이 놈에게 받은 석 냥 있잖아. 그걸로 오랜만
에 한잔하지, 뭐."

술이라는 얘기에 구미가 동했는지 아귀궁 살수들의 눈빛
이 대번에 바뀌었다. 특히 신귀의 눈빛이 제일 번뜩였다. 사
실 축귀의 눈물은 묘귀가 삼룡이 혼낼 것을 걱정한 나머지 그
가 연습시킨 것이었다. 어디 특급 살수들이 감정에 쉽게 동요
되던가?

이때 신귀가 재빨리 나섰다.

"석 냥이면 주루(酒樓)에서 마실 수 있습니다, 형님!"

신귀는 담초홍 때문에 술시중 드는 기녀 얘기는 쏙 뺐다.
하지만 주루 출입을 했던 사내들이라면 신귀가 말한 주루의
의미가 기녀들이 접대하는 홍루(紅樓)라는 것을 눈치 못 챌
리가 없었다.

과묵했던 진귀도 순간 눈빛이 달라지며 신귀를 거들었다.

"형님, 제남주루의 신선로 요리가 제법이랍니다. 신선로는
주루에서 먹어야 제맛인 음식이니, 신귀 형님 말씀대로 주루
에 가는 것도 괜찮을 듯싶습니다."

진귀가 나서서 가자고 할 정도이니 삼룡이 이를 눈치 채지
못할 리가 없었다.

'자식들, 오래 굶어서 제정신이 아니로군. 알았다, 이쯤에

서 내가 져주마.'

"그래, 한번 회포나 풀지 뭐. 근데 묘귀야, 그 승려 이름이 뭐였냐?"

"왜요, 형님?"

"서융 형님에게 얘기해서 좀 도와드리라고 하고 싶어서. 서융 형님은 장사해서 버신 돈의 일 할은 꼭 남에게 베푸시거든. 이왕이면 불쌍한 사람 돕는 게 좋잖아. 안 그래?"

삼룡의 속 깊음에 아귀궁 살수들은 저마다 웃음꽃을 피웠다. 물론 이들의 웃음은 불쌍한 사람들을 돕는다는 것보다는 주루에 빨리 가자는 재촉의 의미였다. 괜히 분위기를 못 맞추면 삼룡이 변덕을 부릴 테니 말이다.

이에 묘귀가 별 뜻 없이 대답했다.

"방팔 스님이요."

순간 삼룡이 멈칫하며 표정이 차갑게 굳어졌다. 하지만 이유를 모르는 아귀궁 살수들은 여전히 방실방실 웃고 있었다.

"혹시, 그 방팔이란 승려의 생김새가 키가 팔 척이 조금 못 되고 두 눈은 움푹 들어간데다가 턱이 이만큼 각이 졌지 않느냐?"

"어? 어떻게 아셨어요? 형님도 방팔 스님 보신 적 있으세요?"

묘귀의 대답에 삼룡이 싸늘히 웃음을 지었다.

"그럼 또 혹시, 현공사 승려라면서 소림사 승려처럼 한 손으로 합장하진 않더냐?"

"어라, 형님도 정말 방팔 스님을 보신 모양이네요? 사실 저희도 그게 조금 이상했는데."

"묘귀야, 니들 현무패 말고 방팔 스님에게 얼마 드렸냐?"

"백 냥이요. 하나에 오십 냥에도 팔 수 있었지만 형님께서 너무 비싸게 팔지 말라고 하셔서 싸게 판 거죠. 그거 팔아서 몽땅 방팔 스님 드렸습니다. 저희 잘했죠?"

불쌍한 사람들을 도왔다는 생각에 묘귀는 꽤나 자랑하듯 말했다. 하지만 뭐가 허전했다. 그래서 주위를 돌아보니 축귀, 신귀, 진귀, 사귀 모두 어디론가 사라지고 보이질 않는 것이었다.

"어라, 다 어디 간 거지? 삼룡 형님, 다들 어디 간 겁니까?"

평소 아귀궁 살수들 중 가장 명석한 두뇌를 자랑하는 묘귀였다. 그래서 그런지 그는 삼룡이 과거에 했던 말을 기억해냈다.

"아, 맞다. 삼룡 형님한테 사기 쳤다는 소림사 승려 이름도 방팔이었는데. 정말 우연에 일치네요, 형님!"

"그러게. 정말 우연에 일치네. 나한테 사기 친 방팔이란 놈의 생김새가 아까 네가 말한 현공사 승려하고 똑같은 것도 우연이겠지. 혹시 그놈 코 옆에 점도 있지 않니?"

"이야, 어떻게 아셨어요?"

"어떻게 알긴. 그놈이 그놈이니까 그렇지."

"그놈이 그놈이요?"

묘귀의 천진난만한 질문에 삼룡이 사악하게 웃으며 그의 이름을 불렀다.

"묘귀야."

"네, 형님!"

"너 지금 도망칠 궁리하지?"

삼룡의 질문에 묘귀가 땀을 뻘뻘 흘리며 대답을 하지 못했다.

"눈치 채셨어요?"

"좀 전에 니 표정이 변할 때부터 눈치 챘다. 각오는 돼 있지?"

순간 묘귀는 이판사판의 심정으로 경공을 전개하려 했다. 하지만 삼룡이 누구던가. 뇌섬보라는 극강의 쾌보(快步)마저 한 수 아래에 놓는 그가 아닌가.

덥썩!

도망갈 새도 없이 묘귀의 뒷목을 잡아챈 삼룡은 주먹을 묘귀의 복부에 꽂아 넣었다.

"인마! 백 냥이면 쌀이 몇 가마니인 줄 알아. 그거면 사천에 가는 내내 편하게 먹고 마실 수 있는데. 그걸 사기꾼에게 몽땅 털어줘?"

이어 묘귀의 비명 소리만이 제갈세가 서북쪽에 위치한 대대강의 처소에 울려 퍼졌다.

                    *   *   *

　무림대회 본선 이튿날이 밝아오자 제갈세가를 떠들썩하게 만들었던 수많은 구경꾼들과 참가자 대부분이 자취를 감추었다.

　무림대회 출전자 육백 명과 무림맹 관계자와 그 수행제자들, 또 무림맹에서 초청한 관전자들을 제외하면 제갈세가의 식솔이 전부였다.

　이 때문에 눈코 뜰 새 없이 바빴던 제갈세가 식솔들과 무림맹 관계자들은 비로소 한시름 놓을 수 있었다. 하지만 제갈세가의 총관 대대강만은 노심초사에 전전긍긍한 모습으로 제갈세가 이곳저곳을 다리가 안 보일 정도로 뛰어다니고 있었다.

　그가 지금 달려가는 곳은 삼룡의 처소였다.

　"젠장, 이 새끼는 왜 바쁜데 오라 가라야? 또 목욕물 받아 달라고 부르는 거 아니야? 내가 시동을 두 명이나 붙여줬는데도 계속 나만 부르잖아. 그나저나 만취개 어르신은 또 어디 가신 건지."

　대대강이 연신 불평불만을 혼잣말하는 사이 어느새 삼룡의 처소에 전각에 도착했다.

　'이놈한테 잘못 보이면 오늘 하루가 꼬인다. 며칠만 참으면, 아니, 오늘만 참으면 이 생활도 끝이야. 제놈 무공 실력이

뛰어나다고 해도 종남파 제자들한테는 어림없지.'

이윽고 숨을 고른 대대강은 어색한 미소를 머금고 처소 문을 두드렸다.

"으흠, 흠! 삼룡 대협, 대대 총관입니다."

"……."

'뭐야? 구대문파 제자들도 일어나서 대회 준비를 하는데 이 화상은 아직도 안 일어난 거야?'

처소 안에서 아무 기척이 없자 미소를 머금었던 대대강의 얼굴이 금세 사납게 돌변했다.

새벽 아침부터 자신을 부른 것은 그렇다 치고, 지금까지 자고 있는 건 대체 무슨 심보냐는 것이 그의 생각이었다. 그런데 그때, 처소 안에서 그에게 익숙한 목소리가 들렸다.

"이놈아, 맹주가 도대체 왜 싫다는 것이냐?"

처소 안에서 들리는 목소리는 뜻밖에도 만취개의 음성이었다. 이어 삼룡의 음성도 그 뒤를 이어 들렸다.

"제가 왜 맹주가 돼야 하는데요? 할아버지는 절 고작 두 번 봤는데, 갑자기 찾아와서 맹주가 되라니요?"

삼룡이 큰 소리치자 오히려 만취개의 목소리가 잦아들었다.

"이 녀석아, 좀 작게 얘기해. 밖에 누가 듣겠나."

"들어도 상관없어요. 전 어차피 맹주 안 할 거니까."

삼룡과 마취개의 대화를 듣던 대대강은 도리질을 하며 자신의 귓구멍을 양 새끼손가락으로 연신 후볐다.

맹주가 무슨 동네 굴러다니는 똥개 대장을 지칭하는 것도 아닌데 그에게 권한단 말인가?

대대강은 이른 아침부터 삼룡의 처소를 찾아온 것이 잘못되었다고 생각하고는 아예, 귀를 손바닥으로 막았다.

'만취개 어르신이 취하신 게야. 내가 어제 가져다 드린 소홍주를 너무 많이 드신 게 분명해. 그렇지 않고서야 저 괴상한 놈한테 맹주 자리를 권할 리가 없지. 아니면 내가 요즘 너무 무리를 해서 잘못 들었는지도 몰라. 맞아, 내가 너무 무리를 한 게야.'

대대강이 정신을 차리고 다시 조심스럽게 귀를 뗐다. 그러자 바로 만취개의 음성이 들렸다.

"일추 대사께서는 너를 무림맹 맹주로 뽑아야 한다고 정해놨단 말이야. 그 얘기는 곧 태산북두 소림이 너를 무림맹주로 추대한다는 말이다."

"소림사라면 어디서 사기를 당하고 오신 것이 분명해요. 그리고 저는 일추 대사라는 분을 한 번도 뵌 적이 없어요. 절 생판 모르는 분이 왜 절 무림맹주로 추대한다는 말입니까?"

이 소리를 듣는 순간 대대강은 다리가 풀리고 귀가 멍멍해졌다.

'만취개 어른께서 진담으로?!'

"인석아, 나도 자세한 것은 모르겠다만, 일추 대사께서 맹

주가 너라고 일러주라 해서 온 것이다. 넌 하기 싫어도 무림
맹주가 되어야 해.”

“됐거든요? 제가 왜 그 힘든 일을 합니까?”

“인석, 고집 보게. 그럼 제갈세가 안에 천근향로를 부숴놓
은 것이 누구더냐? 네놈 짓이지?”

“천근향로는 또 왜요?”

천근향로 얘기에 켕기는 것이 있는 삼룡의 음성이 다소 의
뭉스러워졌다. 그러자 만취개가 의기양양하게 따졌다.

“그 천근향로는 전 무림맹주이셨던 일지(一指) 대사께서
제갈세가에 가져다 놓은 것이다. 네놈이 부순 그 향로가 말이
다.”

“그건 저도 알아요. 그걸 옮기는 자는 현무패를 얻어갈 수
있잖아요. 그래서 전 그걸 옮기고 대회에 출전한 것뿐입니다..
근데 그게 무슨 상관이라는 겁니까?”

“하하, 녀석! 천근향로에 관해서 하나만 알고 둘은 몰랐나
보구나. 인석아, 네 말대로 그 천근향로를 옮긴 놈에게 현무
패를 주는 것이 맞다. 하지만 그걸 부수는 사람은 무림맹주가
되어야 한다는 것은 몰랐더냐? 이놈아, 그리고 그 향로는 천
근이 아니라 이천 근도 넘는 향로였다. 그걸 부술 수 있는 사
람이 강호에 몇 명이나 된다고 생각하느냐?”

털썩!

처소 밖에서 만취개의 얘기를 듣던 대대강은 자신도 모르

게 그 자리에 주저앉고 말았다.

'그 천근향로가 진짜였다구? 그럴 리가 없는데? 그리고 그걸 부수는 자가 맹주라니? 언제 그런 얘기가 있었단 말인가?'

대대강이 정신 못 차리고 있을 때 돌연 처소 안에서 삼룡의 웃음소리가 들렸다.

"하하하, 그거 제가 안 부쉈거든요. 일지 대사님 말씀대로 해도 저는 상관없어요. 제갈세가 대대강 총관이 부쉈으니까 그 사람 맹주 시키세요. 대대 총관이 천근향로를 부수는 걸 본 사람들이 많이 있으니까 확인하기도 쉬울 겁니다."

순간 만취개의 언성이 높아졌다.

"인석아! 내가 대대강이란 놈의 무공 수준을 모르더냐? 게다가 그 녀석은 일추 대사님을 설득시켜서 점창에 새파란 애송이를 맹주 자리에 앉히자고 하는 놈이야. 그런 밸도 없는 놈에게 무림 맹주 자리를 맡기라는 말이냐?"

"아무튼, 저랑 상관없는 일이에요. 무림맹이 망하든 온 천하에 혈교가 득세하든 저랑은 상관없어요."

"인석은 대체 왜 이렇게 비뚤어진 게야?"

"저는 그냥 무림대회 삼위하고 사천으로 돌아갈 겁니다. 그러니 만취개 어르신께서는 제갈세가 총관을 맹주로 삼든 점창 애송이를 맹주로 삼든 알아서 하세요."

"인석아, 잠시만 내 얘기 좀 들어보거라."

"저 오늘도 비무해야 하거든요? 비무장에서 동생들 기다리게 하는 것도 싫습니다. 그럼 이만!"

잠시 후 삼룡이 담초홍의 손을 잡고 처소를 빠져나왔다. 하지만 좀 전까지 문밖에 주저앉아 있던 대대강은 용케 몸을 숨겨 보이지 않았다.

"인석아, 그 자리는 원해서 오르는 자리가 아니니, 마음의 준비를 해야 한다!"

만취개가 뒤늦게 쫓아 나와 목청을 높여봤지만 삼룡은 뒤도 돌아보지 않았다. 하지만 만취개는 실망하는 기색이 아니었다. 이어 그는 한구석을 쳐다보며 말했다.

"대대강, 네 이놈. 네놈이 좀 전에 와서 문을 두드리며 자신을 알려놓고 지금은 왜 숨어 있는 게냐?"

그러자 대대강이 쭈뼛쭈뼛 못 이기는 척 모습을 드러내 만취개 앞으로 다가왔다. 그러자 만취개는 번개처럼 움직여 그의 마혈 몇 군데를 점하더니 그의 눈동자와 안색을 살폈다. 이에 당황한 대대강이 놀란 표정으로 이유를 물었다.

"왜… 이러십니까, 어르신?"

"아혈까지 짚어주랴? 확인할 것이 있으니 가만있어."

만취개는 반 각 동안 대대강의 눈동자를 살피더니 이윽고 그의 혈도를 풀어줬다. 그러면서 한다는 말이,

"아직 정신은 멀쩡한 게야. 근데 네놈이 혈꼬 변을 느끼는 이유가 대체 무엇이냐?"

만취개의 말에 대대강은 크게 놀라 고개를 가로저었다.

“혀, 혈교 편을 들다니요?”

“이놈아, 모르면 잠자코 있어. 네놈이 일추 대사를 독살하려고 하는 것을 내가 모를 줄 알았더냐?”

“아닙니다. 제가 감히 일추 대사님을?”

“인석아, 제갈서천이 그리 물렁한 놈인 줄 알았더냐? 너에게 순순히 무림맹 총관 직을 줄 것 같으냐?”

순간 대대강의 고개가 저절로 숙여졌다.

“제갈세가가 부맹주 직을 대대로 이어오면서 권력을 탐하는 무리가 되어버렸다는 것을 가장 가까이에서 지켜본 네놈이 정녕 모르더냐? 또 넌 그걸 배워 사욕을 채우려 했지 않았느냐?”

“하지만 일추 대사님을 독살하려고 마음먹지는 않았습니다, 어르신!”

“이놈, 시끄럽다! 우리 개방 정보가 그리 허술한 줄 아느냐? 네놈이 무색무취의 독과 암기발사 장치를 알아보러 다니는 것을 본 개방 제자가 하나둘이 아니다. 사람이 궁지에 몰리면 무엇인들 못하겠느냐마는 널 이용해 먹으려는 제갈서천의 의도를 모르겠느냐?”

마음먹고 일갈하는 만취개의 꾸짖음에 대대강은 입이 열 개라도 할 말이 없었다. 또한 이 꾸짖음이 자신을 위한 것임을 알기에 그의 눈시울은 잔뜩 붉어졌다.

“이놈아, 사람은 거지나 장사꾼이나 사람 도리를 하고 살

아야 하는 게야. 그 도리를 벗어나면 이미 사람이 아닌 것이
다."

"만취개 어른, 이제 저는 어쩌면 좋습니까? 부맹주는 제가
변심하면 저 또한 제거하려고 할 것입니다."

대대강의 하소연에 만취개가 비로소 웃음을 띠고 대답했
다.

"태산북두 소림과 천하제일방 개방이 있는데 무슨 걱정이
더냐. 넌 삼룡이란 놈을 도와라. 놈이 원하는 것이 있으면 뭐
든 들어주고 배려해 주거라. 저놈은 아미신녀님과 신승 일지
대사께서 미리 점지해 둔 차기 무림맹주이니라."

"아까 하신 말씀이 정말이십니까? 전 아까 천근향로 얘기
는 금시초문이라서. 사실 천근향로를 마지막에 부순 건 삼룡
대협이 아니라 저거든요."

대대강의 말이 황당하게 들렸는지 만취개가 실소하며 말
했다.

"하하, 이놈 좀 보게. 조금 전까지 총관 자리를 탐냈던 놈
이 그새 무림맹주가 되고 싶다고? 이런 우라질! 이놈아, 천근
향로를 단숨에 오십근향로로 만든 놈이 맹주가 되어야겠느
냐, 아님 마지막에 던져 그걸 확인한 네가 맹주가 되어야 하
겠느냐?"

"그야 그렇지만."

"시끄럽다. 넌 제갈서천이 천근향로를 묻거든 너도 모르는

일이라고만 하면 된다. 알겠느냐?"

"예, 어르신!"

대대강이 허리를 숙이는 사이, 만취개는 타구봉을 어깨에 걸고 휘적휘적 발걸음을 놀리며 사라졌다.

삼룡이 비무장에 들어서자 지평이 화들짝 놀란 얼굴로 달려왔다.

"형님, 어쩐 일로 이렇게 씻으셨습니까? 이렇게 뵈니 정말 몰라보겠는데요?"

삼룡의 누더기 차림은 변함없었지만 봉두난발의 머리가 가지런하게 정리되고 거기에 상투를 틀고 천으로 묶은 모습이어서 완전 새사람처럼 보이긴 했다. 하지만 남들 눈에는 그것이 당연했기에 그를 쳐다보는 사람은 없었다.

반면 그를 아는 지평에게는 대단한 변화였다. 처음 봤을 때 이후로 삼룡은 점점 더 지저분해지기만 했으니까.

"내가 안 씻으면 초홍이가 관에 가두고 못질할 것 같아서 씻었어. 그건 그렇고, 오늘 관문은 뭐냐? 오늘도 다섯 사람 이기면 되는 것이냐?"

"아니요. 원래는 그랬는데 오늘은 다른 관문이 생겼습니다. 저도 원래는 비무 정도를 예상했는데 갑자기 바뀌었습니다."

"바뀌다니?"

삼룡이 눈이 동그랗게 변해서 묻자 지평이 싱긋 웃으며 대답했다.

"어제 현무패를 가진 출전자가 열일곱 명이나 되다 보니 무림맹에서는 한바탕 난리가 났었습니다. 다행히 어제 본선 비무에서 현무패를 가지고 통과한 출전자가 열두 명으로 줄어들긴 했지만, 어찌 됐든 이를 인정해야 하는지에 대해 격론이 벌어졌다고 합니다."

"본선에 통과했으면 그만이지 뭘 인정하고 말고가 있어?"

"형님한테는 당연하지만 다른 문파에서는 불합리한 거잖아요. 천근향로를 옮겨서 얻은 것이니."

"아무튼, 그래서 뭘 어쩌라는 건데?"

"음양팔진도(陰陽八陣圖)를 통과한 사람들에게만 오늘 비무 자격을 준다고 합니다."

지평의 얘기에 담초홍이 옆에서 거들었다.

"진법을 통과해야 비무 자격을 준다는 말씀인가요?"

"그렇지. 하지만 음양팔진도를 통과하기는 어렵지 않아. 이 진법에는 생문(生門), 사문(死門)이 없고, 출문(出門) 두 개와 봉문(封門) 여섯 개가 있어. 출문 하나는 언제든 열려 있지만 그리로 빠져나오면 시험에 떨어지는 거지. 나머지 출문 하나는 직접 열어야만 확인이 가능해. 나만 음양의 이치로 매 순간 출문의 위치가 바뀌게 되는데, 출문을 찾아 헤매다 보면 계속 갇혀 있게 되니까. 봉문이든 출문이든 한 문에 서서 내력으로 꾸준히 봉문을 열다 보면 출문으로 바뀌어 일각 안에 빠져나올 수 있지."

"그럼 일각 안에 나오지 못하면 비무 자격을 박탈하는 건가요?"

"당연하지. 아무리 늦어도 반 각 안에 나올 수 있는데 그걸 못한다면 본선 대회 참가 자격이 없는 거야."

지평의 설명에 삼룡이 고개를 끄덕이며 담초홍을 안심시켰다.

"지평이 말대로 별거 아니니까 너무 걱정하지 마."

"네, 오라버니!"

삼룡은 담초홍의 참견이 기분이 좋은지 백발머리를 쓰다듬어 주며 말했다.

"너 그새 키가 또 자랐다?"

"정말요?"

눈이 동그랗게 변해서 묻는 담초홍의 질문에 삼룡이 미소 지으며 고개를 끄덕여 주었다. 그러자 담초홍의 얼굴이 발그레 홍조를 머금었다.

"자, 가자. 음양팔진도가 뭔지 한번 구경해 볼까?"

음양팔진도가 쳐진 곳은 정원 연못 밑에 있는 밀실이었다. 그리고 이 연못 옆에는 아래로 내려가는 돌계단과 올라오는 계단이 각각 하나씩 있었다.

이는 지평의 말대로 언제든 시험을 포기하면 내려갔던 길로 다시 올라오라는 용도의 계단이었다. 그리고 나머지 한 계단은 음양팔진도를 통과한 자만 올라올 수 있는 곳이었다.

줄을 서서 자신의 차례를 기다리는 삼룡은 지평이 사전에 설명해 준 덕택에 다른 출전자들처럼 크게 동요하는 기색이 없었다.

이윽고 무림맹 관계자가 나타나 음양팔진도 관문에 응시하는 요령을 짤막하게 설명한 다음 드디어 무림대회 본선 이튿날 시험이 시작되었다.

이 관문은 모두 여덟 명이 동시에 응시했는데, 현무패를 가진 출전자들만 이유를 들어 한 명씩 이 관문에 응시하게 했다. 그런데 그 이유가 가관이었다.

다른 문파의 제자들이 도울 수 있다는 이유에서였다. 하지만 이를 항의하는 현무패 출전자는 없었다.

대산파 제자들이 조금 당황하기는 했지만 그 파훼법을 그들 중 누군가가 알고 있는 듯 바로 수긍했다. 그리고 청성파의 지평은 애초에 음양팔진도를 어려워하지 않았다. 나머지 한 사람 삼룡이 있었지만 귀찮은 걸 싫어하는 그가 이런 문제로 항의하겠는가.

음양팔진도 관문 시험이 시작되었지만 낙오되는 사람은 거의 없었다. 대부분 손쉽게 진법을 통과하여 과연 이 밀실에 음양팔진도가 펼쳐져 있는지가 의문이 들 정도였다. 그렇게 순식간에 이백여 명의 차례가 지나고 삼룡의 이름이 호명되었다.

"금방 갔다 오마. 너희들, 초홍이 잘 지키고 있어."

"네, 형님!"

삼룡이 빙긋 웃으며 밀실 출입 계단으로 내려갈 때까지만 해도 담초홍과 아귀궁 살수들은 별다른 일이 생길 것이라고 생각하지 않았다. 하지만, 삼룡이 밀실에 들어섰을 무렵, 돌계단 사이로 돌연 밀실에서 굉음이 끊임없이 울려 퍼지는 게 아닌가.

쿠쿠쿠!

심상치 않은 소리와 함께 밀실 천장에서 흰 돌가루가 떨어져 내리더니 삼룡이 들어왔던 출문이 닫히는 것이었다.

쿠웅!

계속 열려 있어야 할 출문이 닫히자 무림맹 관계자들은 화들짝 놀라 계단을 뛰어내려 가고 사방이 어수선해졌다. 그러자 황보세가 출신의 무림맹 관계자가 나서서 사람들을 진정시켰다.

"출문이 한 개 닫혔을 뿐입니다. 침착하게 출문 하나를 찾으면 반대쪽으로 나올 수 있으니 걱정 마십시오."

지금까지 많은 출전자들이 생문을 쉽게 찾은 것 때문인지 술렁대고 어수선한 분위기가 금세 잠잠해졌다. 아귀궁 살수

들 또한 큰 문제가 아니라고 치부했지만 담초홍은 불안한 표
정을 감추지 못했다.

'뭔가 이상해. 느낌이 안 좋아. 혹시 능운비라는 사람이 오
라버니를?'

담초홍이 초조한 기색을 감추지 못하고 전전긍긍할 때였
다. 그녀 옆으로 아미파 주희설이 사매 조영을 대동하고 다가
와 물었다.

"담 낭자, 무슨 문제 있나요?"

주희설을 보자 담초홍은 굵은 눈물을 떨어뜨리며 매달렸
다

"오라버니가 저 안에… 저 안에!"

담초홍이 차마 말을 맺지 못하자 주희설은 무릎을 구부려
그녀의 어깨를 토닥이며 달래주었다.

"이렇게 운다고 문제가 해결되진 않아요. 제가 한번 알아
볼 테니 진정해요."

주희설이 몇 마디 하자 울음을 터뜨릴 것 같았던 담초홍이
금세 안정했다. 그러자 주희설은 조영을 시켜 상황을 알아보
게 했다.

"주 사저, 음양팔진도의 출문 하나가 잘못 작동된 모양이
에요. 다른 출문 하나가 더 있으니 빠져나오는 데는 큰 문제
가 없을 것이라고 해요."

"사매, 혹시 밀실이 무너질 걱정은 없어?"

"그럼요. 이 밀실의 천장 두께가 여섯 자나 된대요. 그러니
무너질 걱정은 아예 없죠. 만약 일각 안에 나오지 못하면 반
대편 봉문 하나를 깨부수면 된대요. 그건 고작 한 자 정도 두
께니까 보검만 있으면 단번에 자를 수 있습니다."

"들었죠? 별일 없을 것이니 걱정하지 마세요."

"알아봐 주서서 감사합니다."

주희설의 따듯한 배려에 담초홍은 허리를 숙여가며 감사
의 뜻을 표했다. 하지만 그런 그녀를 보는 주희설의 심사는
조금 복잡했다.

'미혼심령향 때문에 내 말에 조금도 거부를 못해. 이제 아
미팔선에게 알려주기만 하면 되는데, 과연 집법장로님 말씀
대로 금정선원을 강호에 끌어들이는 게 옳은 것일까?'

모두가 별일 없을 것이라 생각한 음양팔진도가 펼쳐진 밀
실의 사정은 심각했다.

무림맹 관계자가 말한 한 자 두께의 봉문은 어디에도 없었
으니까. 물론 내력을 주입해 밀어낼 수 있는 출문 또한 없었
다.

밀실 안, 팔각 기둥마다 무섭게 활활 타오르고 있는 횃불,
그 한가운데에 삼룡이 서 있었다.

"젠장, 모두 만근석에 두께가 대여섯 자는 되겠어. 그것도
여덟 방위 모두가 말이야. 이거 출문이 아예 없는 음양팔진도

야. 이거 냄새가 나, 누군가 나를 해코지하려는 냄새가!"

그의 말대로 그가 밀실 안으로 들어섰을 때, 갑자기 기관이 작동해서 출문뿐만이 아니라 봉문까지 이중 석문이 내려와 닫혀 버렸다. 다만 안쪽에 감춰져 있던 이중문이 닫힌 탓에 무림맹 관계자들이 눈치 채지 못했던 것이다.

하지만 무림맹 관계자들 중에 기관 관계자가 있었다면 소리만 듣고도 단박에 이 사태가 이상하다고 판단했을 것이다. 이는 필시 무림맹 수뇌부들 중에 누군가가 이 사태를 뒤에서 조종하고 있다는 것을 의미했다.

"누가 이렇게 만들었을까? 원지 사태? 아니야, 아미파 집법 장로는 날 잡아가려고 하지 죽이려고 하진 않았잖아. 그럼 대 대강인가? 아냐, 그 사람 역시 머리가 그렇게 나쁘지는 않아. 동생들이 두 눈 시퍼렇게 뜨고 있는데 나 하나만 골탕 먹일 리가 없지. 대대강 그 사람도 아니라면 그놈뿐인데……."

삼룡은 서둘러 빠져나올 생각은 않고 자신을 함정에 빠뜨린 자의 정체에 대해 고민하고 있었다. 물론 이 같은 행동은 그가 빠져나갈 자신이 있었기 때문에 가능한 일이었다.

"능운비, 이놈이 날 건드렸겠다? 이걸 그냥 넘어가면 또 괴롭힐 텐데."

삼룡이 자신을 함정에 빠뜨린 수괴를 확인하는 사이, 밀실 안에 또 한 차례 굉음이 울렸다.

쿠쿠쿠!

“문은 꼼짝 안 하는데 기관이 움직인다는 것은 천장이 무너지거나 내려온다는 뜻. 젠장, 어떻게든 날 압사시킬 생각이로군.”

삼룡이 말을 한 지 얼마 되지 않아 정말 천장에 균열이 가기 시작했다.

“그래, 사고처럼 보이고 싶었겠지. 그래야 다른 문파 사람들이 납득이 될 테니까. 하지만 능운비, 상대를 잘못 골랐어.”

“나룡심법(懶龍心法) 오의(奧義) 검체현신(檢體現身)!”

삼룡의 외침과 동시에 미세한 칼바람이 그의 주변에 불기 시작하더니 주변을 맴돌기 시작했다.

이어 삼룡의 다른 외침이 바로 들렸다.

“검체발현(檢體發顯) 만검조종(萬劍操縱)!”

그러자 삼룡의 주변에 휘몰아치던 칼바람의 세기가 점점 강맹해지더니 톱니바퀴처럼 맞물려 돌아가기 시작했다. 순간,

저벅!

삼룡이 한 걸음 내딛자 그의 몸을 따라 칼바람도 따라 움직였다. 뿐만 아니라 세기도 더 강해지고 있었다. 이 때문에 석실 기둥에 꽂혀 있던 횃불이 춤을 추듯 요란하게 흔들리기 시작했다.

쿠쿠쿠!

천장에서 들리는 굉음이 점점 커져 갔지만 삼룡은 급하게 서두르지 않았다. 이는 그가 여유가 있어서가 아니라, 정신을 집중하고 있었기 때문이다.

수만 개의 칼바람을 조종하는 그의 정신 상태는 그야말로 백척간두에 서 있는 그 이상이었다.

마침내 그가 한 석문 앞에 도착하자 삼룡은 주저없이 손을 내밀었다. 그 순간,

콰아아아!

천장에서 들리는 굉음보다 더 큰 소리가 울리더니, 거대한 만근석 일부가 큼지막하게 떨어져 나갔다. 마치 물 묻은 손에 종이가 떨어져 나가는 것처럼 말이다.

이어 삼룡은 다시 손을 뻗는 게 아니라 아예 길을 걷는 것처럼 앞발을 내밀었다. 그러자 이번엔 그의 다리가 닿은 크기만큼 석문이 돌가루로 변해 형체도 남기지 않았다.

第六章

마인(魔人)

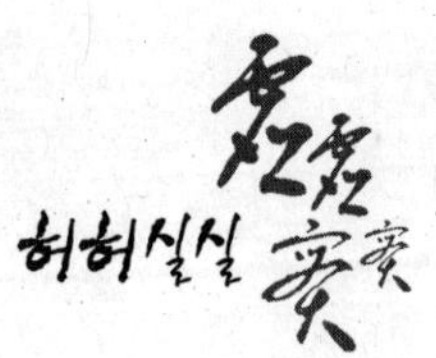
허허실실 虛虛實實

애초에 별다른 일 없을 것이라 여겼던 무림맹 관계자들이 크게 당황했다. 반 각이 지난 시간부터 갑자기 연못이 출렁이며 밀실에서 굉음이 끊임없이 들리고 있는데 어찌 놀라지 않겠는가.

그들은 일단 다른 출전자들을 안심시키는 한편, 다시 사람들을 보내 어떻게 된 상황인지 살폈다.

다행히 소식을 듣고 달려온 기관 전문가가 합세한 탓에 비교적 정확한 원인을 알 수 있었다. 하지만 기관 전문가의 보고를 들은 무림맹 관계자의 표정은 이내 창백해졌다.

"정말인가? 이 밀실이 무너지고 있다는 것이?"

"누구 안전이라고 제가 거짓을 아뢰겠습니까. 지금 이 소리는 기관이 작동하는 소리가 아니라 분명 무너지고 있는 소리입니다."

"난 음양팔진도에 갇힌다는 얘기는 들어봤어도 사람이 죽었다는 얘기는 못 들어봤네. 그러니 사람은 다치지 않겠지?"

무림맹 관계자의 말에 기관 전문가는 고개를 가로저었다.

"음양팔진도가 생명을 뺏는 것과는 관계없는 진법이긴 하지만 기관을 보면 얘기가 다릅니다. 이 밀실에 설치된 기관은 누군가 안에 있는 사람을 구출하려고 시도하면 작동하는 기관입니다. 설마 나리께서 저 안에 있는 사람을 구출하려고 기관을 건드린 것은 아니겠지요?"

기관 전문가의 말에 무림맹 관계자는 꿀 먹은 벙어리처럼 아무 말도 하지 못했다. 사실 그가 직접 한 것은 아니지만 그의 지시에 의해 기관을 작동시켰던 것이다. 다만 그것이 문을 열게 하는 기관인 줄 알고 시켰을 뿐이었다.

"어찌하면 좋은가?"

그의 물음에 기관 전문가는 냉정히 고개를 가로저었다.

"차라리 모르는 척하십시오. 어차피 지금 말해봤자 수습할 길이 없습니다. 그러니 문제가 벌어진 다음에 일을 수습하는 것이 나을 것입니다."

아귀궁 살수 사귀에게는 조금 특별한 능력이 있었다. 멀리

서 사람의 입술만 보고 그 사람이 말하는 내용을 알아내는 능력, 즉 복화술 말이다.

무림맹 관계자와 기관 전문가의 대화를 유심히 지켜본 사귀의 얼굴이 시뻘겋게 달아올랐다.

"이 새끼들 봐라!"

막내 사귀의 입에서 거친 육두문자가 나오자 축귀가 그에게 눈총을 줬다.

"지금 무슨 짓이야? 형님도 안 계시는데 너까지 소란을 피울 참이더냐? 봐라, 초홍이도 잘 참고 있지 않느냐?"

축귀의 참견에 사귀가 재빨리 자신이 알게 된 정보를 아귀궁 살수들에게 살짝 전음으로 보냈다. 그러자 축귀의 입에서 먼저 쌍스런 욕이 튀어나왔다.

"이 개새끼들이! 니들, 초홍이 지키고 있어."

축귀는 한달음에 기관 전문가에게 쫓아가 그의 멱살을 쥐고 흔들었다.

"대체 무슨 짓이오."

"그걸 몰라서 물어? 지금 밀실이 무너진다며?"

"아니오. 아직 일각도 안 지났으니 기다려 보시오."

"우리가 기다리면 당신이 우리 사부님 생명을 책임질 수 있어? 어!"

축귀가 기관 전문가를 거칠게 몰아붙이자 사정을 모르는 정파 무사들이 그를 제지하고 나섰다.

"이봐, 당신 지금 무슨 짓을 하고 있는 줄 알아? 어서 손을 놓지 못하겠나!"

"당신이 진법가나 기관 전문가도 아닌데 뭘 안다고 조급하게 나서는 거야."

"힘 자랑할 데가 없어서 이곳에서 힘 자랑을 해?"

여기저기에서 축귀를 겁주는 목소리가 들렸지만 마교 특급 살수 출신, 그것도 서열 일위 축귀가 물러날 리가 없었다.

"지금부터 날 막는 놈이나 욕하는 놈은 어떤 문파 출신이든 간에 나와 생사결을 치러야 할 것이다. 괜히 서 푼 내공을 믿고 까부는 것이라면 아서! 니들 같은 햇병아리들은 내 칼에 피도 안 묻히고 죽일 수 있으니까!"

거짓말 같지 않은 엄포에 칼자국 사이로 감춰진 축귀의 살기가 드러나자 주위를 둘러쌓던 정파 무사들이 슬금슬금 뒤로 물러섰다.

사실 이 자리에서 축귀와 대등하게 싸울 수 있는 상대는 그리 많지 않았다. 게다가 축귀가 정면 대결이 아닌, 암습을 하면 아미파 차기 장문 주희설도 그녀의 생명을 장담할 수 없는 처지였다.

다만 겁 없는 정파 무사 몇이 축귀에게 도전하려고 했지만 눈치 빠른 몇몇이 이들을 막아 크게 불상사가 일어나지 않았다. 그러자 축귀가 다시 기관 전문가에게 따졌다.

"자, 어떻게 해야 기관을 멈출 수 있는지 말해. 어서!"

축귀의 강압에도 기관 전문가는 방법이 없는지 눈을 질끈 감았다. 그러자 축귀가 그를 죽일 작정으로 그의 목을 후려치려 했다. 그 순간,

콰콰콰쾅!

축귀가 손을 멈추고 뒤를 돌아보자 이미 연못 한가운데가 내려앉아 물이 고였던 곳이 온데간데없이 사라지고 없었다.

이에 축귀는 기관 전문가를 내던지고 내려앉은 연못으로 뛰어내리려 했다. 하지만 그의 팔을 조용히 잡아끄는 이가 있었으니,

"축귀야, 너 지금 뭐 하냐?"

축귀가 그의 팔을 잡은 이를 힐끗 돌아보자 웬 벌거숭이 남정네가 자신의 팔을 잡고 있는 것이 아닌가.

"어머나!"

어찌나 놀랐는지 축귀는 몸을 잔뜩 움츠려 서둘러 남정네의 손을 뿌리치려 했다. 하지만 그의 손아귀에서 빠져나갈 수가 없는 축귀였다.

"이 새끼, 사내자식이 입에서 어머나가 뭐야, 어머나가!"

축귀의 팔을 잡고 놓아주지 않는 이는 다름 아닌 삼룡이었다. 그가 벌거벗은 채로 축귀의 팔을 잡고 있는 것이었다.

자신의 팔을 잡고 있는 것이 뒤늦게 삼룡임을 알아챈 축귀의 눈동자가 아래위로 오르락내리락거렸다.

"사, 사부님! 대체, 몸이 왜 이렇게 된 것입니까?"

"몰라, 묻지 마. 급해서 어쩔 수 없었어. 근데 뭐 하냐고?"

"네? 전 사부님이 저기 묻히신 줄 알고⋯⋯."

"아니, 그거 말고, 내가 아까부터 손짓해서 옷 좀 벗어달라고 했잖아. 내가 계속 이 몰골로 다녀야겠냐?"

축귀가 삼룡이 말하는 것이 무슨 뜻인 줄 눈치 채지 못하자 삼룡이 직접 그의 옷을 벗겼다.

"왜, 왜 이러세요? 남자끼리!"

순간, 삼룡의 눈매가 가늘어졌다.

"남자끼리? 이 새끼, 니가 직접 벗어."

"그건 안 됩니다. 아무리 사부님이셔도 그것만은!"

갈수록 가관이라고 수많은 사람들이 보고 있는 상황에서 축귀는 얼굴을 붉히며 도리질을 하고 있었다.

눈치 빠른 묘귀가 자신의 장포를 벗어오지 않았더라면 오늘 밤 축귀는 밤새도록 맞았을지도 모를 일이었다.

*　　*　　*

오전의 밀실 붕괴 사건이 있은 이후, 삼룡이 다시 비무장을 찾은 것은 오후가 다 되어서였다.

삼룡이 뒤늦게 비무장에 합류하게 된 것은 음양팔진도 관문을 일각 안에 통과했느냐에 대한 판결 때문이었다. 왜냐하면 삼룡이 벌거숭이로 나타나 축귀와 옥신각신하는 사이 아무도 시간을 측정하는 향대를 눈여겨보지 않았던 것이다.

무림맹 관계자가 이를 확인했을 때는 향대가 완전히 타서 없어져 버린 상태였으니, 삼룡이 일각 안에 밀실을 통과했는지를 알 수가 없었다. 이 때문에 판결을 하느라 시간이 지체되었던 것이다.

다행히도 아미파 주희설이 그 당시 아직 향대가 남아 있었다고 증언하는 바람에 일이 잘 마무리되었다.

어찌 됐든 삼룡은 옷이 없어지는 바람에 누더기가 아닌 새 옷을 입게 되었다. 물론 그에게 부리나케 옷을 가져다준 사람은 제갈세가 총관 대대강이었다.

"총관 그 자식 변한 거 같지 않냐?"

앞서 가는 삼룡의 물음에 축귀가 시퍼렇게 변한 눈을 문지르며 대답했다.

"전 잘 모르겠는데요. 사부님한테 맞고 있느라 정신없었잖아요."

"섭섭하냐?"

삼룡의 물음에 축귀가 대번 손사래를 쳤다.

"아니요. 사부님이 살아 돌아오셔서 저야 기쁘죠. 한데 아깐 너무 놀라서 그런 겁니다. 근데 몸에 그 칼자국은 다 뭡니까? 얼굴만 빼고 몸 전체가 칼자국으로 넢여 있던데."

"그런 게 있어."

삼룡은 여느 때처럼 담초홍의 손을 잡고 느긋한 발걸음으로 비무장으로 향했다. 그가 지나치는 비무장에서는 벌써 많은 비무가 치러졌는지 출전자의 수가 눈에 띄게 줄어들어 있었다.

"와아아아!"

짧은 함성 소리가 옆 담장을 타고 넘어왔다. 필시 옆 비무장에서 누군가의 승패가 결정되었을 것이 분명했다. 아니다 다를까, 누군가의 승패를 결정짓는 목소리가 들렸다.

"운남 점창파 능운비 승!"

담장 너머로 또다시 함성이 떠나갈 듯 울려 퍼지자 삼룡의 미간이 절로 찌푸려졌다. 아귀궁 살수들 또한 혈마존의 이름을 듣자마자 표정이 굳어졌다. 다만 담초홍만이 그 사실을 모를 뿐이었다.

삼룡이 마침내 자신의 비무를 치를 장소에 들어설 때, 마침 그곳에서는 청성파의 지평이 태산파의 제자 이수량과 비무를 하고 있었다.

태산파는 검법에 명성이 드높은 문파로, 화산파에 미치지 못하지만 청성파의 검법과 어깨를 나란히 할 수 있는 문파였다. 그래서 그런지 이들의 비무는 수십 초식을 교환하고서도 우세가 정해지지 않았다.

삼룡이 비무 담당자에게 접수를 하고 올 때까지도 이들은 호각지세로 검을 교환하고 있었다. 하지만 삼룡의 눈에는 이미 승패가 드러나 있었다.

"낡은 검인데도 초식 변화에 무리가 없으니, 지평이 이기겠어."

삼룡의 말이 떨어지기가 무섭게 태산파 제자의 검이 땅바닥에 떨어졌다.

철컹!

묵직한 장검이 비무장 한가운데 떨어지자 지평이 재빨리 뒤로 물러서며 검을 거꾸로 잡고 포권했다. 이는 무기를 잡을 동안 공격하지 않겠다는 뜻으로 설혹 비무의 승패가 결정되었더라도 꼭 지켜야 하는 예의였다.

"후배가 운 좋게 이겼습니다."

지평의 포권에 태산파 이수량이 떨어진 검을 집어 들며 가볍게 답례했다.

"난 실력으로 졌네. 청성의 검이 화산파 매화검에 못지않으니, 본 문 제자들도 더욱 분발해야겠네."

"과찬이십니다."

명문정파의 제자들답게 비무가 끝나고서도 차리는 격식이 한둘이 아니었다. 서로 칭찬하기를 몇 번을 더 한 다음에야 비로소 비무 담당자의 승패 선언이 나왔으니 말이다.

지평은 비무가 끝나자마자 삼룡에게 달려왔다. 그의 다급한 표정을 보건대, 오전에 있었던 밀실 붕괴 일을 듣고 쫓아오는 것이 분명했다.

"형님, 괜찮으십니까?"

"괜찮아. 운이 좋았지, 뭐."

"천만다행입니다. 형님께서 밀실에 들어가신 후 천장에 수만 근 되는 돌덩이들이 내려앉았다는 얘기를 소제는 믿지 않았었습니다. 분명 제가 뵙고 올 때까지만 해도 아무 일도 없었으니까요. 그런데……."

지평이 호들갑을 떨자 주위 사람들도 삼룡이 밀실에 갇혔던 출전자임을 알아보고 여기저기에서 웅성거렸다.

"인마, 살았으면 됐잖아. 그만 해. 사람들 쳐다보잖아."

"알겠습니다, 형님. 그리고 참, 저 오늘 관문 모두 통과했습니다."

"벌써 다섯 명을 이긴 거냐?"

"그럼요. 아까 태산파 선배가 마지막 다섯 번째였습니다. 이제 저 무림대회 백 위 안에 든 겁니다, 형님!"

"그래, 축하해."

"감사합니다. 그럼 저는 이만 가보겠습니다. 사형들의 비무 결과를 알아봐야 하거든요."

지평이 꾸벅 인사를 하고 사라지자 삼룡은 고개를 살래살래 흔들었다.

"내가 지평이 저 자식 버릇을 잘못 들였어. 귀찮게 하는 데는 무림 일위야, 일위!"

삼룡의 이름이 먼저 호명되고 그의 상대의 이름이 호명되었다.

"사천 개소문 삼룡! 운남 주가장 정패!"

비무 담당자의 음성이 퍼지는 순간 주변이 술렁거렸다. 사천 개소문 삼룡의 그간 행적이야 모두들 알고 있었지만, 도대체 운남 주가장이란 곳이 어떤 곳인지 모르겠다고 수군거리고 있는 것이다.

"그 나물에 그 밥이겠지. 보나마나 오늘 비무 중에서 제일 수준이 떨어질 게야."

"나도 그렇게 생각하네. 개소문은 또 뭐고, 주가장은 대체 뭔가?"

"이번 무림대회 수준이 너무 떨어졌어."

반면 정패의 실력을 잘 아는 삼룡도 의문스럽기는 마찬가지였다. 그가 아는 정패의 실력은 무림대회 예선도 못 올라올 이류 정도의 실력이었다. 한데 일류 고수들이 즐비한 본선에 오르다니? 어찌 의심이 되지 않겠는가. 하지만 삼룡의 이런 의문은 곧 풀렸다. 바로 그의 귀에 능운비의 전음이 들린 이후로 말이다.

"삼룡 선배, 며칠 전 정패의 실력으로 보면 큰코다치실 겁니다."

삼룡이 비무장 가운데로 향하며 전음이 들린 곳을 쳐다보자 그곳에는 능운비가 제갈서천을 대동하고 함께 도착해 있었다.

'역시, 이번에도 또 네 짓이냐?'

삼룡의 눈빛을 알아차렸는지 능운비가 화답했다.

"눈치 채셨습니까? 오전에도 운이 좋았더군요. 거의 무너지기 일보 직전에 나왔다고 들었습니다. 하지만 오해하지 마십시오. 전 초홍이란 그 아이도, 아귀궁 살수 나부랭이도 건드리지 않았습니다. 즉, 지난번 약속은 아직 유효합니다. 다만 선배는 예외일 뿐입니다. 스스로를 지킬 수 있는지 증명해 보세요. 만일 지게 되면 아시죠?"

능운비의 전음이 끝날 때 즈음, 삼룡의 건너편에 붉은 무복을 입은 주가장 호위무사 정패가 모습을 드러냈다.

검을 잡은 가지런한 기도와 거칠게 솟아 있는 태양혈은 그가 단 며칠 사이에 강해졌음을 보여주고 있었다.

'젠장, 금지된 내력을 건드렸어.'

삼룡이 마주친 정패의 두 눈엔 흉광이 언뜻 스치며 지독한 살기가 감추어져 있었다. 게다가 그의 손등에 불룩 솟아오른 혈관은 심장처럼 연신 꿈틀거리고 있었다.

삼룡의 불안한 시선에 희열을 느꼈는지 능운비가 또 전음을 보냈다.

"한 가지 더 알려드리죠. 지금 정패란 주가장 호위무사는 없습니다. 눈앞에 보이는 것이 바로 마인(魔人)이라는 것입니다. 아마 처음부터 전력을 다해야 할 겁니다. 만약 이 싸움을 거부하면 제일 아끼시는 사람부터 먼저 죽여 드리겠습니다, 선배."

                    *   *   *

　무명촌 개소문의 하늘은 구름 한 점 없는 청명한 날씨였다. 평소 게을렀던 사룡은 갑자기 나타난 두 명의 사모 때문에 지난 몇 달 부지런히 일을 하고 지냈다.

　문청 밖에서 하늘을 쳐다보고 있는 사룡은 예전과 달리 퀭한 두 눈에 꼴이 말이 아니었다. 원래 잘 먹지 못해서 눈이 조금 들어가긴 했어도 눈 주변 전체가 시커멓게 보일 정도는 아니었다.

　"아하, 사부님은 오늘도 안 들어오시겠지? 사모님들 서열 정리 다 끝났다고 방을 붙이면 금방 들어오실 텐데……. 대사형은 무림대회 잘하고 있겠지? 이제 며칠만 있으면, 딱 며칠만 더 참으면 우승 상금을 만옥전장(萬玉錢莊)에서 찾을 수 있을 테니 쌀 걱정은 안 해도 되겠다."

　사룡은 다시 동쪽 하늘을 쳐다보며 길게 한숨을 내쉬었다.

　"후우우, 이거 두 사모 등쌀에 내가 사는 게 사는 게 아니야. 첫째 사모님은 만날 쓸고 닦고 먼지 하나를 그냥 못 보시고, 둘째 사모님은 돌아다니기만 하면 어지르고 다니는 통에 나만 죽겠어."

　순간 사룡의 문청 안에서 여인들의 앙칼진 목소리가 울려 퍼졌다.

"동생, 내가 집 안으로 들어올 때는 신발 털고 들어오라고
했지?"

"털고 들어왔잖아요."

"어라? 말이 짧다."

"제가 나이가 많잖아요. 그 정도는 이해해 주셔야죠."

"그럼 오늘 한판 할까? 지는 사람이 동생하기로. 대신 내가
이기면 동생이 방 청소 다시 해. 빨래도 다시 하고."

"좋아요. 무르기 없기예요?"

이어 거침없이 칼 뽑는 소리가 들리더니 한바탕 비무가 시
작되었다. 이런 소리가 사룡은 이미 익숙해 있는지 별로 신경
쓰는 것 같지는 않았다.

"어째 오늘은 좀 늦었다 싶었어. 그래도 아직은 심각한 상
태가 아니야. 좀 더 쉴 수 있겠어."

이렇게 말한 사룡은 아예 등을 기대고 눈을 감았다.

잠시 후,

"야, 이년아! 암기 쓰는 게 어디 있어?"

"흥, 네 손에 든 건 암기가 아니고 뭔데?"

"이년이 죽으려고 환장했구나."

"오냐, 오늘 끝장내 보자. 네가 죽나 내가 사나."

"방금 그 소린 네년이 이길 수 있다는 소리?"

"호호, 그걸 이제 눈치 챘냐? 내 만화비엽수 맛을 봐라.
칠정지독(七情至毒)을 발랐으니 온갖 고통을 느끼며 죽을 것

이다."

"웃기시네. 맞아야 죽지."

두 사모의 상태가 점점 심각해지자 잠이 들었던 사룡이 퀭한 눈을 뜨고는 귀찮은 듯 먼지를 털며 일어섰다.

"이건 정말… 내가 사는 게 사는 게 아니야."

이어 사룡은 화급한 표정으로 쫓아 들어가며 소리쳤다.

"사모님들, 이러시면 사부님 영영 안 돌아오실 거라고 제가 말씀드렸잖아요. 서열 정리는 확실히 하셔야 한다니까요."

*　　　*　　　*

혈교의 부교주 천리마군 독고천, 그에게 날아든 전서(傳書).

존주하명(尊主下命).
쌍성 멸문 전력 증원, 염라사왕대, 수라혈왕대.
마불(魔佛) 황일비.

독고천은 전서를 보자마자 탁자에 놓여 있던 찻잔을 집어 던졌다. 그러자 찻잔이 비단 장막을 뚫고 쏜살처럼 날아가 벽에 부딪쳤다.

쿠웅!

전각 전체를 울리는 진동이 멈출 기미도 없이 한동안 계속됐다. 그에게 전서를 전한 마영대(魔影隊) 부대주는 이미 바닥에 엎드려 일어날 기미가 보이지 않았고, 독고천의 분노는 쉽게 사그라지지 않았다.

"황 장로, 이 자식!"

콰앙!

또 한 차례 굉음이 들리고 그의 앞에 놓여 있던 커다란 탁자의 형체가 순식간에 사라져 버렸다. 이어 서릿발 같은 그의 음성이 들렸다.

"부대주는 어찌 생각하는가?"

현재 혈교에서 마영대 부대주가 차지하는 비중은 수석 장로 바로 다음이었다. 하지만 그는 천리마군 독고천이 마영대를 총지휘하고 있는 이상 허수아비나 다름없는 존재였다. 그런 그가 부교주 천리마군이 극도로 화를 내는 상황에 바른 얘기를 하겠는가?

"있을 수 없는 일입니다. 이미 황 수석 장로에게는 구음마군 백 장로의 천마대(天魔隊)와 금강마인(金剛魔人) 왕 장로의 음마대(陰魔隊)가 있지 않습니까?"

"……."

독고천은 마영대 부대주의 말에 아무런 반응을 하지 않았다. 하지만 그가 더욱 인상을 쓰고 있음은 늘 옆에서 지켜본 부대주가 본능적으로 알 수 있었다.

"사황성과 봉황성은 없애라는 존주님의 명령이시다. 어찌 생각하는가?"

독고천의 말은 이전과 같은 질문이었다. 즉, 부대주의 대답이 그의 마음에 들지 않는다는 뜻이었다. 하지만 부대주의 입장에서는 쉽게 대답할 수 없는 문제였다. 마불 황일비가 병력을 요청하긴 했지만 이를 지시한 사람이 바로 혈마존이니 말이다.

"내키지 않으셔도 존주님 뜻에 따르셔야 합니다."

"그렇게 되면 총단 전력의 오 할이 마불 그놈에게 가는 것이다. 이는 어찌 생각하느냐?"

점점 높아지는 독고천의 음성에 마영대 부대주는 가슴의 옥죄는 것 같은 압박감을 받았다. 하지만 부교주에게 달리 항변하기도 힘들지 않는가.

잠시 고민하던 마영대 부대주는 이내 마음을 비운 듯 고개를 들고 대답했다.

"제가 마불 황일비 장로를 감시하겠습니다, 부교주님!"

그의 대답에 독고천은 잠시 할 말을 잃었다. 하지만 전과는 다르게 그의 호흡이 상당히 안정되어 있었다.

"마불은 속을 알 수 없는 놈이다."

"알고 있습니다. 제가 부교주님의 눈과 귀가 되어 수석 장로를 감시하겠습니다."

부대주의 답변이 마음에 들었는지 독고천의 표정이 한결 부드러워졌다.

"쌍성을 멸문시킨다면 나머지 사파들은 손쉬운 먹잇감이긴 하다. 그러니 빈틈없이 일을 처리해야 한다."

"명심하겠습니다."

마영대 부대주가 물러가자 천리마군 독고천은 부서진 나무조각이 즐비한 집무실을 배회했다.

"마불은 자신의 친위세력 삼마대(三魔隊)를 버리는 대신 총단 전력 오 할을 얻었어. 더구나 그 일로 존주님의 신임을 듬뿍 받고 있으니 손해가 아니야. 놈은 하나를 버리고 다섯을 취했고, 나는 하나를 얻고 다섯을 손해 봤어. 뭔가 불안해."

*　　*　　*

마인(魔人)으로 화(化)한 정패를 마주한 삼룡의 시선은 그 어느 때보다도 진중했다. 검을 잡은 검세(劍勢)는 한 자루의 보검을 잡은 듯 흐트러짐이 없었고, 검 초식을 전개하는 보법(步法)은 팔방을 두루 살피고 있었다.

정패 또한 일류고수에 뒤지지 않는 정제된 자세를 보이자 이들을 비웃던 소란이 일시에 사그라졌다.

관전자들 또한 본선에 진출한 고수들이 대부분이었으니 이를 눈치 채지 못할 리가 없었다. 때마침 비무 시작을 알리는 격탁 소리가 울리자 함성 소리가 떠나갈 듯 울려 퍼졌다.

"우와아아아!"

탓!

함성 소리가 들리는 중간 정패가 검을 부여잡고 신형을 움직였다. 한데 그 움직임이 광인(狂人)처럼 격하지 않고 살수의 움직임처럼 신중하고 민첩했다.

이에 반해 삼룡은 같은 기도로 검세만 잡고 있을 뿐, 보법을 펼치지는 않았다. 정패가 곧장 달려들었으니 두 사람이 부딪치는 것은 금세였다.

텅! 텅! 텅!

맑은 쇠 울림이 들리며 정패가 휘두른 검이 삼룡의 언저리 부근에 가서는 모두 튕겨 나왔다.

삼룡의 검은 나무로 깎아 만든 목검. 아무리 단단한 목검이라 할지라도 쇠로 만든 검과 부딪치면 손상이 가는 법이었다. 하지만 거무튀튀한 그의 목검은 조금의 손상도 없었다.

비무를 관전하는 사람들은 왜 삼룡의 목검이 정패의 철검에 손상되지 않는지 알 수가 없었다. 그들이 보기에는 정패의 검과 삼룡의 목검이 정면으로 부딪치는 것 같았으니 말이다. 하지만 혈마존 능운비는 달랐다.

'그 짧은 사이에 모조리 칼등을 후려쳐? 그것도 마인의 검을!'

순간 능운비의 눈가 근육이 살짝 떨렸다. 이어 그는 결단을 내린 듯 정패에게 전음을 보냈다.

"마인무적(魔人無敵) 검마강림(劍魔降臨)!"

순간 정패의 눈빛이 이채를 띠며 바로 뒤로 물러났다. 삼룡은 방어에 치중하려고 하는지 계속 같은 위치를 고수하며 그를 쫓지 않았다. 하지만 삼룡이 그의 변화를 모를 리가 없었다.

과거에도 능운비의 전음을 훔쳐 듣던 그가 아니던가.

'내가 듣는 줄 알고도 전음을 보냈어. 분명 함정이겠지?'

이런 삼룡의 생각을 알아챘는지 능운비가 삼룡에게 바로 전음을 보내왔다.

"하하하, 빈틈을 일부러 보이게 하니 역시 공격하지 않는군요. 생각이 많으면 실수가 따르는 법이지요. 이제 정패가 검마의 검을 휘두를 테니, 다치지 않으려면 좀 더 실력을 드러내야 할 것입니다."

능운비에게 허를 찔린 삼룡의 표정은 이전과 달라지지 않았다. 오히려 그는 능운비를 향해 미소를 짓고 있었다.

'웃어?!'

그때였다. 위치를 고수하던 삼룡이 보법을 밟으며 어지럽게 움직였다. 게다가 몸을 흐느적거리며 술에 취한 듯 흥얼거리기까지 하는 그였다.

"먼 산 저 고개를 나 홀로 넘어가니 해괴한 도깨비 날 막네. 누구냐 물으니 나는 저승사자라 하네. 저승사자 생김새

하수상하여 바지를 내려보니 이놈 물건이 진짜 도깨비더라.”

삼룡이 난데없는 취보(醉步)에 뜬금없는 시까지 읊조리자 그를 상대하는 정패는 어떻게 공격할지 몰라 두리번거렸다. 이는 삼룡이 어지럽게 움직이는 보법 때문이 아니라 그가 읊조리는 시 때문이었다.

그 시는 보통 사람에게는 아무 효과가 없지만 사술을 쓰는 정패에게는 치명적이었던 것이다. 특히 그가 저승사자나 도깨비를 언급하는 대목에서는 정패의 머리가 흔들거릴 정도였으니까.

'복마전성(伏魔傳聲)으로 강신술을 파훼했어. 대체 저 자식 정체가 뭐지?

능운비의 아미가 꿈틀거리는 사이 삼룡은 벌써 정패의 주위를 맴돌고 있었다. 정패는 혼란스러워하면서도 삼룡의 공격에 대비하고 있었다. 하지만 이번엔 술 취한 듯 움직이는 취보가 그의 공격을 모두 소용없게 만들었다.

퍽! 퍽! 퍽!

방어하는 정패의 검은 공연한 헛손질만 할 뿐이었고, 삼룡이 목검은 치는 대로 정패의 허벅지, 어깨, 등가죽이 울렸다. 그러자 묘하게도 마인의 눈빛으로 물들어 있던 정패의 눈동자가 원래의 색을 찾고 있었다.

“삼룡이 이 자식!”

완전히 제정신으로 돌아온 정패는 비무 상대가 삼룡이라

는 것을 알아채고 검을 번쩍 치켜들었다. 하지만,

"사천 개소문 삼룡 승(勝)!"

비무 담당자가 삼룡의 승리를 선언하자 정패의 얼굴은 똥 씹은 표정으로 바뀌었다. 하지만 그에게는 한 가지 넘지 못할 난관이 남아 있었으니,

"으… 으……!"

털썩!

정패가 머리를 부여잡고 고통에 못 이겨 쓰러지자 무림맹 관계자들이 서둘러 쫓아왔다. 이어 의원까지 불렀지만 소용 없었다.

물론 삼룡에게 의혹의 눈길이 쏠리기도 했지만, 삼룡이 목 검으로 몇 대 친 것뿐이므로 실력이 없는 정패가 비밀리에 잠 력을 사용해서 시합에 임한 것이라 결론내리는 데는 무리가 없었다.

잠시 소동이 있은 후, 삼룡은 다시 비무에 나섰다. 물론 오 전의 일과 오후에 있었던 일 때문에 삼룡 바라보는 시선이 더 나빠진 것은 두말할 것도 없었다. 심지어 그가 동행하는 아귀 궁 살수들과 담초홍까지 함께 씹어댔으니까.

그것이 마음에 걸렸는지 비무장 가운데로 향하던 삼룡은 뒤를 돌아보며 이렇게 말했다.

"초홍아, 삼류무사가 일류고수를 어떤 초식으로 이기는지

보고 싶지 않냐?"

뜬금없는 삼룡의 질문에 담초홍은 고개를 갸웃거릴 뿐이었다.

"그럼, 직접 눈으로 확인해."

비무장으로 선뜻 올라선 삼룡은 상대의 이름이 호명되기도 전에 기수식을 선보였다.

"천지현황(天地玄黃) 우주일월(宇宙日月)!"

삼룡이 천자문의 첫 구절을 초식으로 선보이자 여기저기에서 웃음이 쏟아져 나왔다. 모두 그것이 무슨 초식이 되느냐는 비웃음이었다.

"우하하하! 자네, 봤나? 저 삼풍대협이 방금 천자문 초식을 펼쳤어."

"쯧쯧, 아까 비무에서는 자세가 그럴듯하게 보여서 좀 기대를 했는데, 금방 실망했지 않나. 취보가 뭔가, 취보가?"

"맞네. 문제는 그때 정패란 자의 몸에 이상이 생겨 진 게지. 만약 그게 아니었다면 저자는 그자에게도 졌을 걸세."

모두가 삼룡을 비웃는 가운데, 종남파 제자 육궐의 이름이 호명되었다.

"섬서 종남파 육궐!"

구대문파에 하나인 종남파 제자의 이름이 호명되자 일시에 관중석에서 함성이 일었다.

"드디어 구대문파 제자가 나서는구면."

"아무리 운이 좋아도 구대문파 제자에게는 안 되지. 구대 문파의 무학은 오대세가마저도 하늘로 여기고 있지 않나? 그러니 저 운 좋은 놈도 이젠 끝이야, 끝."

기수식까지 선보인 삼룡에 반해 종남파 제자 육궐은 삼룡을 한참 수준 아래로 본 탓인지 기수식조차 펼치지 않았다. 이는 분명 비무 예의에 어긋난 일이었다. 하지만 이를 탓하는 관전자는 아무도 없었다.

탁, 탁!

격탁 소리가 울리자 종남파 제자 육궐은 검도 뽑아 들지 않고 삼룡에게 달려들었다. 이는 삼룡을 무시해서가 아니라 종남파의 태을무형검법(太乙無形劍法)이라는 독특한 검법 때문이었다.

이 검법은 발검을 통해 순식간에 상대를 제압하는 것으로, 종남파 도사들의 특기인 검법이었다. 그때였다. 삼룡이 난데없이 초식명을 외치며 검법을 전개했다.

"천지현황(天地玄黃)!"

순간 삼룡의 목검이 하늘을 가리키며 검의 장막을 펼쳤다. 이어 그의 검결지를 맺은 그의 다른 손이 땅을 가리키며 둥근 원을 그리는 것이었다. 그러자 하늘이 어두워지는 것 같은 착각이 들 정도로 비무장이 중앙이 어두워졌다.

그뿐만 아니라 종남파 제자의 신형이 이리저리 튕기는 것이다.

퍼퍼퍼퍽!

짧은 타격음, 그리고 종남파 제자 육궐은 그 자리에 멈춰 있었다. 종남파 도사들의 특기인 태을무형검법(太乙無形劍法)을 단 반 초식도 펼쳐보지 못하고 말이다.

아직 상대가 검을 내려놓지도 않았음에도 삼룡은 포권을 하고 물러섰다.

"개소문 삼룡, 종남파 육궐 도사님께 운 좋게 이겼습니다."

삼룡이 비무 예의에 한 치의 어긋남없이 행동했지만 관전자들의 생각은 조금 다른 모양이었다.

"비무가 끝나지도 않았는데 건방지게 포권을 하다니?!"

"맞소. 아직 비무가 끝나지 않았으니 검을 내려놓지 마시오!"

관전자들의 항의가 빗발치자 비무 담당자 또한 선뜻 승패를 선언하지 못했다. 하지만 그 순간,

쿵!

종남파 제자가 그 자리에서 무릎을 꿇더니 이내 검을 떨어뜨렸다. 하지만 그 충격으로 오히려 정신을 차리는 모습이었다.

"어떻게 된 거지?"

잠시 기절한 듯 종남파 제자가 고개를 흔들자 비무 관전사들은 모두 할 말을 잃었다. 그들이 항의할 동안 육궐은 충격을 받고 기절해 있었던 것이다.

이는 누구도 부인할 수 없는 삼룡의 승리가 분명했다. 하지만 다른 비무에서처럼 승리에 대환 환호는 없었다. 대신 야유나 비웃음도 더 이상 들리지 않았다.

무림맹 부맹주 제갈서천은 한쪽에서 삼룡과 육궐의 비무를 관전하며 속으로 감탄하고 있었다.

'기수식에 선보인 검초식을 종남파 제자에게 그대로 써먹다니? 한데 종남파 제자는 뻔히 알면서도 당했어. 분명 삼룡이란 자도 절정을 넘은 자야. 그러니 지금까지 올라온 게지. 저런 자를 내 밑에 둔다면 원이 없겠는데 말이야.'

제갈서천은 삼룡을 보고 자신도 모르게 침을 꿀떡 삼켰다. 그만큼 그가 탐났음이 분명했다. 그러자 그를 보좌하고 있던 능운비가 그에게 물었다.

"부맹주님, 방금 삼룡 선배의 검 초식이 대단하지 않았습니까?"

"자네, 저 삼룡이란 자를 알고 있나?"

"그럼요. 저와는 인연이 아주 깊은 선배입니다. 선배가 사람들의 오해를 사서 허풍을 치는 사람으로 알려졌지만, 검술 실력만큼은 저도 인정하고 있습니다."

"오호, 자네가 인정할 정도라면 정말 대단한 게야. 저런 사람이 무림맹에 하나 더 있다면 큰 도움이 될 텐데 말이야."

제갈서천이 자신의 속마음을 언뜻 비치자 능운비는 빙긋

이 웃으며 대답했다.

"부맹주님께서 허락하신 다면 제가 한 번 의사를 물어보겠습니다. 하지만 너무 기대는 하지 말아주십시오. 워낙 천성이 게을러서 부맹주님께 천거를 하려다 만 선배였습니다. 어쩌면 무리맹에 짐이 될지도 모르는 일이라서 그동안 망설였었습니다."

능운비의 얘기를 듣던 제갈서천은 실망한 기색이 역력했다. 자신의 수족처럼 부려야 할 상대가 게으르다는 것은 그만큼 쓸모가 없다는 말과 같으니 말이다.

"손버릇이 안 좋아 한때 도적으로 오인받기도 했습니다. 이는 아미파 차기 장문인 주 선배도 알고 있는 얘기이니, 그 분께 한 번 물어보신 후에 무림맹에 들여놓으십시오."

능운비가 쐐기를 박자 제갈서천은 삼룡을 완전히 포기하는 눈치였다.

"아닐세. 내가 자네 말을 믿지 않으면 누굴 믿겠나. 자, 여긴 볼 것도 없으니 다른 비무장으로 가세나."

"예, 부맹주님!"

부맹주 제갈서천이 냉랭하게 비무장을 빠져나가자 능운비 또한 그를 뒤따랐다.

제갈서천과 능운비가 비무장을 빠져나가는 사이 삼룡은 또다시 비무 상대를 맞이했다.

이번에 그의 상대는 강호십대무관 중 하나인 천수관(千手館)의 무술 사범 반홍경이었다. 반홍경은 권법과 금나수에 능한 자로, 소림사 방파의 제자들과 겨뤄도 쉽게 지지 않는 자였다.

물론 소림사의 권법과 금나수에 미치지 못하는 것은 사실이었지만, 발경(發勁)과 권경(拳勁)을 자유자재로 사용해 본선에 오른 자였으니 그를 만만히 볼 상대는 구파일방의 제자들이 유일했다.

특히 그의 장기는 삼 장 떨어진 곳에서 발출하는 권경이었다. 이 권경은 권풍(拳風)보다 한 단계 높은 경지로, 무기를 쓰지 않는 적수공권 무인에게 꿈과도 같은 경지였다.

장풍이 내력을 많이 소비한다면 이 권경은 내공의 소모도 적어서, 검과 창을 든 무인들도 권경을 쓰는 무인 앞에서는 맥없이 지는 것이 다반사였다. 하지만 그를 맞아서도 삼룡은 같은 기수식을 선보였다.

"천지현황, 우주일월!"

기수식은 곧 자신이 쓸 무공을 선보이는 의미였다. 삼룡이 이전에 천자문 구절을 이용한 초식을 펼쳤으니, 이번에도 같은 천자문 구절을 이용해 초식을 펼치겠다는 의미였다.

이 때문에 잠잠하던 주변이 다시 소란스러워졌다. 하지만 삼룡이 한차례 무위(武威)를 보인 탓인지, 그를 힐난하는 사람보다는 어떤 초식으로 권경을 상대할지에 대한 얘기였다.

순간, 반홍경이 자세를 잡더니 기수식을 선보였다. 이는 그도 삼룡을 얕잡아보지 않고 최선을 다하겠다는 의미였다.

"고목일권(古木一拳), 통천진동(通天振動)!"

펑, 펑, 퍼펑!

반홍경이 초식을 전개하며 일권을 내지르자 그의 주먹이 닿는 삼 장 주위로 파공음이 여기저기에서 터져 나왔다.

"역시 천수관 권경은 명불허전이야!"

"맞아. 이번엔 천자문 초식으로 어림없겠어. 접근하기도 전에 권경에 맞을 테니 말이야."

주위가 어수선해지는 순간, 비무 시작을 알리는 격탁 소리가 울려 퍼졌다. 그러자 그와 동시에 삼룡의 신형이 이전과 똑같이 초식을 전개했다.

"천지현황!"

삼룡이 똑같은 초식을 전개하자 비무 관전자들의 낯빛이 어두워졌다. 아무리 이전 상대가 꼼짝도 못한 검 초식이라지만, 두 번이나 연거푸 펼친다는 것은 있을 수 없는 일이었다.

누가 어디를 공격할지 뻔히 아는데 당하겠는가. 게다가 반홍경은 언제든 권경을 발출할 준비하고 있었다. 하지만 누가 삼룡이 같은 초식이름을 외쳤다고 같은 공격을 한다고 했던가.

삼룡의 손은 이전과 반대로 검을 잡은 손이 땅을 가리키고 검결지를 맺은 손이 하늘을 가리켜 둥근 원을 그렸다. 그러자

땅이 어두워지고 하늘이 밝아지는 느낌이 들었다. 이어,

퍼퍼퍼퍽!

짧은 타격음과 함께 천수관 무술 사범 반홍경의 다리가 이리저리 흔들렸다. 그는 어떻게든 권경을 발출하려고 했지만 하체가 심하게 흔들리니 방도가 없었다.

원래 장풍이나 권경을 방출하려면 내력 운용에 흔들림이 없어야 하는데, 삼룡이 이를 검풍(劍風)으로 흔들고 기어이 목검으로 다리를 후려쳐 버리니 공격하지를 못한 것이다.

또다시 순식간에 비무 승패가 결정되자 비무장은 침묵에 가까울 만큼 고요해졌다. 역시나 삼룡에 대한 환호는 나오지 않았다.

이에 삼룡이 이렇게 말했다.

"전 아직 비무가 두 번 남았으니, 누구든 개소문의 천자문 검법을 파훼시킬 분이 있다면 나서주십시오."

삼룡의 방금 외침은 출전자들을 향한 명백한 도발이었다. 광오하다고 욕을 먹을 만큼 말이다. 하지만 그는 비무장 한가운데 서 있었다. 만약 그를 비난하려 한다면 욕을 할 것이 아니라 비무에 나서면 되는 것이었다. 순간,

파라락!

날렵한 옷깃 스치는 소리와 함께 서른 중반쯤 되는 한 도객이 삼룡의 맞은편에 내려섰다.

"그 건방진 입, 내가 다물게 해주지. 지금까지 네놈이 어떻

게 하나 잠자코 보고 있었는데, 너무 방자하게 굴어 더는 못 보겠다."

그는 도법(刀法)으로 유명한 절강 초씨세가 섬전도(閃電刀) 초율이었다.

과거 초씨세가는 강호십대고수로 불렸던 도제(刀帝) 초군부 때에 오대세가의 반열에 올랐던 명문무가였다. 하지만 도제 이후에는 자손들 중에 특출난 자가 없어 곧 오대세가의 반열에서 제외되었다.

그럼에도 초씨세가를 무시할 수 없는 이유는 바로 도제라 불렸던 초군부의 풍뢰도법(風雷刀法)이 아직 건재했기 때문이다.

이 풍뢰도법은 사천당가의 무형심결처럼 자질이 뛰어난 자라고 해도 쉽게 터득할 수 없는 까다로운 도법이었는데, 오성(五成)을 성취하면 능히 일류고수를 상대할 수 있고, 다시 칠성(七成)을 성취하면 절정고수를 상대할 수 있었다.

그리고 십성(十成)을 성취하면 누구에게 무릎 꿇지 않아도 되는 초절정 이상의 고수 반열에 오르며, 십이성(十二成) 대성을 하게 되면 도(刀)에 관해서는 더 이상 이룰 것이 없다고 알려져 있었다.

요 근래 들어 다시 조씨세가의 위명이 높아지고 있는 것은 바로 풍뢰도법을 팔성까지 성취한 이 초씨세가의 자제 섬전도 초율 때문이었다.

반월처럼 휘어진 도를 잡고 있는 초율의 기도는 가히 도제의 후손이라 불릴 만큼 위용이 넘쳤다. 하지만 삼룡은 그가 나서자마자 바로 기수식을 펼쳤다.

"천지현황, 우주일월."

"홍, 까짓 기수식!"

삼룡을 한차례 비웃은 초율은 반월도를 휘두르며 보란 듯이 기수식을 펼쳤다.

"풍운래뢰(風雲來雷), 섬전천하(閃電天下)!"

섬전도 초율의 반월의 검이 바람개비처럼 가볍게 움직이자 마치 번개가 그의 몸을 감싸 휘몰아치는 듯 빛이 번쩍였다.

서로의 기수식이 끝나고 격탁 소리가 들리자 삼룡과 초율은 기다렸다는 듯이 서로를 향해 초식을 전개했다.

이번에도 삼룡의 초식은 천지현황이었다. 그것도 처음 펼쳤던 것처럼 검이 하늘을 가리키고 검결지가 땅을 가리키는 초식 말이다. 이에 초율의 눈동자가 번뜩이며 섬전처럼 빠른 도초식을 펼쳤다.

"흑천폭우(黑天暴雨), 섬전화극(閃電和極)!"

초율의 도법은 삼룡이 덮은 검막보다 더 검게 하늘을 어둡게 만들며 번개처럼 그의 요혈을 노렸다. 그의 몸이 폭우처럼 달려들고 검은 번개처럼 위아래로 번쩍이자 삼룡의 천자문 초식이 한없이 초라하게 보일 정도였다. 하지만,

"우주일월!"

삼룡의 짧은 외침과 함께 삼룡의 신형이 폭우처럼 달려드는 초율의 몸을 덮쳤다. 구름 위에 하늘은 곧 우주, 아무리 폭우가 거세더라도 구름 위로는 소용없는 법이었다. 게다가 삼룡의 검을 잡은 손은 동쪽을 가리켰고, 나머지 검결지는 서쪽을 가리켰다.

동쪽에 해가 뜨니 서쪽에 달이 있다는 뜻이었다. 하지만 해와 달은 멈춰 있는 것이 아니라 서로 맞물려 돌지 않던가.

퍼퍼퍼퍽!

삼룡의 신형이 빙글 회전하니 팔성의 풍뢰도법을 펼치던 초율은 뜬눈으로 목검을 보면서 맞아야 했다.

순식간에 비무가 끝을 맺자 삼룡이 서 있는 비무장에 다시 무거운 침묵이 흘렀다.

도제의 풍뢰도법이 여섯 살 아이도 아는 천자문 구절 초식에 무릎을 꿇었으니 충격이 클 법도 했다. 심지어 비무 승패를 선언해야 할 비무 담당자조차 할 말을 잃은 모습이었다.

이에 삼룡은 다시 포권을 하면서 비무를 청했다.

"이제 오늘 비무가 한 번 남았습니다. 누구든 제 천자문검법을 파훼하실 강호 선배는 나서주십시오."

삼룡의 광오한 언행이었지만 이제는 출전자들끼리 서로 눈치만 볼 뿐, 아무도 쉽게 나서지 못했다.

분명 삼룡의 검법은 글을 읽는 사람이라면 누구나 알고 있는 천자문 구절을 응용한 삼류 검법이었다. 하지만 이를 이길 일류나 절정 무공을 가진 자는 그 자리에 아무도 없었다.

그렇게 삼룡은 한 시진 동안 주위를 노려보며 비무 상대를 청했다.

마지막에 가서 멋모르는 출전자 하나 나타나 천자문검법 제일초식 천지현황 초식에 무릎 꿇을 때까지 말이다.

第七章

흑천별곡(黑泉別曲)

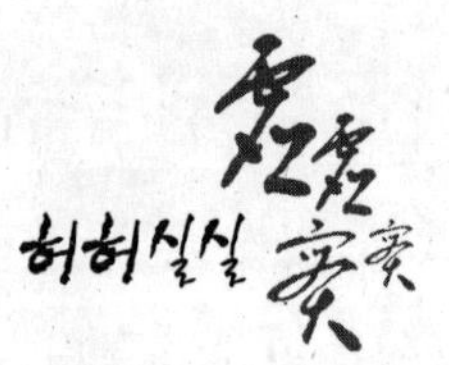

삼룡이 이튿날 비무에도 통과했다는 소식이 보고되자 무림맹 수뇌부들은 근심이 쌓여갔다.

육백 명을 뽑는 본선 첫날은 그렇다 쳐도, 백 명을 뽑는 이튿날은 완전히 사정이 달랐다. 게다가 삼룡뿐만 아니라 청성파 지평, 대산파(大山派) 제자 열 명 모두가 통과했으니 이들의 고민은 깊어질 수밖에 없었다.

종남파 장로 벽산 진인(碧山眞人) 가유성이 제갈세가 가주 전각 회의실에서 탁자를 내려치며 분통을 터뜨렸다.

"다들 언제까지 두고 보실 생각이십니까? 현무패를 가진 자가 백위에 들었습니다, 백위!"

그의 말에 아미파 원지 사태가 미간을 찌푸리며 대답했다.

"그게 뭐 어떻다는 겁니까? 당당히 비무를 거쳐서 오른 것인데. 혹시 가 장로는 종남파 수제자 육궐이 개소문 삼룡에게 패한 것 때문에 이러는 건 아니요?"

"수제자라니, 그 무슨 소리요? 육궐 그 아이는 종남파 제자들 중에 가장 떨어집니다. 어흠!"

종남파 장로 가유성은 자신의 속내를 들킬세라 재빨리 헛기침을 하며 딴청을 피웠다.

"그것참, 이상하군요. 오늘 아침 가 장로께서 나에게 말하기를 아미파 제자들 중에 종남파 수제자 육궐의 검술에 반이라도 따라올 제자가 있을까 걱정이 된다고 하지 않았었소?"

"헛참, 원지 사태께서 착각하셨나 보오. 내가 말한 수제자는 육궐이 아니라 담우였소, 담우! 괜히 억지 부리지 마시요."

"그깟 일로 억지 부릴 게 뭐 있겠소. 내가 잘못 들었다 치면 되는 것을. 호호."

원지 사태의 비웃음에 가 장로는 치를 떨었지만 이를 나무랄 수는 없었다. 더 애기해 봤자 종남파 수제자가 떨어졌다는 사실만 공고해질 테니 말이다.

이때 점창파 전공장로 연청이 나섰다.

"현무패 출전자가 무림대회에 본선에 진출한 역사가 없습니다. 아무리 현무패를 인정하라는 전 무림맹주 일지 대사의 말씀도 우리 명문대파에 대해 일방적일 정도로 불공평한 건 사실입니다."

그의 말에 남궁세가 가주 남궁대원이 동조했다.

"연청 장로님의 말씀이 옳습니다. 원래 구파일방 제자와 오대세가 후손은 아무리 뛰어난 후기지수가 많아도 다섯 명씩만 출전하게 되어 있습니다. 그런데 이번에 청성파에서는 무려 여섯 명이나 본선에 올랐습니다. 이는 지금까지 지켜온 명문대파 간의 암묵적인 규약을 깨뜨린 것입니다."

각 문파 대부분이 탐탁지 않은 표정으로 항의를 해오자 부맹주 제갈서천은 이 문제를 그냥 넘어갈 수가 없었다.

"그간 현무패를 얻어 무림대회에 출전하는 사람이 없었던 것은 사실입니다. 하지만 현무패를 얻은 자들도 정당한 절차를 거쳤습니다. 그런데 갑자기 출전 자격을 거론하고 이를 취소한다면 다른 중소 문파들의 반발이 거셀 것입니다. 어쩌면 그 때문에 몇몇 문파는 사도(邪道)의 길을 걸을지도 모르는 일입니다."

"부맹주, 말씀이 지나치시오. 하루아침에 정파의 문파들이 사도의 길을 걷다니요?"

"지나치지 않습니다. 과거에도 중소 문파가 무림맹에 반발하여 사도의 길을 걸은 사례가 많이 있었습니다."

제갈서천이 어느 때보다 목소리에 힘을 주자 그에게 반론을 제기했던 황보세가 가주 황보순지는 대번 꼬리를 내렸다.

이는 그만큼 제갈서천의 권위가 높아졌음이었다.

"그건 부맹주 말이 맞네. 내 생각이 짧았어. 지금 당장 현무패 자격을 없애 버리면 큰 혼란이 일 게야."

점창파 연청이 제갈서천의 편을 들자 구대문파 장로 대부분은 이렇다 할 의견을 내놓지 않았다. 그러자 제갈서천은 자신의 목소리에 더욱 힘을 주었다.

"어차피 백 명을 뽑은 것은 대외적으로 보이기 위함일 뿐입니다. 여러분도 아시다시피 마지막 비무연에는 백 명 중에 예순네 명이 참여할 뿐입니다."

제갈서천의 말에 한쪽 구석에 누워 있던 개방 만취개 장로가 눈을 살며시 떴다. 하지만 그는 참견할 생각은 없는지 가만히 귀를 기울일 뿐이었다.

제살서천의 말에 제일 반기는 것은 종남파 가유성 장로였다.

"과거에는 경공으로 그 순서를 정했지요. 하지만 대산파 제자들의 경공도 뛰어나다 들었소. 게다가 그 삼룡이란 자도 몸놀림이 예사가 아니라던데, 어떻게 그들만 떨어뜨린단 말이오?"

"이번엔 그 방법을 바꿀 생각입니다. 물론 여러분의 동의가 있어야 하겠지만."

제갈서천이 좌중을 둘러보자 그의 의견에 반대하는 사람은 없었다.

"그럼 동의하셨으니 말씀드리겠습니다. 최종 비무연에 참가해야 하는 조건은 경공을 겨루는 것이 아니라, 초식 재연입니다."

제갈서천이 제안에 모두가 고개를 갸웃거리자 그가 흐뭇하게 웃으며 말했다.

"각 문파의 제자들은 차기 문파를 이끌어가야 할 중요한 인재들입니다. 초식 재연은 그 인재들에게 다른 문파의 무공을 배우게 하자는 취지로 생각해 낸 방법입니다. 물론 무학에 목마른 중소 방파의 입장에서는 이를 더 환영할 것입니다. 그들의 숫자는 적당히 뽑아주면 되는 것이구요."

그의 말에 곤륜파 장로 백미서생(白眉書生) 영허 도장이 반문했다.

"초식 재연이라 함은 다른 문파의 초식을 단시간에 배워 재연하는 것인데, 그것으로 가능하겠소? 현무패 출전자들도 지금까지 관문에 통과한 것을 보면 그 자질이 명문대파 제자들보다 더 뛰어날 수도 있지 않겠소이까?"

"그렇지 않습니다. 명문대파들은 서로 교류가 많으니 이미 초식이 눈에 익었을 것이 아닙니까? 이는 아예 모르는 것과는 하늘과 땅만큼의 차이가 있습니다. 게다가 천하 기재가 아닌 이상 초식을 한 번 보고 제대로 펼칠 수 있는 자는 없습니다. 설사 재연을 더 잘하더라도 이를 부정하면 그뿐입니다."

이때 침묵을 지키던 정명 방장이 입을 열었다.

"아미타불, 꼭 치졸한 수를 동원해야 하는 겁니까, 부맹주?"

노한 정명 방장의 음성에 좌중의 분위기는 삽시간에 무거워졌다. 하지만 노련한 제갈서천이 이 같은 반발을 생각하지 않을 리가 없었다.

"맹주님 말씀대로 치졸한 수가 맞습니다. 하지만 대산파 제자들이 혈교와 관련되었다는 첩보가 있었습니다. 개소문 삼룡이란 자도 그 출신과 정체를 알 수 없습니다. 그래서 고육지책으로 생각한 것이 바로 초식 재연입니다. 하지만 맹주님께서 반대하신다면 이 일은 다시 거론하지 않겠습니다."

제갈서천이 입이 닫히는 순간, 무림맹 수뇌부들을 일제히 현 맹주 정명 방장에게 고개를 돌렸다. 그의 말 한마디에 의해서 그 모든 것이 결정되니 말이다.

"아미타불, 그런 이유라면 빈승은 부맹주의 뜻에 반대하지 않겠소."

정명 방장이 한발 물러서자 제갈서천은 그럴 줄 알았다는 듯 담담한 반응이었다.

"허락해 주셔서 감사합니다, 맹주 어르신!"

"아니오, 부맹주. 오늘 일추 대사께서 갑자기 몸이 안 좋아지시는 바람에 내 정신이 혼란스러웠나 보오. 부맹주가 어련히 알아서 처리할 일인데."

"아니, 계율당 수좌승께서 아프시다니요? 제가 오전에 뵐 때까지만 해도 아무 기척이 없으셨습니다만……."

"오후 들어 오장육부에 한기가 들어 전혀 거동을 하시지 못하시네."

'일추 대사가 아무리 백수를 넘기신 분이라지만 내공 수위가 높으신 분인데 한기가 들다니? 이는 대대 총관이 무슨 수를 쓴 게 분명해. 그러니 오장육부에 한기가 들어 거동을 못했다고 핑계를 대는 게지?

제갈서천은 대충 일을 짐작하면서도 모른 척 시치미를 떼며 호들갑을 떨었다.

"이런 낭패가! 혈교 문제로 사천당가에서 이번 무림대회에 참석하지 못한 이때에 일추 대사께서 건강에 문제가 생기다니요. 이럴 게 아니라 제남에 뛰어난 의원을 불러 모으겠습니다. 사천독의만은 못해도 여러 의원에게 보이면 필시 좋은 처방이 나올 것입니다."

"아닐세. 일추 대사께서는 천명(天命)이 다하신 거라고 굳이 치료를 받길 원하지 않으시니 그냥 두시게. 스스로 낫는 것도 천명이요, 입적하시는 것도 천명이지. 아미타불!"

정명 방장이 완곡하게 거절하자 제갈서천은 직접 상태를 확인할 수 없어 아쉬워했다. 하지만 불가 승려들은 생사(生死)에 초탈해 있으니 이를 호들갑 떨어 확인해 보자고 할 수도 없는 일이었다.

"아미타불, 빈승이 차기 맹주 직에 관해서 여러분께 드릴 말씀이 있습니다."

순간 좌중은 올 것이 왔다는 표정이었다. 사실 각 문파마다 차기 맹주에 관해 서로 뒷얘기가 수없이 오갔으니, 그리 별스러울 것도 없는 문제였다. 다만 지금까지 태산북두 소림사의 입장이 정해지지 않았을 뿐이었다.

"각파의 명숙들께서도 많은 논의를 하셨겠지만, 본 소림은 혈교의 득세를 견제하고 강호 정세를 안정시키기 위해서 무림맹에 젊은 맹주가 필요하다는 데 의견을 모았소. 이는 화산파 백광 장문인도 동의한 일이오. 그러니 내 의견에 다들 따라주시길 바라겠소."

순간, 정명 방장의 말에 크게 반발한 것은 화산파 장로 서악노군이 아니라 아미파 원지 사태였다.

"맹주, 새파란 애송이에게 맹주 직을 맡기다니요? 이는 있을 수 없습니다."

"원지 사태, 그럼 아미파에서는 장문인을 새로 설치된 본맹에 상시 주둔시킬 수 있겠소? 하다못해 장로들이라도 가능하겠소?"

"그, 그건……."

"지금까지 무림맹을 이끌어온 것도 소림사 방장인 나나 구파일방 장로들이 아니라 부맹주 제갈가주였소. 구파일방 장문인들 모두 맹주가 될 수는 있지만, 본 맹에 상시 있을 수는 없는 일이요. 또 본 맹이 설치되면 오대세가에 권력이 집중되는 것은 어쩔 수 없는 일이 아닙니까? 하지만 제갈 부맹주는 스스로 맹주 직을 사양했소. 모두가 알다시피 구파일방이 반대하기 때문에 말이오. 여러분은 부맹주가 그리 양보한 뜻을 정녕 모르시겠소?"

아미파 원지 사태는 온화한 정명 방장이 이처럼 불같이 화를 내는 것을 이제껏 보지 못했다. 또한 그가 말하는 것은 모두가 맞는 말이었다. 하여 그녀는 침묵하며 두 눈을 질끈 감고 있었다.

반면 부맹주 제갈서천은 맹주가 자신의 의도대로 되는 것을 크게 기뻐했다. 다만 회의장 분위기가 엄중하여 차마 표현하지 못할 뿐이었다.

"더 이상 본 맹 설치를 미룰 수 없다는 데에 여러분께서도 동의하셨으니 큰 반대가 없다면 이번 차기 맹주 선출 문제는 제갈 부맹주의 의견을 따라주시길 바라겠소."

현 무림맹주 정명 방장이 마침내 차기 무림맹주 추대 건에 제갈서천의 손을 들어주자 선뜻 반대하는 자가 없었다. 이에 제갈서천이 자리에서 벌떡 일어나 주위에 포권을 하며 감사의 인사를 건넸다. 그런데 그때,

"빈승은 어제와 오늘, 비무연을 보면서 느낀 것이 있소."

"무엇을 말입니까, 맹주 어르신?"

"무림맹에 인재가 많다는 사실이 말입니다. 화산파, 공동파, 곤륜파, 아미파 할 것 없이 모든 문파 제자가 오성(悟性)이 뛰어나고 재능이 태산과 같이 대단하더이다. 하여, 무림맹주

의 권한으로 차기 맹주 선출에 관해 한 가지 제안을 더 드리려 하오."

다시 차기 맹주 직 얘기가 나오자 좌중의 이목이 또 집중되었다. 그러자 정명 방장은 별거 아니라는 듯 가볍게 웃으며 말을 이었다.

"이왕 후기지수에게 무림맹주 직을 맡기는 것이니 무림대회 입상자에게 그 직을 넘겨주는 것이 어떻겠소?"

그의 말에 화산파 서악노군이 되물었다.

"맹주, 무림대회 우승자에게 주게 되면 소림사나 화산파 제자에게 유리할 것이 아니겠습니까?"

"당연하지요. 하지만 본 소림사 제자들을 차기 맹주 후보에 응하지 않기 위하여 내일 비무연에 출전하지 않을 것입니다."

상황이 이렇게 되자 제갈서천은 뒤통수를 맞은 듯 머리가 멍해졌다. 아무리 소림사가 빠진다고 하더라도 화산파 제자가 유리할 것이 뻔하지 않은가. 이는 지금까지 제갈서천의 편을 들어주는 척하면서 구파일방의 잇속을 챙기려는 속셈이라고 생각했다.

"맹주님, 그 일은 저와 상의를 좀 더 해본 다음에 거론하셔도……."

"아니오, 부맹주! 이 일은 여기서 끝맺는 게 좋소. 아니 그렇습니까?"

평소 잠자코 있던 맹주가 갑자기 나서 의견을 묻자 구파일방은 물론이고 오대세가 대부분 가주들이 고개를 끄덕일 수밖에 없었다. 덕분에 제갈서천은 닭 쫓던 개처럼 멍청하게 쳐다볼 뿐이었다.

"이 같은 제안은 구파일방뿐만 아니라 오대세가 자제들에게도 똑같이 기회를 주려 하는 것입니다. 누구든 무림대회에서 우승한다면 구파일방 제자뿐만 아니라 오대세가 자제, 그도 아니면 최종 비무연에 통과한 다른 문파 후기지수에게 기회를 주자는 것이지요. 물론 그 가능성은 명문대파에 비해 그리 높지 않은 것이 사실이겠지만."

정명 방장의 충격적인 선포에 회의장은 삽시간에 충격에 빠졌다. 특히 제갈서천은 정명 방장의 노림수에 속으로 이를 갈고 있었다. 그런데 그때, 점창 전공장로 연청이 그에게 은밀하게 전음을 보냈다.

"제갈가주, 능운비를 한번 믿어보시게. 그 아이는 화산파가 아니라 소림 제자 두서넛과 비무를 해도 지지 않는다네. 내 화산파 제자들을 한번 훑어봤지만 그 아이의 절반에도 못 미치는 실력이었네."

바로 다음 순간, 제갈서천의 안색은 다시 제 색을 찾기 시작했다.

'어차피 누가 맹주 자리에 앉든 부맹주는 나 제갈서천임은 변하지 않아. 누가 맹주 자리에 오르더라도 어차피 꼭두각시

를 만들 것이니!'

"부맹주 제갈서천은 맹주님의 의견에 적극 찬성합니다. 누가 되든 무림대회 우승자가 무림맹주가 되면 이는 강호무림에 귀감이 될 것입니다. 또 그렇게 되면 앞으로 무림맹 활동에 주축이 되어야 할 중소 문파 제자들의 적극적인 참여를 이끌 수 있습니다."

맹주에 이어 부맹주까지 찬성하고 나서자 점창파 연공장로가 뒤이어 찬성을 표했고, 이어 곤륜과 공동파의 장로마저 동의하자 만장일치로 맹주 추대건이 결정되었다.

무림맹 수뇌부 회의가 끝나기가 무섭게 만취개가 삼룡의 처소로 향했다. 하지만 그의 처소에는 대대강이 붙여준 시동 둘만 덩그러니 처소를 지키고 있을 뿐이었다.

"인석들, 삼룡이 이 녀석은 대체 어디 간 게야?"

만취개의 다급한 물음에 시동들은 겁을 잔뜩 먹은 얼굴로 고개를 가로저을 뿐이었다. 삼룡이란 놈이 어디 시동에게 자신의 행방을 말하고 다닐 리가 있겠는가?

만취개는 할 수 없이 처소를 나와 개방 제자들을 불러 모았다. 천하제일방 개방이 소림사보다 뛰어난 것이 있다면 바로 정보력이었으니, 삼룡의 현재 위치를 찾는 것은 그에게 식은 죽 먹기나 다름없었다.

"뭐라고? 이것들이 몽땅 주루에 가 있다고? 인석이 내일 비무릎 치를 자격도 없어질 판에 신선 노름을 해?! 안 되겠다. 내가 직접 가봐야지."

타구봉을 어깨에 걸친 만취개는 콧김을 씩씩 내뿜어 가며 땟국 묻은 양다리를 재빨리 놀렸다.

*   *   *

검은 돌 틈 사이로 몽글몽글 샘이 솟아올라와 흑천이라 불리는 연못, 그리고 그 연못 둘레를 따라 비단 폭을 걸어놓은 것처럼 화사하게 세워진 흑천홍화루(黑泉紅花樓). 밤손님을 끄는 홍등(紅燈) 수십여 개가 한꺼번에 내걸리자 불타는 화성(火城)처럼 주루 전체가 불야성을 이루었다.

사람들로 북적이는 흑천홍화루는 인구가 많은 제남에서 그리 큰 주루는 아니었다. 주루 옆에 있는 흑천이라는 특이한 연못 또한 연못과 샘이 지천인 제남에서는 그리 신기한 연못이 아닌 것처럼.

주루 이층 구석방을 차지한 삼룡 일행은 은자 석 냥어치의 술과 음식을 시켰다. 은자는 철전보다 높은 가치가 있었지만 그래도 유흥을 즐기는 주루에서의 값어치는 그리 많지 않아 점소이가 가져오는 술과 요리의 숫자는 한정되어 있었다. 그래도 일곱이 즐기기에는 크게 부족함이 없었다.

둥근 식탁 가운데 신선로가 숯불에 지글지글 끓고 있었고 갓 구운 오리 두 마리와 채소 볶음, 제남식 오향장육과 꽃처럼 예쁘게 빚은 만두 몇 접시, 해산물이 잔뜩 들어간 전복탕, 그리고 산동황주(山東黃酒)가 동이째 놓여 있었다.

"우와, 이거 다 뭡니까, 형님?!"

막내 사귀가 눈을 비비며 눈앞에 차려진 음식을 보며 군침을 뚝뚝 흘리고 있었다.

"뭐긴, 그동안 고생시킨 게 있으니까 먹어보라는 거지."

삼룡은 별거 아니라는 듯 손을 내저으며 술을 권했다.

"니들이 원하는 기녀는 돈이 없어서 곤란해. 그러니 삼층으로 기어 올라갈 생각하지 마라."

순간 아귀궁 살수들은 화들짝 놀라서 담초홍의 눈치를 봤다.

"삼층으로 가면 기녀가 있나요, 오라버니?"

역시나.

담초홍의 천진난만한 물음에 아귀궁 살수 다섯은 재빨리 딴청을 피웠다. 그러자 삼룡이 대신 답했다.

"그래. 이 주루는 홍등이 걸려 있으니 당연히 몸 파는 기녀들이 있어. 그걸 알고 저 녀석들이 아까부터 침을 흘리는 거다."

"형님!"

다섯 살수의 고함에 삼룡이 다시 고개를 흔들었다.

"어찌 됐든 내가 가진 건 이게 다야. 능력있는 놈은 삼층으로 기어 올라가도 좋아. 난 초홍이랑 술이나 마실 테다.”

이렇게 말한 삼룡이 술잔을 비우자 아귀궁 살수들도 모두 잔을 비웠다. 그다음 순간,

“크으으, 이 술 독하네요.”

담초홍이 어느새 잔을 비우며 고개를 흔들고 있었다. 순간 축귀가 동생들에게 눈을 흘기며 나무랐다.

“대체 어떤 놈이 초홍이한테 술을 따라 줬어?”

축귀의 험상궂은 얼굴에 아귀궁 살수들이 저마다 놀란 표정을 짓고 있었다. 즉, 자신들은 술을 따라 주지 않았다는 뜻이었다.

“그럼 대체 누구야! 어떤 새끼가 감히 어린 초홍이에게 술을…….”

이윽고 삼룡이 빙그레 웃으며 자복했다.

“난데?”

“사, 사부님?!”

“초홍이는 술 마시면 안 되냐?”

“아니, 꼭 그런 건 아니지만.”

“그럼 내버려 둬. 초홍이 나이가 어리지 않다는 건 너희들도 알고 있잖아. 그리고 초홍이는 언제는 내력으로 술에서 깰 수 있어. 그러니 위험하지도 않아.”

삼룡의 말에 담초홍이 재빨리 고개를 끄덕였다. 한데,

“맞아요. 오라버니… 딸꾹!”

그새 취기가 올랐는지 담초홍의 얼굴은 발갛다 못해 검붉은 빛을 띠고 있었다. 그러자 그녀에게 술을 먹였던 삼룡이 머쓱해졌다. 물론 아귀궁 살수들이 이때다 싶어 삼룡에게 눈을 흘기고 있었다.

"애가 술 한 잔 먹고 취하네? 인마, 꼬맹이, 정신 차려."

"저, 괜찮다니… 딸꾹! 까요… 딸꾹!"

담초홍의 얼굴이 점점 더 벌겋게 변하더니 급기야 흰자위를 보이며 탁자에 엎어졌다.

쿵!

순간 아귀궁 살수 모두의 원망스런 시선이 삼룡에게 쏠렸다. 하지만 삼룡이 누구던가.

"괜찮아. 이러면서 술 배우는 거지 뭐. 나도 처음에 그랬어."

살짝 식은땀을 흘리는 삼룡이 안됐던지 아귀궁 살수들은 저마다 술잔을 입에 털어 넣었다. 이윽고 신귀가 표정을 바꾸며 말했다.

"이제 초홍이가 잠들었으니 하실 말씀 하세요, 형님."

다른 아귀궁 살수들은 신귀의 갑작스런 질문이 의아한 듯 고개를 갸웃거렸지만 정작 그의 질문을 받은 삼룡은 고개를 끄덕이고 있었다.

"내 곁에 있으면 위험해. 너희들 모두 서융 형님에게로 가. 형님에게는 미리 언질해 뒀다."

"싫습니다."

신귀에 이어 다른 아귀궁 살수들 모두가 고개를 내저었다. 축귀 또한 신귀와 마찬가지였다.

"저희 걱정이라면 안 하셔도 됩니다. 어차피 오래 살 수 있을 것이라 생각한 놈들은 저희 중에 한 명도 없습니다."

"맞습니다, 형님!"

"난 너희들 목숨 때문에 그런 게 아니야."

그제야 무슨 눈치를 챘는지 아귀궁 살수들이 술 취해 잠들어 있는 담초홍을 내려다봤다.

"그럼?"

"초홍이를 지켜 달라는 뜻이다. 이미 서융 형님이 절강 쪽에 너희들이 지낼 곳을 알아봤을 거야. 곧장 서융 형님에게로 가."

삼룡의 진중한 얘기에 아귀궁 살수 모두는 이렇다 말이 없었다. 그러자 삼룡이 이렇게 말했다.

"너희들, 초홍이 머리가 백발이 된 이유가 궁금했을 거다. 사실 초홍이가 백발이 된 것은 금제 때문이었어."

"금제요?"

"그래, 금제 말이다. 초홍이 혈도를 넓혀줄 때, 난 머리에 있는 옥침(玉枕)과 풍지혈(風池穴)에 봉인된 금제를 발견했다."

삼룡이 목이 타는지 잔을 비우며 말을 이었다.

"아주 독특한 금제였지. 아미파 무상복마진(無相伏魔陳)이 초홍이의 그 두 혈을 따라 빼곡히 심어져 있었으니까!"

*　　　*　　　*

같은 시각, 소림사 제자들이 묵는 처소에는 삼엄한 경비가 펼쳐지고 있었다. 백팔나한이 이라 불리는 절정 무승들이 제각각 황금빛을 머금은 금강곤(金剛棍)을 들고 전각 지붕 위까지 올라가 있었다.

아무리 신승이라 불리는 일추 대사의 안위(安危)에 이상이 생겼다고 해도 이같이 경계는 조금 의외였다. 더욱이 백팔나한의 표정은 누군가를 걱정하는 표정이 아니라 주위 이목을 감시하는 느낌이 강했다.

심지어 전각 안에서는 환자를 치료할 약재 냄새가 아니라 향긋한 차향이 퍼지고 있었다. 그리고 뜻밖에 웃음소리가 들려왔다.

"하하하, 이렇듯 환대해 주시니 감사합니다, 일추 대사님!"

"아미타불, 차 한 잔에 즐거워하시니 빈승은 어찌할 바를 모르겠습니다."

놀랍게도 전각 안에는 몸져누워 있다는 일추 대사가 꼿꼿하게 앉아서 차를 따르고 있었다. 그리고 그의 앞에는 더욱 놀랍게도 공손원강이 흥겹게 웃으며 앉아 있었다. 대산파 장문인 공손연이 할아버지라 부르는 그가 말이다.

"아닙니다. 신승이라 불리는 일추 대사께서 직접 대접해 주시는 용포차보다 값진 대접이 이 세상 어디에 있겠습니까?"

"천하를 호령하시는 대제(大帝)께 그저 빈승이 차 한잔을 올리는 것뿐입니다."

"대제라니요? 다 지난 얘기입니다. 지금은 손녀 눈치나 보고 사는 퇴물입니다, 퇴물. 하하하!"

공손원강이 웃자 신승 일추 대사도 체면을 차리지 않고 따라 웃는 것이었다. 하지만 일추 대사가 말한 대제란 도대체 누구란 말인가?

＊　　　　＊　　　　＊

삼룡의 얘기에 아귀궁 살수들은 모두 안타까운 표정을 감추지 못했다. 심지어 묘귀와 진귀는 울분을 참지 못하고 연거푸 술잔을 비웠다.

신귀가 입술을 깨물고 말했다.

"형님, 저희가 아미파 수뇌부들을 모조리 죽여 버리고 오겠습니다. 제발 허락해 주십시오."

그의 말에 삼룡이 단호히 고개를 가로저었다.

"그건 안 돼. 이미 지난 일이다."

아귀궁 살수들은 억울한 듯 하나같이 탁자를 내려쳤다. 하
지만 삼룡은 이를 가만히 두고 볼 뿐이었다.

"너희들은 그냥 초홍이를 데리고 서융 형님에게 가거라.
그것만이 초홍이를 행복하게 해주는 길이야."

"하지만… 초홍이가 너무 불쌍하지 않습니까?"

축귀의 하소연에 삼룡이 눈을 질끈 감고 말했다.

"지금까지 산 것도 아미신녀님 덕분이야. 그분이 아니었으
면 벌써 초홍이는 죽었을 테니까."

"하지만 아미신녀 그분도 아미파 사람이 아닙니까?"

"아니, 그분은 오히려 아미파에서 한 짓을 막았어. 만약 그
분이 금제를 심어놨다면 초홍이는 지금까지 살아 있을 수가
없었다. 그리고 그런 초홍이를 거둔 것도 아미신녀님이시다.
어차피 아미파에서는 버려지는 아이였을 테니."

막 삼룡이 말을 마쳤을 때다. 삼룡 일행이 머문 객실 문을
박차고 만취개가 들어왔다.

"인석들, 여기 있었군. 삼룡이 네놈이 날 따돌……."

만취개는 심상치 않은 분위기를 느꼈는지 말을 삼키며 다
시 물었다.

"니들 무슨 일 있냐?"

그의 말에 삼룡이 냉정히 말했다.

"만취개 어른이 여긴 웬일이십니까? 아침에 분명 저는 상
관 안 한다고 했잖아요."

"이놈아, 내가 언제 수긍했더냐? 근데 대체 무슨 일인데 그러는 게냐? 그리고 저 아이는 왜 저기 저러고 있는 게야?"

"아닙니다. 자, 너희들 내 말 알아들었으면 초홍이 데리고 가라. 어서!"

삼룡의 외침에 아귀궁 다섯 사내는 침통한 표정으로 일어섰다. 그리곤 삼룡을 향해 고개를 한 번 숙이더니, 축귀가 초홍이를 안고 조용히 주루를 빠져나갔다.

만취개는 그동안 멀뚱거리며 서 있다가 얼른 삼룡에게로 다가왔다. 하지만 개방 방칙 때문인지 걸상에 앉지 않고 탁자에 엉덩이를 걸쳤다.

"인석아, 무슨 고민 있는 게냐?"

"아닙니다. 이별주를 마셨을 뿐입니다."

"이별주? 네놈이 데리고 있는 놈들을 왜 보내?"

"그런 게 있습니다. 그러지 말고 저랑 한잔하시죠. 여기 안주와 술이 많이 남아 있습니다."

아무 생각 없이 권하는 술잔을 덥석 받아 든 만취개가 술을 받는 도중 자신이 삼룡을 찾은 이유가 생각난 듯 이마를 쳤다.

"아참, 내 그 일을 깜박했네. 이놈아, 지금 그게 문제가 아니란 말이야."

내일 있을 초식 재연에 대해 잠시 만취개의 설명을 듣던 삼룡은 별 반응이 없었다. 그러자 만취개가 답답한 듯 가슴을 치며 꾸짖었다.

"인석아, 넌 억울하지도 않냐?"

"상관없습니다. 어차피 최선을 다해서 한번 해보는 거죠. 그 사람들이 말 못할 정도로 초식 재연을 하면 떨어뜨릴 수 없을 거잖아요."

"그놈들은 네가 아무리 잘해도 인정하지 않는다니까 그러네."

"에이, 떨어지면 할 수 없는 거죠. 그렇게 되면 저희 사부님도 뭐라고 하지 않으실 겁니다. 그럼 그냥 사천으로 돌아가면 되요. 그리고 전 어차피 무림대회에 삼위할 거니까, 맹주와는 관계도 없었잖아요."

천하태평 삼룡의 본색에 만취개는 뒷목이 뻣뻣해지는 느낌이었다.

"이놈, 정말 이대로 두고 볼 것이냐? 세상이 피로 얼룩지든 말든 넌 너 하나만 챙기겠다는 게야?"

"그러면 안 되는 겁니까? 일평생을 무림맹에 헌신하신 아버지와 내 가족이 위험에 처했을 때 누가 우리를 지켜줬습니까? 다섯 살 어린 동생에게 잠력을 터뜨려 죽을 때까지 고통을 느끼게 만든 게 바로 정도를 걷는다는 명문대파 무림맹 사람들이었습니다. 그때 만취개 어른은 가만히 지켜보고만 계셨지요."

"그, 그럼 네가 바로 진초성의……."

"맞습니다. 제가 바로 소림사 정명 방장을 암살하려다 실패한 무성자객(無聲刺客) 진초성의 아들 진무영입니다."

만취개 조량은 삼룡의 뜻밖의 고백에 큰 충격을 받은 듯 아무 말도 하지 못했다. 심지어 그의 양손은 오들오들 떨리기까지 했다.

"정녕… 네가… 진 대협의 아들이더냐?"

떨리는 만취개의 음성에 삼룡은 단호하게 대답했다.

"예전엔 배신자라고 하더니 지금에 와서는 대협이라 하시는군요. 저는 그냥 살수의 아들일 뿐입니다. 전 제 한목숨 지키기도 버거운 삼류무사일 뿐입니다, 만취개 어르신."

어느새 차분해진 삼룡의 음성은 왠지 힘이 없어 보였다. 그래서 그런지 그는 황주가 든 잔을 연거푸 비우며 일어났다. 그런데 그 순간,

쿵!

만취개가 온몸을 던져 바닥에 무릎을 꿇었다. 육순이 훨씬 넘은 그가 눈물까지 흘리면서 말이다.

"하늘이 진 대협을 완전히 버리지 않으셨구나! 무영아, 정말 네가 정녕 진 대협의 아들 무영이가 맞는 것이냐?"

*　　　*　　　*

소림사 신승 일추, 그가 대제(大帝)라 부른 공손원강은 어

느새 웃음 대신 진중하게 대화를 하고 있었다.

"손녀 아이가 내일 일을 벌일 것입니다."

"아미타불, 뿌린 대로 거두는 법이지요. 대제 시주께서는 너무 괘념치 마십시오. 이미 혈륜(血輪)이 돌아가고 있으니 막을 길이 없습니다."

"그건 나 또한 마찬가지입니다. 그 아이가 스스로 포기한다면 모를까 막을 생각은 추호도 없습니다, 대사!"

"혹, 시주께서도 담아두신 것이 있으신지요. 만일 있다면 빈승이 대신 업을 치르게 해주십시오."

이렇게 말한 일추 대사는 양손을 내리고 두 눈을 꼭 감았다. 뿐만 아니라 호체신공으로 감싼 내력까지 거둬들였기 때문에 완전히 무방비 상태가 된 것이다.

지금 이 상태라면 무공을 모르는 아녀자라 할지라도 단도 한 자루로 일추 대사를 죽일 수 있었다. 하지만 공손원강은 그것이 더 기분 나쁜 듯 고개를 내저었다.

"대사께서 아무리 불법을 수양한다고 하지만 마도(魔道)를 너무 낮게 보지 말아주십시오. 어차피 마와 불은 종이 한 장 차이이니까."

"아미타불, 시주님의 말씀이 옳습니다. 어쩌면 마와 불이 따로 있는 게 아닐지도 모르지요."

일추 대사가 수긍하자 공손원강의 불편한 안색이 그나마 나아졌다. 그런데 다음 순간 공손원강이 긴 한숨을 내쉬며 고민을 털어놓 듯 말했다.

"휴우, 사실 그 아이가 갈등하고 있습니다. 복수에 대해 전혀 흔들림없던 아이가 모든 준비를 끝내고 혼란해하고 있습니다."

"무슨 이유라도 있습니까?"

"한 녀석 때문입니다. 그 녀석이 손녀에게 복수는 관두고 세상일은 그냥 세상에 맡겨두자고 했답니다."

"허어, 선재(善哉)로다, 선재야!"

일추 대사의 반응이 의외라고 생각되었는지 공손원강이 급히 되물었다.

"선재라니요? 대사께서 그리 말씀하시면 저라도 소림을 괴멸시켜 버리겠습니다. 아직은 노부 혼자서도 가능합니다."

"허허, 빈승의 말을 오해하셨습니다, 인마대제님!"

*   *   *

무릎을 꿇은 만취개 조량은 삼룡에게 머리를 조아리며 전음을 보냈다. 행여나 다른 사람이 들으면 안 되는 내용이었기에.

"진 대협이 그렇게 된 건 내 실수였다."

만취개의 말에 삼룡이 발끈했다.

"흥, 무슨 말도 안 되는 말을 하려는 겁니까? 아버지에게 살수 임무를 맡긴 건 제갈세가 가주 제갈중문이었습니다. 제갈서천의 아버지 말입니다."

"아니, 내 말은 그 뜻이 아니란다. 난 그때 사십 초반의 젊은 나이로 장로 직을 맡았었다. 너도 알다시피 개방은 무림맹을 감시하는 역할도 하고 있었기에 무림맹 관계자들을 감시하는 역할이 내게 주어졌지."

"그렇다면, 만취개 어른이 제 아버지의 살수 임무를 방해하기라도 한 것입니까?"

삼룡의 추궁에 만취개는 고개를 끄덕였다.

"난 그때 우연히 당시 부맹주와 마교의 장로가 접선하는 걸 목격했다. 그리고 그 자리에서 무림맹주 정명 방장을 암살하라는 얘기를 들었지."

"마교의 장로와 제갈세가 가주의 이목을 속였다면 개방 장로들도 마교의 장로들처럼 은형술을 익혔겠군요."

"진 대협의 아들인 너에게 내가 무엇을 속이겠느냐. 우리 개방 방도들 중에 비밀 임무를 맡고 있는 자는 모두 항마은형술(降魔隱形術)을 익히고 있다. 천마은형술에 대항하기 위해 만든 은형술이지. 하지만 채 반 각을 유지하지 못한다. 어차피 마교의 천마은형술을 모방한 정도였으니까."

만취개의 설명에 삼룡은 눈을 질끈 감았다.

"그게 문제였다. 항마은형술을 채 반 각 이상을 펼칠 수 없는 것이 말이다. 그래서 마교 장로와 부맹주의 대화를 온전히 듣지 못했었어. 그리고 그 자리를 빠져나와 바로 방주님께 보고했지. 그리고 말이다… 아주 한참 후에서야 중요한 사실을 알았다."

만취개의 얘기가 듣기 괴로운지 삼룡은 눈을 부릅뜨고 황주를 연신 들이부었다. 하지만 그 와중에서도 만취개의 전음은 계속되고 있었다.

"네 아버지가 그렇게 된 후 개방에서는 은밀히 부맹주를 잡아들였다. 부맹주의 직위에 있는 자가 첩자로 밝혀지면 무림맹의 위신이 땅에 떨어지게 되니 조용히 처리하기 위함이었지. 그런데 그때 부맹주에게서 놀라운 얘기를 듣게 되었어. 바로 정명 방장이 혈교의 첩자라는 얘기였지."

"마교의 장로와 접선한 자가 한 말을 어떻게 금세 믿을 수 있었죠? 어차피 변명에 능한 사람인데."

"맞아. 네 말대로 우리도 처음에는 그 말을 믿지 않았어. 다만 부맹주를 가두고 정명 방장을 감시하는 인원을 늘렸지. 그러던 어느 날 개방 제자 하나가 정명 방장이 은형술을 써서 사라지는 것을 목격했단다."

"개방에서 은형술을 꿰뚫어 보는 자가 없을 텐데, 어찌 쫓았다는 겁니까?"

"천리추종향을 정명 방장이 마시는 차에 탔있다. 개방의 비전으로 내려오는 미약한 향이기 때문에 들킬 염려는 없었지. 그리고 그때, 정명 방장이 혈교인에게 임무 지시를 받는 걸 목격했어."

당시 정황을 알게 된 삼룡의 심정은 착잡했다. 자신의 아버지의 죽음에 이리도 복잡한 상황이 얽혀 있을 줄은 그 역시 짐작도 못했었다.

'그래서 복수를 하지 말라고 하신 거야. 까짓 한두 명 죽이는 것쯤은 아무것도 아니라고 생각하는 아버지가 말이야!'

"아직까지 정명 방장을 살려둔 이유가 무엇이죠? 그를 감시에서 얻는 정보가 많아서인가요?"

"부인할 수가 없구나. 아무리 개방이 정보력이 뛰어나다고 해도 혈교 첩자를 감시하는 것보다는 못하니까. 네가 공묘에서 싸운 것도 점창파 제자를 감시하다가 알게 된 것이다."

"그럼 제갈중문 부맹주가 왜 아버지를 구하지 못한 거죠? 적어도 고통스럽게 죽일 필요는 없었는데."

"제갈중문은 마교의 장로가 혈교의 정보를 주는 첫째 조건이 바로 비밀 유지였다고 말하더구나. 그 자신의 신변에도 위협이 될 정도로 사정이 안 좋았다고 말이다. 하지만 그 역시노 변명이었지. 그 당시 네 가족에게 사술을 써서 죽이자고 한 자가 바로 제갈중문이었으니까."

"공동파, 곤륜파 장로들이 아니라 그자가 제안을 했었다구요?"

삼룡의 전음에 만취개는 힘없이 고개를 끄덕였다.

이들 가족이 겪는 고통을 직접 눈으로 봤으니 죄책감도 남다를 것이었다. 삼룡은 끓어오르는 분노를 주체하지 못하고 주먹을 불끈 쥐고 부들부들 떨었다.

*　　　*　　　*

　낙양 백마사(白馬寺) 암자에 은신했던 천마신교 교주 인마대제(人魔大帝) 혁영화, 그가 무슨 이유에서인지 공손원강이란 인물로 역용해 소림사 신승 일추 대사와 독대를 하고 있었다.

　일추 대사는 천마신교의 세력을 모두 잃은 그를 극진히 대접하다 못해 양보하는 모습마저 보이고 있었다.

　"오해십니다, 인마대제님!"

　불편한 인마대제의 표정에 일추 대사는 서둘러 본뜻이 아님을 전했다.

　"그럼 이 상황에 선재라는 말이 지금 가당키나 하다는 말입니까?"

　"제 말씀을 조금 들어보십시오, 대제!"

　"어디 말씀해 보시오. 만일 나를 농락한 것으로 생각된다면 밖에 있는 백팔나한승 모두가 염라대제를 알현해야 할 것이오."

　백팔나한승 모두를 단신으로 상대해 모두 저승으로 보내겠다고 큰소리칠 수 있는 인물이 대체 강호에 있을 수 있겠는

혹천별곡(黑泉別曲) 265

가? 하지만 지금 인마대제의 말을 듣는 일추 대사는 충분히
가능하다고 생각하고 있었다.

"대제, 저의 실수를 어린 제자들에게 묻지 말아주십시오."

"흥, 본좌가 흉금을 털어놓고 상의한 일을 잘된 일이라 놀
린 것은 괜찮다는 것이오?"

"아미타불, 빈승이 그런 뜻이 조금이라도 있었다면 당장
파계를 하겠습니다."

백수(白壽)가 훌쩍 넘은 노승이 파계를 거론하며 결백을 주
장하니, 천하의 인마대제도 그의 본심을 인정하고 한발 물러
서지 않을 수가 없었다.

"뭐, 파계까지야. 일단 그 얘기나 들어봅시다."

"빈승이 선재라고 한 것은 두 가지 의유가 있어서입니다.
첫 번째 여손께서 의미없는 살생에 대해 다시 생각한다는 것
은 여손께 대를 걸친 살겁을 피할 수 있기 때문이었고, 두 번
째 의미는 여손께 그렇게 말한 분의 깨달음이 전해졌기 때문
입니다."

"아니, 깨달음이라니요? 새파랗게 어린 천둥벌거숭이 녀석
인 것을!"

"마와 불이 종이 한 장 차이이듯, 연륜을 먹고 안 먹고 또한
종이 한 장 정도의 차이일 뿐입니다. 세상일을 세상에 맡겨두
라는 것은 곧 하늘의 도리를 아는 자의 말이니 여손께 큰 복
이 될 듯하여 선재라 한 것입니다."

“그 천둥벌거숭이가 말이오?”

조금 누그러진 인마대제의 반문에 일추 대사는 환하게 웃으며 대답했다.

“천둥벌거숭이가 세상에 아니었던 사람은 없었습니다. 달마 대사나 석가세존께서도 모두 천둥벌거숭이셨죠. 오죽하면 석가세존께서 천상천하(天上天下) 유아독존(唯我獨尊)이라 하셨겠습니까?”

“천상천하 유아독존? 으하하하, 맞습니다, 맞아. 석가세존도 천둥벌거숭이셨고, 인마대제라 불리던 나 또한 천둥벌거숭이올시다.”

“신승이라 불리는 저는 어떻구요.”

때 아닌 웃음소리가 전각 창문을 사이로 메아리치자 밖에 있던 백팔나한승들마저 웃음 띤 얼굴로 사방을 주시했다.

“축귀?”

삼룡의 물음에 축귀가 무릎을 꿇고 일어날 생각을 하지 않았다.

“네 녀석이 대체 왜 여길?”

*　　　*　　　*

“젠장, 그렇게 마셨는데도 취하지 않는군. 마실수록 정신이 또렷해. 그래서 초홍이 보낸 것도 생각나고, 아귀궁 동생들도 보낸 것이 다 생각나. 그래, 난 취하지 않았는데 어찌 헛것이 보이지?"

제갈세가 대대강의 처소로 돌아온 삼룡의 앞에 뜻밖에 축귀가 무릎을 꿇고 기다리고 있자, 취해서 헛것이 보이는 것이라 생각하고는 고개를 갸웃거렸다. 하지만 분명 그는 담초홍과 함께 제갈서웅에게 갔던 축귀였다.

"축귀, 네가 왜 여길?"

천죄(天罪)라도 지은 듯한 괴로운 표정으로 축귀가 양 무릎을 꿇은 채 고개를 차마 들지도 못하고 있었다. 이에 삼룡은 취기가 싹 가신 듯 눈동자에서 냉기가 뿜어졌다.

"내가 초홍이를 보호하라 그렇게 부탁했건만."

"사부님!"

살수답지 않은 떨리는 음성, 분명 축귀에게 무슨 사정이 있는 것이 분명했다. 하지만 삼룡의 눈빛은 점점 더 차가워졌다.

"누가 네 사부지?"

"제게 불회도(弗悔刀)를 깨닫게 주셨으니 사부님이십니다."

"그깟 도법, 난 깨닫게 해준 적 없다고 치면 된다. 넌 대체 왜 돌아온 거지? 넌 초홍이를 제일 아끼는 오라버니 아니었나?"

삼룡이 한마디 한마디에 축귀는 비수에 심장이 꽂히는 것처럼 괴로운 표정을 지었다. 하지만 유구무언(有口無言), 입이 있어도 변명의 여지가 없는 그였다.

"돌아오는 건 네 마음대로 할 수 있지만 받아주는 건 내 마음이다. 가라. 난 너 같은 제자 둔 적 없다."

삼룡의 축객령에도 축귀는 일어나지 않았다. 마치 모든 걸 감내해서라도 곁에 머물겠다는 강력한 의지만 엿보일 뿐이었다. 하지만 이는 삼룡을 자극시킬 뿐이었다.

"내 손에 죽고 싶은 게냐?"

"차라리 죽여주십시오, 사부님!"

양팔을 땅에 짚어 길게 드리워진 목을 마주한 삼룡은 주저없이 균검을 집어 들었다.

"내 검은 겉으로 보는 것과는 다르다. 내 검은 손에 있는 것이 아니라 바로 내 몸에 있으니까."

이어 삼룡의 목검이 주저없이 축귀의 어깨를 타고 내려왔다.

스슷!

바람 스치는 소리와 함께 축귀의 머리카락이 흩날렸다. 삼룡이 차마 그의 목을 베진 않은 것이다. 하지만,

"난 지금 너를 벴다."

이어 삼룡은 무정하게 발걸음을 돌렸다. 그리곤 균검을 허리춤에 꽂고는 휘적휘적 달빛을 밟았다.

"절이 싫으면 중이 떠나면 그뿐이지."

축귀는 달빛 사이로 사라져 가는 삼룡을 잡지 못했다. 아니, 잡을 수가 없었다. 분명 그가 쫓아가면 삼룡은 뇌섬보 보다 빠른 걸음으로 달음질 테니 말이다.

*　　　*　　　*

찌르르르, 찌르르르.

낮 동안 시끌벅적했던 아미파 처소 전각은 어느새 풀벌레 소리만 들리고 있었다. 초저녁이었지만 무림대회 최종 비무 연만 남겨둬서 그런지, 처소마다 불빛이 보이지 않았다. 오로지 달빛만 처량하게 전각을 비출 따름이었다. 그런데,

쿵, 쿵, 쿵!

소란한 발소리와 함께 한 무리의 아미파 제자들이 황급한 표정으로 원지 사태의 처소 쪽으로 달려갔다. 곧이어 그녀의 방에 불빛이 비추고 대갈일성(大喝一聲)이 터져 나왔다.

"내가 그리 주시하라 일렀거늘, 어째서 놓친 게야!"

격노한 원지 사태의 목소리가 여러 차례 크게 울리더니, 이 윽고 자신의 처소를 빠져나와 차기 장문인 주희설의 처소 문 을 두드렸다.

"급한 일이네. 어서 일어나시게."

주희설 또한 채비를 하고 있었는지 금세 문을 열고 원지 사

태를 맞이했다.

"이 밤에 무슨 일이십니까, 집법장로님?"

"담초홍 그 아이가 사라졌네."

"급할수록 돌아가라 했습니다. 일단 들어오셔서 말씀하시지요."

다급한 원지 사태와는 달리 주희설은 담담한 표정이었다. 마치 이러한 일이 일어날 것을 이미 알고 있었다는 듯 말이다.

"이 사람 답답하긴, 초홍이 그 아이가 없다면 금정선원의 선인들은 모두 강호로 흩어진단 말이야."

"알고 있습니다. 아미신녀님의 사후 일 년 안에 후계자가 나타나지 않는다면 모두 강호에 흩어져 살라는 아미신녀님의 지시가 있었다는 것을요."

"자네, 자네가 어떻게 그걸!"

원지 사태의 황당해하는 표정에도 주희설은 조금도 흔들림없이 말했다.

"아미신녀님이 앞일을 내다보시는 것을 집법장로님도 아실 겁니다. 그런 분께서 아미파 장문인과 장로님들이 어떻게 행동하실지 모르실 리가 있겠는지요."

"그게 무슨 말인가, 아미신녀님이 모두 알고 계시다니?"

"집법장로님이 미혼심령향(迷魂心靈香)을 제게 가져오기 전, 아미팔선 중 대평선(大平仙)께서 제게 밀봉된 첩지 한 장을 가져왔습니다."

"밀봉된 첩지라니?"

점점 놀라운 말에 원지 사태의 눈동자가 커져 갔다.

"아미신녀님께서 등선하시기 전에 차기 장문인인 제게 남겨주신 첩지였습니다. 아미파 장문과 장로님들 몰래 주기 위해 기회를 엿보다 주신다고 하더군요."

"그럼 금정선원 아미팔선이 이번 무림대회에 흔쾌히 따라나선 것도?"

"삼룡 대협을 잡으려고 참여한 것이 아니라, 저에게 밀봉된 첩지를 전달하라는 아미신녀님의 유지 때문이었습니다."

"대체 그 첩지에 뭐라 쓰여 있었기에 아미파 차기 장문인인 자네가 이러는 겐가? 누가 뭐라고 해도 자넨 아미파 차기 장문인이란 말일세."

거듭되는 주희설의 놀라운 말에 원지 사태도 지지 않겠다는 듯이 목청을 높였다. 하지만 한철빙면 주희설은 여전히 침착했다. 아울러 그녀의 몸에는 전처럼 차가운 한기가 삼 장 넓이로 퍼지고 있었다.

"그 첩지에는 이십 년 전 아미파가 백팔 명의 아이에게 한 짓이 고스란히 적혀 있었습니다."

순간 원지 사태는 고개를 부르르 떨었다.

"헛소리!"

"집법장로님, 아미신녀님께서 헛소리를 종이에 옮기셨겠

습니까? 아미파가 왜 그간 불평 한마디도 않고 아미신녀님의 지시에 따라야 했던 이유가 정녕 없었습니까?"

주희설의 추궁에 원지 사태는 자신을 뒤쫓아온 아미파 제자들에게 소리쳤다.

"저년을 잡아라. 기사멸조(欺師滅祖)한 저년을 잡으란 말이다!"

기사멸조란 스승을 업신여기거나 조사를 멸시하는 중죄였다. 아무리 차기 장문인이라 하더라도 그 죄를 지으면 그 자격을 박탈할 수 있다. 하지만 그들이 뒤에서 보고 듣기에 기사멸조한 것이 아니었으니, 원지 사태의 말만 듣고 나서겠는가?

"너희들은 내가 집법장로임을 잊은 것이냐? 기사멸조한 저년은 차기 장문인이 아니니 겁낼 필요없다. 어서 잡으라니까 뭐 하는 게냐?"

원지 사태의 목청이 전각을 쩌렁쩌렁 울리자 처소에서 잠을 자고 있던 아미파 제자들이 여기저기에서 칼을 빼 들고 쫓아 나왔다. 하지만 어쩐 일인지 금정선원의 아미팔선은 그 모습이 보이지 않았다.

"어서 잡아 내 앞에 꿇리지 못하겠느냐?"

집법장로의 목청이 다시 높아지자 서열이 높은 아미파 제자들 주축으로 주희설을 잡아 꿇리려 했다. 그런데 그 순간, 주희설이 오른손을 치켜들었다. 이어,

"저는 아미파 차기 장문이 아니라 현 장문입니다."

쿵!

주희설에게 달려들던 아미파 제자 모두가 주희설의 오른손에 끼어진 백옥쌍지환(白玉雙指環)을 보고 충격을 받은 듯 그 자리에 멈춰 서는 것이었다. 그리곤 한쪽 무릎을 땅에 꿇고 일제히 외쳤다.

"신임 장문인을 뵙습니다!"

집법장로조차 전의를 상실한 듯 멍한 모습이었다. 그것은 바로 아미파 장문인의 표식이었으니 어찌 놀라지 않겠는가.

"그걸 어떻게 네가?"

"제가 말씀드리지 않았습니까. 아미신녀님께서는 이미 모든 걸 알고 계셨다구요. 이미 등선하기 전 원영 사태께 이 쌍지환을 받아놓으셨습니다. 그래서 원영 사태께서는 이 반지를 찾기 위해 차일피일 장문 취임식을 연기하신 겁니다."

주희설을 더 이상 어쩔 수 없다고 판단한 원지 사태는 그 자리에 무릎을 꿇으려 했다. 현 장문인을 능욕했으니, 그 죄는 집법장로인 그녀가 누구보다 잘 알 터였다. 이를 눈치 채고 주희설이 급히 말렸다.

"원지 사태께서 지금 여기에서 무릎 꿇으신다면 아미파 제자 모두가 그 일을 알게 됩니다."

"어쩌겠나, 아미신녀님께서 이미 다 알고 대비를 하셨다는데."

"아미신녀님은 그걸 원치 않으셨으니, 저와 들어가서 마저 말씀하시지요."

이렇게 되자 원지 사태는 주희설의 뜻대로 할 수밖에 없었다.

찻잔도 놓여 있지 않은 빈 탁자를 마주한 한철빙면 주희설과 집법장로 원지 사태는 둘 모두 표정이 그늘이 드리워 있었다. 과거 아미파가 저지른 참혹한 일에 대한 얘기를 꺼내야 했으니, 둘 모두 편치 않은 마음이 드러난 것이었다.

"백여 년 전에 천강혈마는 혈마존의 도움으로 동골탈태(童骨脫態)에 성공했네. 하지만 그 후 삼십육 년 동안 채 한 살도 안 된 어린아이의 모습으로 살아야 했지. 번데기가 성충이 되기 위해서 오랜 기간 잠을 자듯 말일세."

주희설에게 사정을 설명하는 원지 사태의 목소리는 이전과 달리 차분했다.

"하지만 동골탈태를 도와준 혈마존은 오히려 진원진기에 손상을 입었다고 하네. 그때가 아마 혈마존이 가장 약했을 때였다고 하더군. 그래서 그는 내력이 회복될 때까지 혈교를 떠나 깊은 산골에 숨어들었다네. 이때 천문을 읽은 아미신녀님이 마교의 전임 교주 묵염마제(墨炎魔帝)와 함께 그를 찾아낸 것이네."

"왜 하필이면 마교의 교주를……."

"혈마존을 완전히 죽이려면 마(魔)의 힘이 필요했지. 만일 혈마존이 자비를 베풀어달라고 하면 아미신녀님는 모질게 죽이지 못할 테니까. 어찌 됐든, 결론은 혈마존을 그 자리에서 죽였네. 하지만 천강혈마가 문제였지."

"그 당시도 혈교를 멸문지경에까지 이르게 했다고 알고 있습니다만……."

"그랬었지. 하지만 어린아이의 모습으로 화한 천강혈마를 찾지 못하고 말았지. 그 동태환골 상태인 천강혈마는 아미신녀님도 천문으로 찾지 못했다고 하네. 마성(魔性)이 잠들어 있는 이상 아미신녀님도 이를 구별해 내기 힘들었다고 하더군."

여기까지 듣던 주희설은 당시 아미신녀가 천강혈마를 잡지 못한 것이 안타까워 짧은 한숨을 내쉬었다.

"그렇게 세월이 흘러 혈교가 다시 부활했네. 천강혈마 그가 다시 나타난 것이지. 하지만 혈교에 있는 천강혈마는 가짜였어. 사부 혈마존이 아미신녀와 묵염마제에게 죽은 걸 알았으니, 일부러 가짜 천강혈마를 세워놓은 것이지."

"그럼 진짜는 어디에 있었죠?"

"아무도 몰랐네. 하지만 그가 강호 문파 곳곳에 자신의 세력을 침투시키고 있다는 것을 보면, 필시 다른 문파에 잠입해 있는 것이 분명했지. 그런데 이십 년 전 드디어 천강혈마의 꼬리가 잡혔네. 그것도 우리 아미파에서 말일세."

마침내 아미파 관련 얘기가 나오자 주희설은 자신도 몰래 긴 한숨을 내쉬었다.

"아미 제자 하나가 백 일이 지나지 않은 어린아이를 잡아가는 혈교인을 잡은 거야. 그것도 자결하기 전에 재빨리 혼혈을 짚은 상태로 말이야."

"하지만 알아내기 어려울……."

주희설은 무엇을 질문하려다 말고 눈을 질끈 감았다. 이는 분명 원지 사태가 얘기하기 전에 어떻게 알아냈는지 눈치 챘음이었다.

원지 사태도 그녀가 짐작하는 것을 바로 확인시켜줬다.

"맞네. 그자에게 초홍이란 아이에게 먹인 것과 같은 미혼심령향을 먹였네. 그래서 천강혈마가 백 일이 지나지 않은 아이들을 모아 영체역환대법(靈體易換大法)이란 사술로 혈마존을 부활시킬 정보를 알아냈지. 하지만 이를 그냥 두고 볼 수가 없지 않겠나?"

"그래서 아미파 제자가 될 아이들의 머리에 금제를 심어 보낸 것입니까?"

주희설의 다소 격앙된 물음에 원지 사태는 눈을 질끈 감고 대답했다.

"천강혈마가 혈마존의 육체를 그냥 고를 턱이 있겠나? 자질이 뛰어나지 않은 아이는 바로 그 자리에서 죽여 버리네. 그렇다고 단시일 내에 백 일이 지나지 않은 아이들을 찾을 수도 없었지. 그래서 아미파 제자로 들어온 아이들 중에 자질이 뛰어난 아이들만 선별해서 금제를 심어놓은 것이네. 만일 대법이 아미파에서 보낸 아이들에게 시전되면 혈마존은 영혼마저 사라져 버릴 것이 아닌가.”

“그래서 그 많은 아이들을……!”

“작은 희생으로 큰 희생을 막을 수 있다면 그것이 낫지 않겠나? 만일 그때 혈마존이 부활하지 못했다면 지금 혈교의 발원이 있을 것이라 생각하는가? 벌써 사천 지역에서만 수천 명이 혈교 무리의 손에 죽었네.”

“그럼 아이들의 혈도를 천음절맥처럼 좁혀놓은 이유는 무엇입니까?”

“어차피 사술이 끝나면 혈교에서 죽여 버릴 아이들이었네. 또 혈마존이 만일 부활한다고 해도 그 아이들의 몸으로는 얼마 살지 못할 게 아닌가?”

“이미 그 아이들 머리에 복마진이라는 금제가 있었지 않습니까?”

주희설의 한탄에도 원지 사태는 단호하게 말했다.

“큰일을 도모할 때는 작은 정에 얽매이지 않는 법이네. 만일 천강혈마가 삼룡이 그놈처럼 금제를 풀어버리면 어떻게 되겠나? 우리가 혈마존 그놈에게 좋은 일을 한 것이 되는 것이지. 그래서 혈도에 손을 댄 것이네. 하지만 우리 생각이 짧았지. 천강혈마가 아미파에마저 첩자를 깊이 심어놓았을 줄은 몰랐으니까."

"제가 읽은 첩지에는 이렇게 쓰여 있었습니다. 아미신녀님이 가셨을 때는 초홍이란 아이를 빼고는 이미 아미파에서 보낸 아이들이 모두 죽임을 당하고 있었다구요."

"알고 있네, 우리가 얼마나 어리석은 일을 저질렀는지."

"그렇게 잘못을 깨닫고 계신 분들께서 그 아이를 또 죽이려 했습니다. 금정선원을 아미파 수족으로 만들고 껍데기만 남은 초홍이마저 죽이려고 말입니다."

"그건 아니네. 정말 아니야!"

원지 사태의 강한 부정에도 주희설의 의심의 눈초리는 바뀌지 않았다.

"그럼, 저에게만 있을 미혼심령향이 어째서 원지 사태님 침소에 있는 이유는 무엇입니까? 분명 제게만 있다고 하지 않으셨나요?"

주희설은 말과 함께 미혼심령향이 담긴 합을 탁자에 올려 놨다. 그 합을 보는 순간 원지 사태의 눈빛은 심하게 흔들리고 있었다. 차마 들켜서는 안 될 치부를 들켜 버렸으니, 더 이상 변명거리도 없었다. 그때였다. 잠시 고민하던 원지 사태는 번쩍 손을 들어 자신의 천령개를 내려쳐 자결을 하려 했다. 하지만,

"멈추세요."

차가운 주희설의 말에 원지 사태는 얼어붙은 듯 동작을 멈

쳤다.

"내 몸이 대체 왜? 내게 언제 미혼심령향을 먹인 게야?"

"만취개 어른이 가져오신 용포차에 바로 군자산과 함께 미혼심령향이 섞여 있었습니다. 미혼심령향은 군자산 향에 묻히고, 군자산 향은 용포차에 묻히니까요."

"그럼 그때 그 일이?"

"만취개 어른을 모셔온 것도 회의실 앞에서 차를 전해 드린 것도 모두 제가 한 것입니다."

원지 사태의 뇌리에 주마등처럼 그때의 일이 머리에 스쳐 지나갔다.

"그래서 아미파 제자들의 이목을 모두 속일 수 있었군. 그래서였어. 그럼 오늘 담초홍 그 아이가 도망치라고 귀띔해 준 것이……."

"그 아이에게는 말하지 않았습니다. 삼룡 대협에게 아미신녀님의 첩지를 보내 드린 것뿐입니다."

이 소리에 원지 사태가 버럭 화를 냈다.

"어찌 본 문의 일을 그자에게 알렸는가? 그래도 자네는 아미파의 장문인이야!"

"제 뜻이 아니었습니다."

"그럼?"

"아미신녀님께서 첩지에 그리 적으셨습니다. 제가 읽은 후, 첩지를 삼룡 대협께 전하라고 말입니다."

이어 주회설은 원지 사태를 똑바로 주시했다. 그러자 주회
설의 차가운 눈빛이 점점 강해졌고, 원지 사태는 점점 겁에
질린 표정으로 그녀를 두려워하기 시작했다.

第八章

유아독존(唯我獨尊)

허허실실 虛虛實實

　최종 비무연을 남겨둔 무림대회 마지막 날 아침이 밝아오
자 제갈세가 식솔들은 더욱 분주해졌다.

　이미 제갈세가주 전각 앞에는 최종 비무연을 위해 오 척 높
이의 비무대가 설치되어 있었고, 무림맹 수뇌부들과 무림 명
숙이 앉아 관전할 자리마다 걸상과 차탁까지 모두 배치되어
있었다. 하지만 아직 그들은 할 일이 태산인 듯 보였다.

　전각 뒤쪽에 화덕 수십 개가 만들어져 있었고, 장작과 식재
료가 산처럼 쌓여 있었지만 아직도 수십 명의 일꾼이 연신 장
작과 식재료를 계속 나르고 있었다.

　이는 비무연에 참석할 사람들의 숫자가 만만치 않기 때문

이었다.

최종 출전자들의 숫자는 불과 백 명뿐이었지만 구파일방과 오대세가, 그리고 초청된 무림 명숙 숫자만 어림잡아도 기백 명은 넘었다. 그런데도 이들 모두의 식사를 책임져야 하니 오늘 하루 만들어야 할 요리의 양은 실로 궁중 연회 못지않은 것이다. 하지만 그것만 제외하면 그리 별다를 것 없는 오전이었다.

대부분 준비가 완료된 상태이니 최종 비무연만 기다리면 되는 것이다.

"와아아아아!"

최종 비무연 개시가 임박하자 출전자를 비롯해 이를 관전하는 사람들까지 덩달아 함성을 지르기 시작했다.

비무장 주위에는 용과 봉황, 호랑이, 교룡, 기린, 현무가 그려진 수십 척의 깃발이 곳곳에 나부끼고 하늘까지 청명하여 함성이 더 높이, 그리고 더 멀리 퍼지는 것 같았다.

잠시 후, 무림맹주 소림사 정명 방장을 비롯한 무림맹 수뇌부들이 모두 입장하고, 제갈세가 태상가주 제갈중문이 초정한 무림 명숙들이 한쪽 자리를 차지하자 함성 소리가 더욱 높아졌다.

이들 모두가 과거와 현재 무림맹을 움직이는 인물들이었으니 비무연에 참석한 이들의 사기가 드높아져, 출전자나 아닌 자 모두가 떠나갈 듯 함성을 질러댔다.

모두가 흥분을 감추지 못하고 기쁜 표정이 완연했지만 개소문 삼룡의 모습은 그 어디에도 보이지 않았다. 청성파의 지평이 목청을 높여 애타게 찾았지만 그는 나타나지 않았다.

이때 대산파 제자 홍연이 이 소리를 듣고 급히 장문 공손연에게 달려갔다. 벙어리인 그녀는 말을 하지 못하기 때문에 공손연의 손바닥을 펴서 그 위에 손가락으로 삼룡이 오지 않았다고 적었다. 그러자,

"잘됐어요, 언니! 그 사람 여기 안 나타나는 게 더 좋아요."

"으… 으……!"

"홍연 언니나 다치지 않게 조심하세요. 축귀 오라버니가 몸조심해야 한다고 당부했잖아요."

추면(醜面) 공손연의 말에 홍연은 얼굴이 발갛게 변해 토라지듯 몸을 돌렸다. 한데, 공손연이 하는 말을 가만히 들어보면, 축귀와 삼룡을 모두 알고 있는 게 아닌가. 게다가 그녀가 할아버지라 부르는 공손원강의 정체가 바로 인마대제였다. 그리고 인마대제가 그녀를 손녀라 불렀으니 필시 공손연 그녀는 시산노호의 딸 백서연일 가능성이 높았다.

"무림 강호의 선배, 형제 여러분 잠시만 주목해 주십시오."

오 척 비무대 위에 한 중년 남자가 서 있었다. 백색 상포를 입은 그는 바로 화산파의 장문 백광이었다. 그의 목소리를 듣자 대산파 장문 공손연의 표정이 굳어졌다.

'저 사람이 어머니를 버린 아버지.'

매화제일신검(梅花第一神劍) 백광. 그는 손에 검을 들고 있지 않고 있음에도 불구하고 검 한 자루가 그의 손에 들려진 것 같은 착각이 들 정도로 기도(氣度)가 남달랐다. 점창파 전 공장로도 그에 비하면 수준이 몇 단계 떨어져 보일 정도였다.

게다가 그의 뒤에는 화산파 십이검로(十二劍老) 열두 명이 병풍처럼 서 있었다. 그들은 모두 화산파의 원로들로서 무림 강호에 웬만해서는 모습을 드러내지 않는 별종귀인(別種貴人) 들이었다.

그런 이들이 비무대 한자리에 올라 있자 출전자들의 입은 저절로 닫혀 버렸다. 물론 그들을 보는 시선 중에는 삐딱한 시선도 있었다. 그 대표적인 것이 대산파의 공손원강, 아니, 인마대제였다.

'백광, 이 한심한 자식은 아직도 저 싸가지없는 늙은이들 을 달고 다니는군. 그러면서도 매화제일신검이라고? 흥!'

모두의 시선이 주목되자 백광이 주위를 향해 포권을 하며 감사의 뜻을 전했다.

"화산파 장문 백광입니다. 저는 이 자리에서 무림맹주 소 림사 정명 방장님을 대신해서 여러분께 오늘 중대한 발표를 하려 합니다."

"우와아, 비무대에 오르신 분이 화산파 장문 백광 대협이 시다!"

"조용, 조용합시다. 백광 대협께서 중대한 발표를 하신다고 하지 않습니까!"

여기저기에서 환호 소리와 귀를 기울이자는 소리가 한데 뒤섞여 한동안 장내가 소란스러웠다. 하지만 백광은 이를 나무라지 않고 잠잠해질 때까지 기다렸다.

"자, 모두 주목해 주시오. 이대로 날이 저물 때까지 떠들 것이오?!"

목청 좋은 한 사내의 목소리가 있은 다음에야 소란이 잦아들었다. 그러자 백광이 그 사내에게 포권을 한 후 다시 말을 이었다.

"여러분은 오늘 무림대회 최종 비무연을 앞두고 있습니다. 조금 있으면 무림대회 십룡육봉(十龍六鳳)이 결정될 것이고, 그 순위도 결정될 것입니다. 하지만 어떤 순위가 결정되든 여러분 백 명 모두는 무림맹이 찾아낸 기재입니다. 무림맹이 마교와 혈교의 압박 속에서도 건재했던 건 바로 맹주 한 사람이 뛰어난 것이 아니라, 정도를 걷는 강호문파 모두가 힘을 모았기 때문입니다."

"우와아아아!"

화산파 장문인 백광의 한마디 한마디는 출전자들뿐만 아니라 주위에 있는 모두에게 용기를 불어넣고 있었다. 물론 인마대제는 제외하고 말이다.

'마교는 입만 산 니들이 한심해서 건드리지 않은 것이다,

이 화산파 대표 멍충아!'

"하지만 근래 들어 혈교의 무리의 움직임이 심상치 않습니다. 그들은 마교를 무너뜨리고 무림맹까지 와해시키기 위해 같은 비열한 수법을 동원하고 있습니다."

'마교가 무너지긴 뭐가 무너져? 그러니 네놈이 한심하다는 게야.'

"하여, 무림맹에서는 오늘 중대한 결정을 하기에 이르렀습니다. 향후 빠른 시간 안에 그동안 미뤄왔던 본 맹을 설치할 것이고, 새 맹주를 추대할 것입니다."

"차기 맹주는 화산파 장문인께서 맡으셔야 합니다!"

"맞습니다. 무공으로 보나, 인품으로 보나 화산파 장문인 백광 대협밖에 없습니다!"

차기 맹주 얘기가 나오자 모두 화산파 장문인을 추대하는 목소리가 우세했다. 개중에는 자신이 속한 문파의 수장을 거론하는 자들도 있었으나, 그들의 목소리는 어디까지나 소수였을 뿐이다.

물론 홀로 화산파 장문인을 욕하고 있는 한 사람도 있었다.

'한심한 놈이 무림맹주가 되면 아주 볼 만하겠어. 혈마존 자식이 아주 박수치고 좋아할 게야. 무림맹이 드디어 쥐새끼보다 못한 놈을 맹주 자리에 앉혔다고 말이야.'

인마대제가 속으로 욕한 다음 순간,

"새로운 맹주는 화산파 장문인인 제가 아니라 이번 무림대회 출전자들 중에서 나올 것입니다."

백광의 파격적인 선언에 오히려 주위가 쥐 죽은 듯이 조용해졌다. 이는 그가 무슨 말을 하는지 그 뜻을 알지 못했기 때문이다.

"바로 오늘 비무연의 우승자에게 맹주 직에 추대할 것이니, 출전자 여러분께서는 모두 맹주 후보자가 되는 겁니다. 그러니 모두 비무에 최선을 다해주시기 바랍니다."

화산파 장문 백광이 이 말을 끝으로 포권을 하고 물러갈 때까지 아무도 반응을 보이지 못했다. 이번엔 말뜻을 이해하지 못한 것이 아니라 그의 말이 믿어지지 않은 것이다.

"정말 우리 중에 무림맹주가 나오는 것이오?"

"방금 화산파 장문인께서 직접 하신 말씀이 그 뜻이 아닙니까?"

모두가 믿으려 하지 않자 현 무림맹주 정명 방장이 직접 나와 소림사 제자가 무림대회에 참여하지 않겠다고 선언함으로써 상황이 돌변했다.

"그럼 누구든 비무에서 우승하면 무림맹주에 오를 수 있다는 말이잖아."

"태산북두 소림사 승려들이 비무연에 나오지 않으니 우리도 가능성이 있는 거야. 화산파 세사를 이기면 무림맹주가 되는 거라구!"

한순간에 무림대회의 사기가 오르고, 출전자들 저마다가

필승의 다짐을 하며 전의를 다지기 시작했다. 그리고 다음 순간 초식 재연으로 최종 비무연 출전자를 뽑으려 하는 이유를 부맹주 제갈서천이 직접 설명하자 명문대파의 무공을 직접 배울 기회가 된다며 이 또한 환호했다.

부맹주 제갈서천은 자신의 의도대로 최종 비무연이 무리 없이 진행되어 가자 얼굴에 미소가 지워지지 않았다.

'이제 내 아들 건이가 십룡 안에 들면 더 이상 부러울 게 없겠어.'

초식 재연은 한 문파의 장로나 사범이 시범을 보이면 백 명 모두가 따라 하다가 그중에 제일 실력이 떨어지는 자들을 떨어뜨리는 방식이었다. 이 때문에 관전자들 중에서는 출전자들을 부러워하는 목소리가 한둘이 아니었다.

하지만 초식 재연이 시작되자마자 곤륜파 백미서생(白眉書生)의 초식을 재연한 대산파 제자 둘이 떨어지고, 다시 종남파의 벽산 진인의 초식을 재연한 대산파 제자 셋이 한꺼번에 떨어지자 여기저기에서 수근거리는 소리가 들렸다.

분명 대산파 제자들의 초식 재연이 다른 문파의 제자들보다 떨어지는 면이 없었는 데도 불구하고 연거푸 떨어지는 점이 의아했던 것이다.

반면 대산파 장문인 공손연은 이에 굴하지 않고 제자들을 계속 초식 재연에 참가시켰다.

여기에 청성파의 지평조차 화산파 서악노군의 초식 재연에서 발군의 실력을 보였음에도 떨어지자 현무패 출전자를 떨어뜨리기 위한 고의성이 짙다는 얘기가 관전자들 사이에서 돌았다.

"이상해. 현무패를 가진 사람 위주로 떨어뜨리고 있는 것 같아."

"지금 무슨 소리를 하는 겐가? 나는 전혀 모르겠는데."

"자네는 보고도 모르겠나? 내 보기엔 저들 모두가 초식 재연에 뛰어난 재능을 보였어. 그런데 왜 떨어졌다고 생각하나?"

"그럴 리 없네. 저분들 모두 정도를 표방하는 무림 명숙들이 아닌가?"

"한두 번이야 그렇다고 치지만 벌써 여섯 번째네. 이럴 줄 알고 어제 그 사천괴물이 출전하지 않은 거야. 출전해 봐야 떨어뜨릴 게 분명하니까. 생각해 보게. 예전처럼 경공으로 결전하지 않고 갑자기 초식 재연을 하겠다고 하는 것 자체가 이상하지 않나?"

"설마, 그렇게야 하겠나?"

"이 사람, 자네는 눈도 없나? 자네도 유심히 지켜보란 말이야."

이런 관전자들의 시각은 대게 비슷했다. 하지만 신생 문파의 일이기 때문에 모두들 크게 문제를 부각시키지 않았다. 그리고 마침내 대산파 제자들이 모두 초식 재연에 떨어지자 신기하게도 더 이상 공정성 문제는 일어나지 않았다. 그런데 바로 그때,

한쪽에서 초식 재연을 관람하고 있던 대산파 장문인 공손연이 신호를 보내자 초식 재연에 떨어진 대산파 제자들과 관전을 하고 있던 제자들 모두가 비무대 주변으로 흩어졌다. 하지만 이들을 주시하는 이들은 없었다. 며칠 동안 화려한 비단 옷을 입었던 이들이 오늘은 평범하기 그지없는 무복을 입고 있어 시선을 덜 받게 된 것이다.

물론 이 또한 대산파 장문 공손연이 치밀하게 계획한 것이었다. 그녀가 바라는 것은 무림대회 우승이 아니라, 무림맹 관계자들이 모이는 바로 오늘이었으니 말이다.

순식간에 대산파 제자들이 각 위치에 서서 장문인 공손연의 결정만 기다리고 있었다. 그런데 그때 인마대제의 전음이 들렸다.

"서연아, 진정 이들을 모두 죽일 셈이냐?"

갑작스런 인마대제의 전음에 공손연, 아니, 백서연은 입술을 꾹 깨물며 전음을 보냈다.

"지금 그 말씀, 인마대제라 불리는 할아버지답지 않으시네요."

"천륜을 어기는 것이다. 한심한 놈이지만 그래도 네 아버지이니 다시 생각해."

“어머니를 버렸을 때, 그때 아버지는 돌아가셨습니다.”

“인석아, 저기 너랑 똑같이 생긴 언니가 보이지 않는 게냐? 네 쌍둥이 언니 말이야.”

인마대제의 전음에 백서연은 비무대 위에 초식 재연을 하고 있는 비무대 위를 올려다봤다. 하지만 그녀의 눈동자는 흔들리지 않았다.

‘몽연 언니, 미안해.’

이윽고 마음의 결정을 내린 백서연은 역용술로 화한 인피 면구를 뜯어내려 했다. 그것이 신호였다. 대산파 제자들이 가지고 있는 독탄을 터뜨리는 시초가 말이다. 하지만 그때 뜻밖에 목소리가 전음으로 들렸으니,

“서연아, 잠시만!”

전음을 듣는 순간 백서연은 얼음 석상처럼 몸이 굳어졌다. 추면인 그녀의 얼굴을 알아볼 사람이 도대체 누구란 말인가.

‘그럴 리 없어. 날 어떻게 알아보고!’

그녀의 생각까지 읽었는지, 목소리의 주인이 다시 전음을 보냈다.

“축귀에게 들었어. 그날 적마(赤魔)라는 분이 널 구해주었다는걸. 지금 여러 말 할 시간없으니 네 할아버지와 함께 어서 여긴 떠나.”

‘날 보고 있어? 대체 어디에서?’

서둘러 고개를 두리번거리던 그녀의 눈에 드디어 삼룡의

모습이 눈에 들어왔다. 제갈세가주 전각 위, 맨 꼭대기에서 그가 그녀를 쳐다보고 있었다.

"대체 언제부터 보고 있었던 거야?"

"처음부터. 네 눈빛을 보자마자 알아챘다. 전에 네 언니를 보고 너라고 착각한 적이 있었지만, 이번엔 아니야. 그래서 초식 재연도 참여하지 않고 계속 너만 보고만 있었어."

"바보!"

삼룡과 백서연 둘 사이의 전음은 초식 재연이 거의 끝나갈 때까지 계속되고 있었다. 그리곤 무슨 말을 들었는지, 그녀는 다시 제자들을 불러 모아 비무장을 빠져나갔다.

초식 재연에서 제외될 서른여섯 명 중 단 두 명 출전자를 남겨둘 무렵, 한 인형(人形)이 초식 재연을 펼치고 있는 비무대 한가운데에 뚝 떨어지듯 나타났다. 순간 그를 알아보고 출전자 한 명이 비명을 지르듯 외쳤다.

"사천괴물!"

삼룡, 바로 그가 비무대 위에 떡하니 나타나자 초식 재연을 하고 있던 능운비의 아미가 자연스레 굳어졌다.

'이제야 나타났군. 네놈이 왜 안 보이나 했다.'

삼룡이 뒤늦게 비무대에 오르자 그를 끌어내려야 한다는 음성이 여기저기에서 들렸다. 특히 종남파 도사들의 목청이 드높았는데, 이는 삼룡이 종남파 수제자 육궐을 탈락시킨 이가 바로 삼룡이었기 때문이다.

주위를 돌아보던 삼룡이 돌연 맹주 정명 방장을 향해 소리
쳤다.

"맹주님, 아직 초식 재연이 끝나지 않았으니 제게도 기회
가 있는 게 아닙니까?"

삼룡의 외침에 정명 방장은 미소만 지을 뿐, 이렇다 할 대
답을 하지 않았다.

대신 무림맹 수뇌부들이 제각각 삼룡의 자격을 논하기 시
작했다. 하지만 반대 의견이 압도적이었다. 처음부터 초식 재
연에 참여하지 않았다는 것이 그 이유였다.

분위기가 삼룡의 탈락을 확정하려 할 때 만취개 조량이 화
산파 장로 서악노군을 물고 늘어졌다.

"화산파는 은혜도 모르는 겐가?"

"어찌 화산파가 은혜를 모른단 말이오? 그리고 저 삼룡이
란 자와 본 문이 대체 무슨 상관이란 말입니까?"

서악노군이 발끈해도 만취개는 코웃음을 치며 비웃었다.

"흥, 아예 잡아뗄 모양이로구먼."

"아무리 무림 선배라고 하지만 이건 너무 심한 처사요. 만
일 이유없이 본 문을 헐뜯는 것이라면, 저희 장문인께서 가만
있지 않을 것입니다."

서악노군이 길길이 날뛰자 그제야 만취개가 이유를 설명
했다.

"강시들이 습격해서 화산파 제자들이 속절없이 죽어나갈 때 누가 구해주었는지를 잊었소?"

"그거야 장로님께 따로 고맙다고 인사를 드렸잖습니까? 하지만 이 일이 개방과는 아무 관련이 없는 일이 아닙니까? 제가 장로님 편을 들지 않아서 섭섭한 것이라면 이쯤에서 제가 양보하지요."

화산파 장로는 그때의 일을 삼룡이 아니라 개방신룡, 즉 개방의 이름 높은 고수가 도와준 것으로 생각했던 것이다.

"내가 알아보니 개방 제자 중에는 화산파를 도와준 사람이 없더이다."

"그, 그럴 리가! 분명 제자들이 얼굴은 제대로 보지 못했지만, 개방 제자가 분명하다고 했습니다. 한데 그게 저 삼룡이란 자와 무슨 상관이란 말입니까?"

"저 녀석이 얼마 전까지 봉두난발에 개방 거지 꼴을 하고 다니는 것을 몰랐던 게요? 아니면 알고도 모른 척했던 겁니까?"

만취개의 추궁에 화산파 서악노군 삼룡을 훑어보더니 이내 제자들을 불러들였다. 그러자 한 제자에게서 삼룡이 그때 도와줬을 것 같다는 증언이 나왔다.

"모습이 많이 달라서 잘 모르겠으나 체격은 비슷한 거 같습니다. 좀 전에 비무대에 나타났을 때 몸놀림과 개방신룡이 대나무에서 내려섰을 때 몸놀림하고도 비슷했습니다, 장로님!"

이윽고 고개를 갸웃거리던 서악노군이 삼룡에게 소리쳐 물었다.

"소협, 얼마 전 대나무 숲 전각에 나타난 강시를 처리한 일이 있소?"

그러자 이내 삼룡이 대답했다.

"있습니다. 숫자가 많아서 팔이 좀 아팠죠."

삼룡의 대답에 화산파 서악노군의 안색이 파리하게 변했다. 화산파 제자들이 몰살될 위기에서 구해준 그가 바로 눈앞에 있지 않은가. 그는 서둘러 무림맹 관계자를 설득시켜 그에게 초식 재연 기회를 주어야 한다고 주장했다.

만약 기회를 주지 않으면 화산파는 더 이상 무림맹에 관여하지 않겠다는 협박도 곁들이면서 말이다. 그러자 극렬 반대를 했던 종남파 벽산 진인도 할 수 없이 인정해야 했다. 하지만 조건이 따라붙었다.

바로 지금까지 그가 하지 않았던 초식 재연을 모조리 통과한 다음에야 자격을 주겠다는 조건이었다.

만취개가 그의 불순한 의도를 알아채고 버럭 화를 냈지만, 무림맹주 정명 방장이 벽산 진인의 편을 들어주자 그도 어쩔 수 없었다. 그래서 종반으로 치닫던 초식 재연이 잠시 멈춰지고 삼룡 홀로 비무대 위에 남게 되었다.

먼저 삼룡이 초식 재연을 해야 할 초식은 종남파 벽산 진인의 태을구천(太乙九天) 초식이었다. 이 검초식은 삼룡이 떨어뜨린 종남파 제자 육궐이 삼룡을 상대할 때 구사했던 태을무형검법(太乙無形劍法)의 한 초식이었는데, 그 재연 난이도가 이전보다 높아 만취개와 화산파 서악노군의 눈살을 찌푸리게 만들었다.

벽산 진인은 삼룡을 반드시 떨어질 수밖에 없을 것이라 확신하고는 일부러 다른 사람이 모두 들을 수 있도록 초식을 설명했다.

"이 태을구천 초식은 발검(拔劍)과 함께 아홉 번의 변화가 있어야 하는데, 그중 다섯 번은 강하게 또 네 번은 약하게 해야 하며, 내력을 하단보다 상단에 고루 분포시켜야 한다."

이어 벽산 진인은 발검과 함께 아홉 번 변화가 일어나는 쾌속한 초식을 삼룡의 눈앞에서 보란 듯이 펼쳤다.

'흥, 네놈이 이 초식을 한 번 보고 따라 할 수 있으면 내가 여도사, 도고다, 도고!'

가유성의 삼룡의 앞에서 비웃음을 머금고 그가 초식을 펼치기만을 기다릴 때였다. 삼룡이 별안간 자신의 목검을 허리춤에 찔러 넣고 손을 내밀었다.

"헤헤, 죄송한데 그 검 좀 빌려주시죠? 장로님께서도 보다시피 제 검은 목검이라서 발검을 할 수가 없습니다요."

삼룡이 자신을 낮추고 굽실굽실하자 순간 벽산 진인의 표정이 볼만했다. 그는 원래 돈을 밝히는 종남파 도사가 아니던가.

'뭐야, 이 자식! 철검 하나 없는 거지잖아.'

벽산 진인의 벌레 씹는 표정에도 아랑곳하지 않고 삼룡은 여전히 손을 내밀고 있었다. 하지만 주위에 보는 눈이 있으니 검을 빌려주지 않을 수가 없었다.

"감사합니다, 어르신!"

삼룡에게 자신의 검을 건넨 벽산 진인은 초식을 재연하자마자 탈락이라 외칠 작정이었다. 한데, 삼룡이 가유성의 검을 가지고 연습 삼아 이리저리 휘두르는 것이 문제였다.

"어, 이렇게 하셨던가? 아니, 이랬던가?"

삼룡이 무심코 휘두르는 검법이 점점 변하가 심해지더니 태을구천 초식이 태을십천, 태을이십천 초식으로 변화했고, 이윽고 태을만변(太乙萬變) 초식이 되었다. 삼룡이 그 짧은 시간에 아예 검초식을 재창조한 것이다. 순간,

"우와아아! 우아아아!"

비무대 주변에 있던 관전자와 출전자 모두 삼룡의 검초식에 환호성을 질러댔다. 이 같은 반응이 벽산 진인 가유성에게는 압력으로 작용했다. 그가 삼룡이 초식을 전개한 다음 무조건 탈락이라고 외치면 그뿐이지만 지금의 환호는 어찌한단 말인가.

'이 자식, 치졸한 수를!'

벽산 진인이 삼룡을 뚫어지듯 노려봤지만 삼룡 속없이 웃

으며 이렇게 말했다.

"이제 준비가 끝났으니 태을구천 초식을 펼쳐 보겠습니다, 장로님!"

"그, 그러시게."

주변에 그치지 않는 환호 때문에 벽산 진인은 화를 내지도 못했다. 물론 삼룡의 초식 재연이 조금이라도 미진하면 당장 탈락을 외칠 각오는 여전했다. 다음 순간, 삼룡이 태을구천 초식을 전개하자 또다시 환호성이 들렸다.

"대단하다, 사천괴물!"

"맞아. 저런 실력자가 숨어 있었다니."

벽산 진인이 뭐라 말하기도 전에 주변에는 이미 결과가 나와 있었다. 더구나 이전에 대산파 제자들이 잘하고 떨어진 터라 삼룡을 응원하는 목소리가 더욱 커져 있는 상태였다.

'이거 탈락이라고 했다간 돌에 맞아 죽겠어.'

벽산 진인은 주위를 돌아보다 말고, 힘없이 초식 재연 통과를 외쳤다. 물론 그가 아직 삼룡을 떨어뜨릴 수 있는 방법은 많았다. 자신의 입김이 닿는 다른 문파 장로들에게 눈짓만 해도 되니 말이다. 하지만 그건 벽산 진인의 오판이었다.

삼룡은 진검이 없다는 핑계로 눈앞에서 재연할 초식보다 수준 높은 초식을 보였고, 그때마다 그를 떨어뜨리면 안 된다는 목청이 높았다. 물론 삼룡이 이같이 하는 데는 이유가 있었다.

한 번 본 초식, 그것도 요결 몇 마디 해준 것으로는 이 같은 호응을 이끌어내기는 무리가 있었다. 하지만 그것을 기본으로 자신의 검법으로 재창조한다면 얘기가 달라지는 것이다. 그래서 삼룡은 재해석한 자신의 검법을 시범으로 보이고, 그 다음에 초식 재연을 한 것이다.

벽산 진인이나 다른 문파의 장로들도 이를 모르는 바는 아니었으나 그 또한 실력이니 어쩔 수가 없는 것이었다. 대체 누가 초식을 한 번 보고 요결 몇 마디로 검법을 재창조하겠는가.

모두 말은 안 했지만 저마다 삼룡의 무위(武威)에 감탄하고 있었다. 특히 부맹주 제갈서천의 눈빛이 예사롭지 않았다.

'아깝다, 아까워. 세상에 저런 기재가 다 있단 말인가! 게으르긴 하지만 어떻게 해서든 저 삼룡이란 자를 내 사람으로 만들어야겠어.'

이윽고 삼룡이 마지막 두 명이 떨어진 초식 재연까지 모두 통과하자 종남파 벽산 진인은 걸상에 손바닥을 내려치며 불편한 감정을 드러냈다. 하지만 어쩌겠는가, 이미 삼룡이 예순네 명이 겨루는 최종 비무연에 입성한 것을.

삼룡이 비무내에서 내려오자 정성파의 지평이 머리를 긁적이며 삼룡에게로 다가왔다.

"역시 형님은 다르시군요. 저는 실력이 없어 그만 고배를 마셨습니다."

평소처럼 친근하게 대하는 지평이었지만 삼룡의 반응은 조금 냉담했다.

"수고했다. 가서 쉬어."

"네?…네, 알겠습니다. 그럼 삼룡 형님, 목표 이루세요."

지평도 민망했는지 고개를 재빨리 숙이고는 이내 어디론 가로 사라졌다. 삼룡은 그의 뒷모습을 보며 혼자 중얼거렸다.

"글쎄, 생각이 조금 바뀌었다."

그 시각, 귀주 혈교 총단에 전서구 수천 마리가 한꺼번에 날아들었다. 전서구 다리에 달린 전통마다 황금색과 붉은색 수실이 함께 치장되어 있는 것이, 모두 화급을 요하는 특급 전서가 들어 있음이 분명했다. 이 때문에 마영대(魔影隊) 전 각은 이 전서구를 처리하느라 마비가 될 지경이었다.

쿵쿵쿵, 쿵쿵쿵!

화급한 발걸음 소리는 전각 전체를 뒤흔들 정도로 크게 울리고 있었다. 마영대원들은 저마다 전통 수십 개씩을 들고 천리마군 집무실 앞으로 향했다. 하지만 그의 집무실 앞에는 먼저 당도한 마영대원들이 진을 치고 있었다. 바로 그 순간,

쾅!

무언가 부서지는 소리와 함께 천리마군 독고천의 괴성이 요란하게 울려 퍼졌다.

"인마대제가 살아 있다니? 게다가 본 교 절반의 세력을 가진 마불이 부대주를 죽이고 배신을 해? 게다가 각 지역 분타가 모조리 복속이 된 게 아니라니? 어떻게 이런 일이 있을 수가 있다는 거냐?"

한바탕 고성이 있은 다음 그의 앞에 있던 마영대 대원 몇 명이 그의 장풍에 맞아 사방으로 날아가며 부딪쳤다.

"으아아아!"

쿠앙! 쾅!

눈이 뒤집힌 천리마군은 눈에 보이는 마영대원 모두를 죽일 작정을 했는지, 닥치는 대로 잡아 일격을 날렸다. 하지만 도망가는 마영대원은 누구 하나 없었다. 이들 모두 천마신교의 인물들이 아닌, 천리마군 그가 키운 혈교의 세력이었으니까.

이윽고 수십 명을 죽인 천리마군이 진정될 기미가 보이자 한 마영대원이 이렇게 말했다.

"총단도 더 이상 안전하지 않습니다. 마불 황일비의 삼마대(三魔隊)가 그동안 본 교에 협조하던 장로를 죽이고, 원로들과 함께 이쪽으로 오고 있습니다. 그중에는 전 교주이신 묵염마제도 있습니다. 어서 피하십시오, 천리마군님!"

"묵염마제까지 살아 있다니?! 허, 이 모두가 마불 그놈 싯이야. 그놈이, 그놈이 내 모든 걸 무너뜨렸어!"

"아직 점창산에 혈교의 본 세력이 남아 있고, 월영대(月影

隊)와 혈검대(血劍隊) 세력이 배신하지 않았으니, 이들과 빠져나간 후 후일을 도모하셔야 합니다.”

“그깟 쭉정이 같은 놈들 천 명이 있으면 뭐 하느냐! 차라리 천마비교에 불을 지르고 탈출하겠다!”

천마비고(天魔秘庫)는 무공 비서를 비롯한 천년마교의 비밀이 간직된 중요한 곳이었다. 게다가 이곳이 혈교의 총단이 되면서 혈교가 간직한 무공서와 사술이 적힌 비서를 모두 이곳에 옮겨놓은 것이다.

만약 이것이 인마대제의 손에 넘어간다면 혈교의 입장에서는 회복하지 못할 피해를 입는 것이다. 하지만,

“천마비고는 이미 삼마대에게 장악되어 있습니다. 그들이 가장 먼저 신경 쓴 곳이 바로 그곳입니다.”

“으아아아! 인마대제와 마불에게 완전히 속았어. 수백 년 대업이 하루아침에 흔들리다니. 마존께서 날 용서하지 않으실 게야.”

“부교주님, 이대로 머물 시간이 없습니다.”

마영대원의 재촉에 천리마군 독고천은 눈물을 머금고 서둘러 전각을 빠져나와야 했다.

．

최종 비무연은 본선 비무와 달리 선택권이 없었다. 비무 담당자가 임의로 예순네 명의 대진표를 작성해 비무를 진행시킨다. 해서 비무에 한 번 승리하면 서른두 명이 겨루는 비무

에 진출하고, 거기에서 이기면 열여섯 명이 겨루는 비무에 진출하는 방식이었다.

물론 쉬운 상대를 맞으면 그만큼 유리한 점은 있었다. 하지만 실력이 비등한 최종 비무연이라 이를 문제 삼는 자는 없었다.

드디어 최종 비무연이 시작되자 치열한 접전이 펼쳐졌다.

모두 최종 비무연에 올라온 기재들이라 하나같이 평범한 자가 없었다. 특히 두각을 나타나는 이가 바로 화산파 제자 장지량과 백몽연, 아미파 조영, 곤륜파 홍기, 남궁세가 남궁웅, 제갈세가 제갈건, 점창파의 능운비 같은 구파일방과 오대세가의 자제들이었다. 하지만 아직 자신의 순서가 아닌 삼룡은 한구석에 쪼그려 앉아 꾸벅꾸벅 졸고 있었다.

하늘이 떠나갈 것 같은 환호성에도 눈앞에 그림처럼 펼쳐지는 공방에도 삼룡은 여전히 눈을 뜰 생각을 하지 않고 있었다. 하지만 그가 진짜 졸고 있는 것은 아니었다. 곧 축귀의 전음이 삼룡의 귀에 들렸다.

"사부님이 능운비를 상대하면 바로 작전이 개시될 것입니다. 인마대제님과 일추 대사의 지휘로 환영비마대(幻影秘魔隊)와 소림사 백팔나한이 제갈세가에 숨어 있는 혈랑대 놈들을 이미 포위했습니다."

"알았어, 너나 몸조심해. 넌 홍연 아가씨를 지켜줘야 하잖아."

"예, 사부님. 그래도 서연 아가씨가 도와줘서 조금 수월합
니다. 어쨌거나 사부님도 몸조심 하십시오. 혈마존 능운비는
인마대제님도 어려워하시는 잡니다."

"그건 내가 알아서 하마."

축귀의 전음이 끊기자, 이번엔 만취개의 전음이 들렸다.

"무영아, 혈마존을 잡기 위한 덫은 이제 다 준비가 되었다.
하지만 난 네가 걱정이로구나."

"전 삼룡입니다, 만취개 어르신."

"그래 삼룡이라고 하마. 이제라도 빠질 생각은 없는 것이
냐?"

"만취개 어른은 참 변덕도 심하십니다. 그렇게 겁나시면
혼자 빠지세요. 전 서연이와 한시바삐 혼례를 치르기 위해서
라도 저 혈마존인지 뭔지를 잡아야 합니다."

"옳구나, 네 녀석이 변한 것이 모두 그 서연이란 아이 때문
이었어. 아무튼 무운(武運)을 빈다."

만취개의 전음이 끊긴 지 얼마 되지 않아 드디어 삼룡의 이
름이 호명되었다.

"으아함, 내 차례인가?"

한껏 기지개를 켠 삼룡은 어슬렁어슬렁 비무대에 올랐다.
하지만 그가 비무대에 올라가자마자 환호성이 여기저기에서
터져 나왔다. 그는 이제 더 이상 비웃음과 조롱거리가 아니었
다.

이는 그가 펼친 초식 재연 때문만이 아니었다. 그를 뒤늦게 알아본 화산파 제자들이 그때의 얘기를 퍼뜨린 결과였다. 물론 얘기가 전달되다 보니 자연스럽게 과장되는 것은 어쩔 수 없었다.

"우와, 개방신룡이 삼풍대협이었을 줄이야."

"이 사람아, 난 처음부터 알아봤다니까. 은형강시 백 구를 홀로 해치우신 분인데 그 실력을 온전히 감출 수가 있겠나?"

"무슨 소리야? 내 듣기론 은형강시 삼백 구라 들었네만."

"그런가? 난 백 구라고 들었네만. 아무튼 저 삼룡 대협님은 하늘이 내리신 무림의 보배일세. 지금 같은 난국에 저런 분이 출연한 것은 결코 우연이라고 할 수 없지. 암!"

여기저기에서 온통 삼룡을 칭찬하는 목소리가 대다수를 차지하자 이를 듣는 능운비의 표정은 점점 일그러지고 있었다.

'흥, 무림영웅이 또 하나 탄생했군. 하지만 오늘 이후로 저 놈을 볼 수 있는 자는 없다. 맹주 자리에 오르자마자 내 손으로 직접 죽여 버릴 테니까.'

이어 삼룡의 비무 상대가 비무대에 오르자 또 한 차례 환호성이 터져 나왔다.

"공동파 분뢰도광(分雷刀光) 조창이다."

"우와, 처음부터 사천괴물과 감숙광호(甘肅狂虎)가 붙었잖아! 하지만 사천괴물도 이번엔 힘들 거야. 저 감숙의 미친 호랑이는 어제 소림사 나한승과 화산파 매화검수 한 명씩을 이기고 올라온 고수라구!"

"하지만 사천괴물도 만만치 않을 거야. 자네가 직접 천자문 초식을 봤다면 그렇게 장담할 수 없을 걸세."

"무슨 소리, 사천괴물 삼풍대협이 이긴 건 수준이 제일 떨어지는 종남파 제자야."

서로 누가 더 강한지에 대한 의견은 삼룡과 조창의 비무가 시작되기 전까지 계속되었다. 하지만 그 모두가 삼룡이 선보인 기수식에 넋을 잃고 말았으니……

"천상천하(天上天下) 유아독존(唯我獨尊)!"

삼룡이 목검을 들고 일곱 발짝을 움직여 주위를 돌며 이렇게 외친 것이다. 그의 이런 행동은 하늘 위와 하늘 아래 홀로 그가 홀로 존재한다는 뜻으로, 자신이 최고라는 말과 다름없었다. 물론 삼룡은 능운비를 자극시키기 위한 말이었지만 그의 상대 공동파 조창을 비롯해 모든 출전자들의 눈 밖에 나는 짓임에 틀림없었다.

"저, 저런 광오한 놈이 다 있나? 벼는 익을수록 고개를 숙인다 했거늘!"

"맞네. 내 기껏 저놈을 지금까지 칭찬한 것이 후회가 되네."

"이보게 조창, 저 광오한 놈의 콧대를 내 대신 꺾어주시게. 오래 끌 것도 없네. 저놈의 목검만 댕강 잘라 버리면 끝이니까."

이들의 소리를 들은 공동파 분뢰도광 조창의 반응도 다르지 않았다.

"네놈의 허명(虛名)은 익히 들었다만 이 정도로 허풍을 떨줄은 몰랐다. 만약 별 볼일 없는 수준이라면 엉덩이를 걷어차여 쫓겨나게 될 것이다. 자, 내 기수식이다."

이렇게 말한 조창은 언뜻 도끼처럼 보이는 호괴도(虎怪刀)를 좌우로 휘두르다가 오른 발바닥을 들어 보이는 기수식을 펼쳤다.

"독존망대(獨尊妄大) 대호족하(大虎足下)!"

조창이 기수식을 펼치자 여기저기에서 환호성이 들렸다. 이는 삼룡이 기수식을 펼친 것과 정반대의 반응이었다. 왜냐하면 조창의 기수식 독존망대는 천상천하 유아독존이라 허풍을 떠는 삼룡을 뜻하는 것이었고, 또 다른 기수식 대호족하는 삼룡이 대호, 즉 자신의 발아래에 있다는 뜻이었다.

그런 뜻이 있는 기수식이었으니 모두 삼룡을 비웃는 것이나 다름없었다. 하지만 누가 그랬던가? 삼룡이의 기수식이 검초식이 아니라고.

탁, 탁!

비무 시작을 알리는 격탁 소리와 함께 삼룡이 일곱 걸음을 채 떼지 않고 조창의 앞에 당도했다. 게다가 그의 목검이 그의 어깨를 시작으로 무릎 위 허벅지를 연달아 후려친 것이었다.

혈도를 공격하지 않는 그만의 검법. 아무리 혈도가 튼튼하다고 해도 근육은 충격에 약할 수밖에 없었다. 신체를 충격에 단련하는 외문기공을 익히지 않고서는 삼룡의 목검을 당해낼 수가 없는 것이다.

이윽고 삼룡이 다시 일곱 걸음을 뒤로 물러서자 감숙의 미친 호랑이라 불리던 공동파 분뢰도광 조창이 호괴도를 바닥에 떨어뜨렸다. 이어 양 무릎마저 바닥에 꿇려졌다. 하지만 머리를 한 대도 맞지 않은지라 그의 정신은 아주 또렷했다.

이 모습은 마치 대단한 실력자를 만나면 알아서 무릎을 꿇는 모습과 다르지 않았다.

"으윽……. 으으윽……!"

조창은 어떻게든 일어서기 위해 이를 악물고 발악을 했다. 정신이 온전했으니 이런 치욕을 당하고 싶지 않았던 것이다. 하지만 양 무릎은 물론이고 양팔도 움직여지지 않았다.

심지어 발악까지 하니 이제 고개마저 숙여지고 있었다.

"……."

아무도, 그 누구도 말을 하지 못했다. 심지어 무림맹주 정명 방장을 비롯해서 매화제일신검이라 일컫는 화산파 장문인 백광까지 말이다.

지금 비무대 주위에는 삼룡을 환호할 사람은 없었지만 비난할 사람도 없었다. 아니, 비난할 용기가 없다는 것이 더 정확했다. 그런 그가 비무대 위에서 능운비를 내려다보고 있었다. 공동파 조창을 무릎을 꿇린 이후로 말이다.

능운비 또한 삼룡의 시선을 피하지 않았다. 하지만 두 사람 모두 심각한 표정이 아니었다. 삼룡은 허허실실 웃고 있었고, 능운비 또한 천진난만한 표정으로 허허실실 화답하고 있었으니 말이다.

'자, 이제 어쩔 것이냐, 혈마존?'

해가 중천(中天)에 이른 시각, 제갈세가에 차려진 비무대에 다시 환호성이 울렸다. 이제 서른두 명이 한 번 더 대진(對陣)하면 바야흐로 무림대회 십룡육봉(十龍六鳳)이 결정될 터였다. 그러니 그 긴박감이 절정에 달하고 목청이 드높아진 것이다.

여기서 십룡육봉이란 무림대회 일위부터 십육위를 말하는 것으로, 지금까지와 달리 비무에 지더라도 끝이 나는 것이 아니라 서로의 패자와 겨뤄 일위부터 십육위까지 순서를 정하는 비무를 치르게 된다.

그리고 순위에 오른 이들에게는 각각 용패(龍牌)와 여섯 개의 봉황패(鳳凰牌)를 하사하는데, 남자의 경우 용패, 여자의 경우 봉황패를 수여하게 된다. 하지만 십위를 넘어서면 남사의 경우 황(鳳)이 빠진 봉(鳳)패를 여자의 경우 봉(鳳)이 빠진 황(鳳)패를 받게 되어 차별을 두었다.

그래도 십룡육봉에 오른다는 자체는 문파의 자랑이고 무림맹의 자랑이 되었기에 출전자들은 사명감이 남달랐다.

"섬서 화산파 장지량 승!"

"호남 형산파 풍소련 승!"

"사천 아미파 조영 승!"

"운남 점창파 능운비 승!"

"섬서 화산파 백몽연 승!"

속속 십룡육봉에 오를 출전자가 결정되고 최종 비무연은 절정으로 치달았다.

비무 승자들의 실력도 뛰어났지만 패자들의 실력 또한 무시할 수 없었다. 실로 반 초식도 안 되는 순간에 모든 승패가 결정되어, 운이 따라주었다는 말밖에는 설명할 수가 없었다.

물론 예외인 인물이 하나 있었다. 상대가 출수하기도 전에 진검도 아닌 목검으로 단숨에 제압해 버린 괴물. 종남파 수제자와 미친 호랑이라 불린 공동파 제자 모두 그의 일검에 무릎을 꿇었다.

사천괴물(四川怪物), 삼풍대협(三風大俠), 개방신룡(丐幫新龍) 모두가 단 한 사람, 개소문 대사형 삼룡을 지칭하는 말이었다. 그중에 한 별호는 과거 그를 비난하는 용도였지만 지금은 그 의미가 달랐다.

"천상천하, 유아독존!"

그가 펼친 검초식는 무림맹주 소림사 정명 방장과 현 정파

최고수라 일컫는 화산파 장문 매화제일신검(梅花第一神劍) 백광마저도 입을 다물게 했다.

누구든 그렇게 외칠 수는 있었다. 하지만 그것을 초식으로 만들어 모두의 비난을 잠재운 인물은 오직 삼룡, 그밖에 없었다. 물론 삼룡은 스스로 자신을 높이고자 자존망대(自尊妄大)한 것이 아니었다. 흉수의 이빨을 감춘 자, 온 무림을 혈륜(血輪) 속에 가둘 계획을 준비한 혈마존 능운비를 끌어내기 위한 그의 노림수였던 것이다.

그리고 마침내 또 한 번 사천 개소문 삼룡의 이름이 불려졌다. 그리고 제갈세가의 소가주 제갈건의 이름까지.

최종 비무연 종료를 얼마 남겨두지 않은 상황에서 부맹주 제갈서천은 한껏 들떠 있었다. 자신의 큰아들 제갈건이 당당히 예순네 명이 치른 비무에서 보무도 당당하게 승리를 쟁취한 것이다.

이제 단 한 번의 승리만 거두면 십룡육봉에 들고 거기에서 한 번만 더 승리를 하게 되면 무조건 용패를 받을 수 있는 십룡이 되는 것이다. 이는 제갈세가 역사에서 단 한 번도 있어 본 적 없는 대사건이었다. 물론 한 번 더 승리한다는 전제하에 말이다.

그런데 뜻밖에 십룡육봉을 바로 코앞에 두고 대진표 작성 담당자가 와서 하는 말이 그 인간 같지도 않은 삼룡이란 놈과 비무를 치르게 되었다는 것이다.

"대체 이게 어떻게 된 게야!"

비무 대진표 담당자의 멱살을 잡고 전각 뒤쪽으로 온 제갈서천의 목소리가 심하게 떨리고 있었다. 너무 화가 나면 화조차 제대로 나지 않는다는 것처럼 그의 음성은 불안하다 못해 무너지기 일보 직전이었다.

"그게, 어떻게 된 것인지 저도 잘 모르겠습니다."

"네놈이 모르면 대체 누가 알아? 다른 사람 대진은 몰라도, 어찌 건이를 그 무지막지한 놈에게 붙여놨냐는 말이야. 그것도 십룡을 바로 코앞에 두고!"

"정말입니다, 부맹주 어르신! 잠시 딴 일을 하는 사이 대진표를 보니 그렇게 되어 있었습니다. 그래서 이를 보고한 것입니다."

"그럼 당장 취소해. 곤륜파 놈을 붙이든, 청성파 놈을 붙이든 빨리 다른 놈하고 바꿔놓으란 말이야."

"벌써 맹주님과 장로님들께서 대진표를 보셨습니다."

순간 제갈서천은 멍한 표정이 되었다. 그가 추진해 온 일 중에 그렇게 큰 비중을 차지하는 일은 아니었지만, 그간 공들여 온 것을 따지면 황금 삼백 근이 족히 넘었다.

소림사에 정기적으로 갖다 바친 곡물과 비단, 향, 불상, 그 모든 것을 합친 것과 대를 이어 유대 관계를 유지한 노력. 그 모든 것의 가치가 바로 지금 한순간에 날아가 버린 것이었다.

물론 그가 본 맹을 설치하고 세력을 얻으면 그 모든 것이 한순간에 보상되는 일이었다. 하지만 금전적인 부분 외에 유약한 가문이라는 꼬리표는 영영 떼지 못하게 된다. 게다가 일인자 보좌하는 영원한 이인자 자리에 머물러야 했다.

"이대로 있을 수는 없지. 취소가 안 된다면 네놈이 그 삼룡이란 자에게 가서 비무를 적당히 해서 져달라고 해라. 황금은 원하는 만큼 주겠다 이르고!"

"황금이요?!"

"그렇다. 그깟 황금은 얼마든지 있으니 놈에게 원하는 만큼 준다고 해라. 아니지, 이렇게 말하면 얼마인지 짐작도 못 해서 포기하는 수가 있겠지? 좋아. 황금 일백 근, 아니, 이백 근을 준다고 해라. 단, 비무에 져주었을 때만 주겠다고 해. 어서!"

대진표를 작성했던 담당자는 제갈서천의 강압에 못 이겨 삼룡에게로 쫓겨갔지만 자고 있는 삼룡을 그가 깨울 재주가 있겠는가. 그렇다고 사람들이 많은 이 자리에서 대놓고 얘기를 할 수도 없는 상황이었다. 그래서 그는 할 수 없이 삼룡의 귀에다 대고 속삭였다.

이윽고 대진표 담당자가 최대한 잘 설명을 한 후 삼룡을 보자 대뜸 삼룡이 고개를 끄덕이는 게 아닌가.

"감사합니다, 대협! 대협께서 저와 제 가족을 살려주셨습니다. 이 은혜 잊지 않겠습니다."

　이렇게 말한 대진표 작성자는 곧바로 제갈서천에게 달려가 이 사실을 보고했다.

　"하하하, 잘했다, 잘했어! 내 이 일이 잘 마무리되면 너에게도 황금 열 근을 내릴 터이니 기대해도 좋다. 대신 그 입은……."

　"말씀 안 하셔도 잘 알고 있습니다, 부맹주 어르신!"

　"좋아, 좋아! 그럼 이제 맘 편하게 구경만 하면 되겠구나."

　귀빈석에 앉은 제갈서천은 삼룡과 그의 아들 제갈건이 서로 비무를 하는데도 마음이 편했다.

　'흐흐, 황금 이백 근이면 조정 대신들도 움직이는 돈이지. 우승을 해봐야 고작 황금 열 근에 대환단. 하지만 무림맹주 일을 하다 보면 수중에 가지고 있는 것마저 내놔야 하는 법. 그래, 머리가 있는 놈이라면 필시 황금을 선택하겠지.'

　제갈서천이 흐뭇하게 비무장을 바라보자 그의 옆에 있던 화산파 장로 서악노군(西岳老君)이 말을 걸어왔다.

　"역시 대인(大人)은 다르군요. 아들이 비무에서 일생일대의 난적을 만났는데도 이렇게 웃고 계시다니요. 이 화산파 늙은이는 대인의 풍모를 지닌 부맹주께 정말 감복했습니다."

　"하하, 대인이라니요. 가당치도 않은 말씀이십니다. 비무 승패야 제가 어쩔 수가 있겠습니까. 저는 그저 제 아들놈이 저 비무장에 오른 것만으로도 기쁠 따름입니다."

"부맹주는 정말 대인이오, 대인! 나는 그동안 부맹주가 세속적인 것에 좌우된다고 생각했었는데, 모두 오해였습니다그려!"

"하하, 오해는 풀면 그것으로 되는 것입니다. 하지만 부맹주 직을 수행하기 위해서는 때로는 세속적인 모습이 편할 때가 있습니다."

"역시, 부맹주는 대인의 풍모를 지닌 진정한 호인(好人)이십니다그려. 그동안 내 짧은 식견에 머물러 있었다는 것이 못내 아쉬울 따름입니다. 내 이 대회가 끝나면 장문인께 말씀드려 화산파가 본 맹 설치에 적극 앞장서도록 주선하겠습니다."

"하하하, 감사합니다."

제갈서천은 잠시 후 어떤 일이 벌어질지도 모르고 지금 이 순간에는 세상을 모두 얻은 것처럼 기쁘게 웃고 있었다.

비무대 위에 오른 제갈건은 삐딱한 시선으로 삼룡을 쳐다보고 있었다. 그는 신승 일추 대사에게 무극권법(無極拳法)을 배운 자로, 대환단까지 복용해 내력 수위가 일 갑자를 훨씬 넘어선 초고수였다.

보통의 경우, 내력을 실은 장풍이나 권풍은 그 파괴력이 높지만 그 시전 거리가 짧고 내력 손실이 많은 단점이 있었다. 하지만 일추 대사의 무극권법은 그 단점을 권경(拳勁)이라는 새로운 경지로 극복한 권법이었다.

혹자는 권경을 응축된 권풍(拳風)에 지나지 않는다고도 하지만 진정한 무극권법의 권경을 아는 자는 그렇게 얘기하지 않았다.

강호십대 무관 천수관에서도 권경을 사용했지만 이는 어디까지나 응축된 권풍에 지나지 않았다. 그래서 고작 삼 장 거리가 한계였다.

내력도 장풍과 권풍을 시전하는 것보다는 적어졌지만 만만치 않은 내력이 소비되었다. 하지만 무극권법은 달랐다.

격산타우(隔山打牛) 수법의 극. 말 그대로 산을 사이에 두고 소를 때려잡고, 그 중간 대상에는 아무 피해를 주지 않는 신공의 경지가 바로 무극권법의 권경이었다.

아울러 내력 손실은 물론이고 시전 거리가 최소 십 장에 달한다. 뿐만 아니라 내력의 깊이가 깊을수록, 무극권법의 조예가 깊을수록 그 거리는 점점 늘어나, 무극(無極)이라 불리는 것이다.

그런 무극권법을 익힌 제갈건에게는 삼룡이 그리 대단하게 보이지 않았다.

앞서 삼룡에게 무릎을 꿇었던 공동파 분뢰도광 조창도 사실 한 수 아래로 보는 그였다. 그래서 그의 아버지 제갈서천 몰래 사람을 시켜 삼룡과 대진케 한 것이다.

이는 그동안 제갈서천이 일부러 약자만 골라 비무를 붙여준 것에 대한 반감이었다. 무극권법을 배운 그에겐 자존심 상하는 일이었으니까.

"공동파 조창을 이긴 건 운이 좋았다고 생각해라, 사천괴물!"

비무에서의 금기, 그것은 바로 상대를 무시하는 것이었다. 삼룡이 비록 상대를 무시하긴 했어도 이는 기수식을 통해서였다. 즉, 제갈건처럼 대놓고 이렇게 하진 않았던 것이다. 하지만 사람들은 아무도 제갈건의 얘기를 듣지 못했다. 왜냐하면 그의 목소리는 삼룡에게만 들린 전음이었으니까.

"헤헤."

"웃어?! 지금 네놈이 비무대에서 무사히 걸어 내려갈 수 있을 것이라 생각하느냐?"

"헤헤."

"어디 내 권경에 네놈의 면상이 박살이 나도 그렇게 웃나 보자. 네놈이 스스로 내 가랑이 사이를 기게 만들어주마. 그렇지 않다면 남자 구실도 못하게 만들어주겠다. 어차피 죽이지만 않으면 되는 일!"

제갈건이 입에 담지 못할 말을 담아도 여전히 삼룡은 웃고만 있었다. 하지만 이번엔 그도 전음을 보냈다.

"서융 형님께서 웬만하면 널 봐달라 하여 적당히 봐주려 했더니 안 되겠다. 네놈의 집안이 서융 형님 성정의 반의반만 되었어도 좋으련만."

삼룡의 전음에 뜻밖에 숙부 제갈서융이 거론되자 제갈건의 표정이 일그러졌다.

"누가 누구를 봐줘?!"

마침내 제갈건은 전음을 통하지 않고 버럭 소리를 질렀다. 물론 그 뜻을 아는 사람은 아무도 없었다. 그 순간, 비무 시작을 알리는 격탁 소리가 울렸다. 그러자 제갈건은 기수식도 생략하고 다짜고짜 삼룡을 향해 권경을 날렸다.

펑, 펑!

삼룡이 있던 자리에서 파공음이 터져 나왔다. 장풍처럼 아무 전조 현상도 없이 그냥 공간이 터진 것이다. 게다가 삼룡이 조금만 늦었으면 바로 권경에 가슴을 맞을 정도로 쾌속한 수법이었다.

옆으로 급히 피한 삼룡의 옷자락이 조금 찢어질 정도였으니 말이다.

제갈서천은 자신의 아들 제갈건이 비무가 시작되자마자 공동파 조창과 달리 삼룡을 압도하자 크게 고무된 표정이었다. 하지만 기수식을 하지 않고 고함을 친 것이 눈치가 보였는지, 제갈건을 대신해 변명을 했다.

"둘 사이에 아마 전음으로 대화를 했던 모양입니다. 아들 놈이 웬만해서는 저렇게 화를 내지 않는데… 아마 제 덕으로 여기까지 올라온 것이 아니냐고 물어 발끈한 것 같습니다."

그의 말에 무림맹 수뇌부들은 모두 제각각 머리를 끄덕였
다. 사실 그들이 보기에도 삼룡이 실실 웃으며 제갈건을 자극
시키고 있는 것 같았으니 말이다.

'삼룡이란 사람이 공격을 안 하는 걸 보니 확실히 져줄 생
각인 게야. 황금이 아깝긴 하지만 어찌 됐든 일이 잘 풀리겠
어.'

펑, 펑, 펑!

제갈건이 멀리 떨어져서 주먹을 연신 내뻗자 통나무로 튼
튼하게 설치된 비무대가 태풍에 휘둘리는 것처럼 요란하게
흔들렸다. 자칫 그의 권경이 비무대에 작렬하기라도 한다면
비무대가 통째로 부서질 것 같은 광맹한 충격이었다. 게다가
그의 수법은 정교하기까지 했다.

삼룡이 비록 재주를 넘어 피하고 있긴 했어도 조금의 착오
없이 그가 있던 자리에서만 권경이 작렬하고 있으니 말이다.
뜻밖에 제갈건이 기세를 올리자 그를 연호하는 목소리가 높
아졌다.

어쨌거나 삼룡은 유아독존을 외친 공공의 적이 되어버렸
으니 말이다.

"우아, 소림의 무극권법은 당대 최고다. 사천괴물이 꼼짝
도 못하고 도망만 치고 있어!"

"제갈 공자, 권경으로 사천괴물을 비무장 밖으로 날려 버

리세요."

"공동파 조 대협의 복수를!"

관전자들의 응원까지 등에 업자 제갈건의 권법은 한층 더 위력이 세졌다. 지금까지 아버지 제갈서천의 도움으로 본선에 올랐다는 얘기를 심심치 않게 들었던 그였으니 감회가 남다를 터였다.

쿠앙!

제갈건의 권경의 위력이 강해지면 피해야 하는 거리도 늘어나는 법이었다. 하지만 비무대 위에는 도망칠 곳이 좁았으니, 삼룡에게 극히 불리해 보였다. 하지만 사람들은 삼룡의 지금 표정을 보면 그렇게 불리하다고 생각하지 않을 것이었다.

물론 멀리서 제갈건이 내지르는 주먹에 바람처럼 재빠르게 움직이는 그의 표정을 제대로 볼 수 있는 사람은 별로 없었다. 하지만 능운비만큼은 그를 표정을 주시하고 있었다.

'처음 시작부터 줄곧 날 보고 웃고만 있군. 감히 내게 도전하는 것이냐? 좋아, 그 도전 받아주지. 어디 네놈의 뼈가 부서져도 날 보고 웃나 보자.'

삼룡의 도발에 능운비의 눈빛이 마침내 이채를 띠자 그의 신형이 허공에서 사라졌다. 아니, 사라졌다고 느껴질 정도로 그의 움직임이 민첩하게 움직였다.

"……"

　제갈건에 대한 환호가 들썩이던 비무대 주위가 또다시 침묵에 빠졌다. 삼룡의 신형이 바로 어느 틈엔가 제갈건의 앞에 우뚝 멈춰 서 있었기 때문이다.

　그것도 검을 잡지 않은 그의 왼 주먹이 그의 얼굴 전면에 멈춰 있었으니 어찌 놀라지 않겠는가.

　삼룡을 상대하는 제갈건 또한 당황해서 권경을 발출하려다 말고 멈춰 있었다.

　"나는 권경을 쓸 수 없다만 주먹은 빠르지. 아직도 나에게 이길 수 있다고 생각하나, 제갈 소공자 나리?"

　순간 모욕을 당한 느낌에 제갈건이 대갈일성을 터뜨리며 양권을 뻗었다.

　"갈(喝)! 죽어라!"

『허허실실』 제6권에 계속…

시하 新무협 판타지 소설

춘추전국시대!

무공이 마법과의 친연(親緣)에서 벗어나지 못하고 신화와 전설이 강대한 영향력을 행사하던 미명(未明)의 시절!

"병사(兵士)는 음모에 죽고 전사(戰士)는 검에 죽는다.
너는 음모에 죽기를 원하느냐, 검에 죽기를 원하느냐?"
"검입니다."

음모에 빠져 일개 군사가 된 황산고(黃山高).
하지만 그것은 시작에 불과했다.
수없이 이어지는 인연과 깨달음은 그를 무제의 길로 인도한다.

무영무쌍

김수겸
新 무협 판타지 소설

그림자도 찾기 힘들고[無影],
가히 대적할 자도 없다[無雙]!
강호의 절대고수 무영무쌍!

청설위국의 위사 진세인,
그를 찾아오는 수많은 사람들.
그를 원하는 수많은 세력들.

거대한 음모의 소용돌이 속에서
그는 그를 버렸던 용부를 지켰고,
그에게 검을 겨눴던 무림맹과 십만마교를 구해냈다.

모든 것을 가졌던 황제가 끝까지
갖지 못했던 단 한 사람!
위사 진세인과 동료들의
강호행이 시작된다!

유행이 아닌 자유추구 -
WWW.chungeoram.com
Book Publishing CHUNGEORAM

검이라는 지휘봉을 바람에 흩날리며, 피의 악보와
비명의 화음으로 죽음을 지휘하는 자… 마에스트로.

최초의 가상현실 게임의 뒤를 잇는 뉴 월드의 출현.
마법과 기사, 신관, 몬스터의 서대륙. 주술과 검사, 무녀, 요괴의 동대륙.
현실과 또 다른 현실, 그 경계선에서 숨 쉬는 유저들.
그런 뉴 월드에 한 유저가 나타났다!

레벨 업을 위해서라면 잠도 포기한다!
아이템을 위해서라면 한자리에서 보름 내내 움직이지 않는다!
자신을 위해서라면 아부는 필수! 꼼수는 센스!

그가 뉴 월드에서 얻게 된 직업은 죽음의 지휘자…
마에스트로.

유행이 아닌 자유추구 —
WWW. chungeoram.com
Book Publishing CHUNGEORAM